Carly Phillips

Una Semana en el Paraíso

Fantasía Secreta

Editado por HARLEQUIN IBÉRICA, S.A.
Hermosilla, 21
28001 Madrid

UNA SEMANA EN EL PARAÍSO, Nº 8 - 10.8.12
Título original: Brazen
Publicada originalmente por Harlequin Enterprises, Ltd.

FANTASÍA SECRETA, Nº 8 - 10.8.12
Título original: Secret Fantasy
Publicada originalmente por Harlequin Enterprises, Ltd.
Estos títulos fueron publicados originalmente en español en 1999 y 2002

I.S.B.N.: 978-84-687-0434-0
Depósito legal: M-21597-2012
Editor responsable: Luis Pugni
Impresión en Black print CPI (Barcelona)
Fecha impresión Argentina: 6.2.13
Distribuidor exclusivo para España: LOGISTA
Distribuidor para México: CODIPLYRSA
Distribuidores para Argentina: interior, BERTRAN, S.A.C. Vélez Sársfield 1950 Cap. Fed./ Buenos Aires y Gran Buenos Aires, VACCARO SÁNCHEZ y Cía, S.A.
Distribuidor para Chile: DISTRIBUIDORA ALFA, S.A.

UNA SEMANA EN EL PARAÍSO

CARLY PHILLIPS

I

Definitivamente, el coche estaba averiado. Samantha Reed se bajó de lo que la empresa de alquiler de coches había definido como su mejor coche de tamaño medio, sin molestarse en intentar arrancarlo una sola vez más. Su último estertor había dejado bien claras las cosas. Aunque no le gustaba la idea de abandonar el coche en el desierto, no tenía elección. La casa de alquiler tendría que enviar una grúa a recoger aquella joya. La pena era que no enviaran también una patrulla de rescate a buscar al conductor.

Inspiró profundamente aire y polvo y echó

un último vistazo a su espalda, consciente de que no podía hacer otra cosa. El sol de Arizona había empezado a ocultarse tras las montañas del horizonte y, si esperaba allí mucho más, tendría que hacer autoestop en la oscuridad. Y no era que hacerlo a la luz del día le hiciera tampoco demasiada gracia, pero no iba vestida para andar de excursión por el desierto.

Recogió el bolso, dejó el equipaje en el coche y tiró del borde de la falda de seda que se había comprado para el viaje, pensando en el calor del desierto. Claro que no había contado con salir de excursión con ella puesta. Aquel atuendo había sido un error. Ojalá no tuviera que decir lo mismo al final de la semana.

Si el futuro que la aguardaba era un matrimonio tan seco como aquel desierto olvidado de Dios, estaba decidida a comprimir toda una vida de diversión, lujuria y pasión en el tiempo que le quedaba. La semana siguiente conocería al que iba a ser su prometido en un seminario de riesgos financieros que se celebraba en uno de los hoteles más lujosos de Arizona, pero antes quería correr unos cuantos riesgos por su cuenta. Se merecía por lo menos eso, teniendo en cuenta que iba a sacrificar su vida y su felicidad futura por su padre. Años de obediencia la habían llevado a aquella situación, a estar a punto de casarse con un hombre al que no quería. Un hombre quince años mayor que ella. Un hombre al que apenas conocía.

Bajó del coche, se tambaleó un poco sobre los zapatos de tacón y tuvo que volver a estirarse una vez más la minifalda. No se veía ni un solo coche transitando por aquella carretera, pero no estaba dispuesta a pasar la noche rodeada por la fauna salvaje de Arizona. Por encima del hombro ojeó la extensión de vacío que quedaba a su espalda, que no podía ser peor que el futuro que la esperaba a ella.

En un mes diría adiós a sus sueños de felicidad. Pero quería... no, necesitaba tener algunos recuerdos que la ayudasen a superar las noches frías que la aguardaban. No podría experimentar por sí misma lo que sus padres habían compartido: un amor profundo y que los ensimismaba tanto al uno en el otro que había llegado a excluir a su propia hija. Pero la pasión sí que podía experimentarla antes de llegar al altar, porque sólo en aquel momento, cuando ya era demasiado tarde, se había dado cuenta de que se había pasado sus veintinueve años de vida haciendo sólo una cosa: complacer a sus padres para intentar ganarse su amor. Un ejercicio inútil, porque ellos ya la querían, aunque a su manera. Pero no era suficiente para ella, y en su búsqueda de más, había dado todo lo que tenía.

Cuando le prometió a su madre a las puertas de la muerte que cuidaría de su padre, fue la primera vez que se sintió dentro del círculo familiar. Su madre le había pedido ayuda, y ella le había dado su palabra libre e incondicionalmente. Pero no se había parado a pensar de qué modo podía cambiar su vida una promesa. Su padre era agente de bolsa, y las cosas habían empezado a irle mal de pronto. Al quedarse viudo, había dejado de prestar atención a su negocio, y después, para compensar, había arriesgado el dinero de sus clientes en varias inversiones peligrosas con la esperanza de recuperar rápidamente el dinero y así no perder el negocio. Pero las cosas no le habían ido bien, y para colmo, había invertido sus ahorros personales, de modo que la espiral de deudas en la que se había metido dejaba su futuro pendiente de un hilo. Y como ella tenía en sus manos la posibilidad de arreglarlo todo, estaba dispuesta a hacerlo.

Tom, su nuevo jefe y amigo de su padre del club de campo, le había ofrecido la solución. Más que solución, era casi un chantaje. Casándose con Tom, su padre dispondría de dinero suficiente para pagar a sus acreedores, entre los que se encontraba la Hacienda Pública, sin tener que declararse en bancarrota. Que después de saldar sus deudas fuese capaz de volver a empezar, era harina de otro costal. Samantha le había ofrecido sus ahorros, pero ni siquiera un asesor financiero como ella que vivía desahogadamente podía mitigar el capital de sus deudas. Ése no era el caso de un hombre que trapicheaba comprando y vendiendo empresas a capricho, de modo que el ofrecimiento de Tom había sido difícil de rechazar.

A ella le importaba bastante poco que los Reed fuesen la comidilla del club de campo, pero a su padre sí. Le quedaba muy poco y el club era su única forma de contacto con el exterior. Sin esa vía, se quedaría en un rincón, sumido en la depresión, y Samantha no estaba dispuesta a permitirlo. No si podía evitarlo. Y eso era precisamente lo que le había dicho Tom.

Estaba dispuesto a proporcionarle a su padre el dinero que necesitase a cambio de una esposa, una anfitriona y un trofeo que lucir en el brazo. Cualquier mujer atractiva podría satisfacer esas necesidades, pero Samantha poseía una cualidad extra: entendía su negocio y sabía cómo tratar tanto a sus clientes como a la competencia. Le había ahorrado el tiempo y el esfuerzo de salir con mujeres de cabeza hueca que estaban dispuestas a ser la esposa de un rico empresario. Al menos, eso le había dicho él.

Con sus últimas horas de libertad en las manos, sus sueños habían dejado paso a un plan apresuradamente concebido por el que disfrutaría de un interludio erótico con un extraño de su elección. Había recurrido a sus ahorros para poner en marcha aquel plan, lo que incluía el coche de alquiler que quedaba como muerto a su espalda. Y si quería tener una aventura sin complicaciones ni lazos con el hombre más deseable que pudiera encontrar, tenía que llegar primero a su destino.

Haciéndose sombra con una mano sobre los ojos, escrutó la carretera que se extendía ante ella. ¿Qué dirección tomar? Si no recordaba mal, había pasado por delante de una especie de rancho hacía un rato. Tenía que quedar a unos dos kilómetros...

Una ligera brisa sopló cuando el sol terminó de ocultarse tras las montañas, y Samantha sintió un escalofrío. Apretó el paso e intentó no pensar en lo culpable que se sentía cada vez que cuestionaba su plan. Una vez se hubiera casado con Tom, sería la mujer fiel que él esperaba, pero aún no estaba casada y aquella semana sería el sustituto de la luna de miel que nunca tendría.

Menuda forma de empezar. Aquellos dichosos zapatos no le permitían avanzar todo lo rápido que ella deseaba, así que se los quitó, y el ritmo del paso creció, lo mismo que el dolor que le producían las pequeñas piedras de grava que había en el borde de la carretera.

La oscuridad era ya casi total cuando vio las luces en la distancia. Tenía los pies destrozados, estaba muerta de sed y las lágrimas debían haberle emborronado la cara. La palabra desesperada no bastaba para describir su estado de ánimo. En aquel estado, sería capaz de ofrecerle su cuerpo al primer hombre que le ofreciera un lugar donde sentarse, un hombro sobre el que llorar y algo fresco para beber. No necesariamente en ese orden.

–Eh, Mac, ¿de vuelta por los barrios bajos?

Ryan Mackenzie limpió el mostrador del bar con una bayeta húmeda.

–Ya sabes que no puedo estar lejos de aquí durante mucho tiempo –contestó a uno de los clientes habituales del Hungry Bear.

–No puedo creer que hayas preferido este tugurio a tu hotel.

Mac examinó las paredes desconchadas, los cuadros torcidos, la mesa de billar del rincón y el tablero de dardos en la otra pared. Inhaló el olor a nachos, tabaco y cerveza.

–Pues puedes creértelo.

–Déjale en paz –dijo el hombre más alto–. Puede que ahora tenga dinero, pero un hombre nunca olvida sus raíces.

–Y las mías están en la misma tierra que las tuyas, Zee.

Zee tenía una casa de una sola planta casi idéntica a aquélla en que su hermana Kate y él habían crecido, y los dos se habían sentido igualmente cómodos en cualquiera de las dos, gracias al buen humor y la amabilidad de aquel hombre.

Zee sonrió.

–La diferencia es que tu tierra es más rica ahora que la mía, Mackenzie.

Todos se echaron a reír.

–¿Qué estás haciendo aquí? ¿Problemas con las mujeres? –preguntó uno de los integrantes de aquel trío.

–Yo no. Bear es quien los tiene –dijo Mac, refiriéndose al hijo de Zee, que era su mejor amigo y el dueño de aquella taberna–. Ha salido a buscarse una mujer. Yo lo sustituyo.

–Espero que la encuentre pronto. Tus copas no son como las suyas.

Un nuevo coro de risas.

–Vas a tener que pagarme el doble por el whisky después de ese comentario –replicó Mac.

–A ti también te hace falta una mujer.

Mac no contestó. Haría falta una mujer muy especial para que él se dejase cazar. Recordó el matrimonio de Zee, que había sido tan feliz como el de sus propios padres, y se preguntó, no por primera vez, si haber tenido dos ejemplos tan buenos le habría hecho idealizar la vida de familia. Pocas relaciones podrían llegar a la altura en la que habían dejado el listón las parejas con las que había convivido mientras crecía, y muy pocas mujeres respetaban los valores por los que ambas familias se habían regido.

Aun así, no podía negar que la vida en un hotel resultaba muy solitaria y que estaba empezando a agotarle. Oyó risas en el rincón del bar y miró el reloj. La gente joven empezaría a llegar enseguida, algo que no pasaba desapercibido en el trío de octogenarios, ya que los jueves era el día de las chicas, y ellos disfrutaban de lo lindo contemplando a las bellezas locales.

–Si yo estuviera en tu lugar, me agenciaría una de esas monadas que van a tu hotel y me dedicaría a disfrutar de lo lindo en lugar de estar aquí, sirviendo copas a unos vejestorios.

–Menos mal que no lo estás, Earl.

Esas monadas sólo querían tomar el sol y un marido rico. Y las que ya lo tenían iban a The Resort para echar una canita al aire.

Mac no sólo estaba cansado de contemplar la rutina, sino de ser el objetivo, lo cual hacía que aquellas sustituciones fuesen la escapada perfecta.

–Otra ronda, Mac –pidió Zee.

–Todavía no estáis ni por la mitad de la primera.

Zee apartó la cortina de cuadros blancos y rojos para mirar por la ventana. A la decoración no le iría nada mal una renovación, pensó Mac. Quizás no fuese tan malo que Bear encontrase su media naranja. Al menos, uno de los chicos del vecindario sentaría la cabeza.

–Llega la primera de la noche –exclamó Zee, entusiasmado y frotándose las manos–. Está subiendo la escalera.

Mac conocía a Zee lo suficientemente bien para ver más allá de sus comentarios. Había sido la figura del padre para él y su hermana, ya que su padre verdadero había muerto hacía casi doce años. Mac comprendía bien que era la soledad lo que empujaba a Zee a decir tonterías con tal de divertirse un poco.

Pero eso no quería decir que fuese a permitirle que asustara a un cliente desprevenido.

–Dejadla tranquila, chicos.

–Eres un petardo, Mackenzie –protestaron justo cuando se abría la puerta y aparecía ante sus ojos la imagen más penosa que había visto en toda su vida.

Era una mujer joven... escondida tras capas y capas de polvo del desierto. Su melena morena estaba alborotada, llevaba los zapatos en la mano y entraba cojeando descalza en el bar.

Un rápido vistazo a la falda y sus años de experiencia le confirmaron que era una prenda de seda y de diseño, que dejaba al descubierto unas piernas preciosas. Parecía muy sola y perdida allí, en el umbral de la puerta, con uno de los trofeos más queridos de Bear, la cabeza de un alce disecada, colgando sobre la suya.

Antes de que pudiera ver nada más, los tres hombres la rodearon, y con un suspiro de exasperación, salió de detrás de la barra y se acercó.

–¡Dejadla respirar, por amor de Dios! –gritó.

Los hombres retrocedieron y Mac pudo ver de cerca cómo la camiseta blanca que llevaba se ceñía a sus pechos con precisión. Gracias al aire frío de la noche, los pezones se le marcaban debajo del tejido y nada quedaba para la imaginación.

Un deseo inexplicable de poner las manos sobre sus pechos y calentarla... debía llevar demasiado tiempo sin practicar el sexo con nadie, si una mujer tan desaliñada como aquélla llegaba a excitarlo.

–No se asuste, que no pretenden hacerle daño –dijo, refiriéndose a los tres hombres que la miraban con descaro.

–Gracias de todas formas –contestó con voz ahogada que podría resultar engañosamente sexy; engañosamente, porque debía deberse a que había tragado una buena ración de polvo–. Se me ha averiado el coche –explicó.

–Siéntese. Voy a traerle algo fresco de beber –dijo–. Luego ya podrá usted contarle su vida al camarero.

Además de la bebida, podía tratar de encontrar alguna camiseta que la hiciera entrar en calor y que al mismo tiempo cubriera sus innegables encantos, antes de que pudiera dejarse llevar por el instinto en lugar de por el sentido común.

La mujer levantó la mirada y obviamente le pilló mirándole los pechos. Las mejillas se le tiñeron de rojo y se cruzó ostensiblemente de brazos. Una tímida sonrisa le desarmó, al mismo tiempo que le hizo reparar en sus ojos. El impacto le produjo una especie de escalofrío. Jamás había visto un color como aquél, una combinación única de violeta y azul índigo enmarcados por unas largas pestañas y una piel clara. Una piel cuya única marca eran los churretes de rímel y lo que tenían que ser lágrimas secas.

Aquella imagen le conmovió porque la mujer era real: sucia, despeinada y muy distinta de las mujeres que acudían con periodicidad a rejuvenecerse a su establecimiento. En su mundo, un lugar tan alejado del pueblo en el que creció, las mujeres consideraban la cosmética y la cirugía como los medios necesarios para retener a los hombres a su lado. Una belleza natural como aquélla era una singularidad.

Y también vio en ella a alguien necesitado de otra cosa que no fuera una cartera bien repleta.

–Tengo una espalda bastante ancha –comentó ante su silencio.

–Ya me he dado cuenta.

Y sonrió. Sin previo aviso, aquella sonrisa iluminó sus ojos y ella le miró desde su gorra de béisbol negro hasta las zapatillas deportivas.

Como Bear no había establecido código

alguno ni para los empleados ni para los clientes de su pequeño bar, Mac siempre se vestía con comodidad. Quizás demasiado, porque sabía que su aspecto era desaliñado. Pero a ella parecía gustarle, y que le gustase le complació aun más.

–Llevo un buen rato andando, así que ese asiento me suena a música celestial.

Dio un paso hacia delante, gritó por lo que debía ser dolor y tuvo que apoyarse en él para no caer.

–Algunas mujeres se han tirado antes a mis brazos, pero no de esta manera.

–Será porque no han andado descalzas por el desierto durante un par de kilómetros.

Mac murmuró una maldición entre dientes y la levantó en brazos.

–¿Se puede saber qué estás haciendo? –exclamó, sorprendida.

–Ayudarte, a menos que prefieras seguir caminando...

Y bajó los brazos como si pretendiera volver a dejarla en el suelo.

Pero ella se agarró a su cuello con más fuerza de la que le había parecido que tenía.

–¿Dispuesta a admitir que necesitas ayuda?

Asintió, y se acomodó contra él, de modo

que Mac no podía dejar de sentir la curva de su pecho y la firmeza de su trasero.

–Mi héroe –suspiró, apoyando la cabeza en su hombro.

–Dios, qué responsabilidad.

Seguía oliendo a melocotón a pesar de la caminata, y el esfuerzo de Mac por controlar la excitación resultó dolorosamente fallido.

La acomodó en la silla más cercana e inspeccionó la planta de sus pies.

–Tengo gasas y antiséptico arriba –sugirió. O se imaginaba tenerlo, ya que Bear había tenido que intervenir en más de una ocasión en alguna pelea de madrugada, y él había ido a ayudarle a limpiar el local, y a su amigo.

–¿Arriba? –aulló, y carraspeó para repetir la pregunta–. ¿Dónde? ¿Es una habitación? ¿Un apartamento?

–Un apartamento –contestó, sorprendido.

–Con ducha, ¿verdad?

Mac arqueó las cejas.

–Ducha y bañera. ¿Por qué?

–Curiosidad. ¿Y vives ahí?

–Sí.

Al menos, durante una semana. Por razones que no quería analizar, decidió no decirle que sólo estaba echando una mano a un amigo. Hacía mucho tiempo que no le gustaba a nadie por ser Mac a secas, y no Ryan Mackenzie, propietario de The Resort.

Y en parte, no podía culpar a nadie más aparte de a sí mismo. El dinero le había llegado a Mackenzie cuando era demasiado joven y arrogante para comprender cómo la gente y, más en concreto las mujeres, reaccionarían. Un hombre soltero y adinerado era un primer premio, y estúpidamente se había convertido en el objetivo de cazafortunas.

Afortunadamente, tener que ocuparse de su madre y de su hermana pequeña le había obligado a darse cuenta de sus errores y a madurar rápidamente. Las mujeres de su familia confiaban en él tanto económica como emocionalmente, y no podía defraudarlas. Había aprendido a ser cauto, y ésa era la razón por la que decidió guardar silencio.

La vulnerabilidad de aquella mujer le llamaba la atención, y quería tener la oportunidad de ser un hombre corriente y moliente, sin que otras nociones se interpusieran en su camino.

Ella seguía allí sentada, manoseando el borde de su falda.

–¿Vives solo? –preguntó, en esta ocasión sin mirarlo a los ojos.

–Completamente.

–Ah. Bien.

Y enrojeció.

De descarada a tímida, y de tímida a descarada, pensó.

–¿Por qué bien?

–Por mis pies –se obligó a levantarse sin ayuda–. Y por mi dignidad. ¿Podrías dejarme usar tu cuarto de baño?

Él asintió.

–Y mientras, me ocuparé de enviar una grúa por el coche y le diré a uno de los chicos que se ocupe de tu equipaje.

–¿Los chicos?

–Te rodearon al entrar. Ahora te están mirando desde el otro rincón del bar.

Ella sonrió.

–Ah, esos chicos. ¿Conducen?

–No legalmente.

Su risa llenó la habitación y otros rincones de sí mismo que creía congelados.

–Y en cuanto a lo del equipaje... ¿cómo sabes que lo llevo?

–Pues porque todo en ti grita que eres una turista –replicó, mirándola de arriba abajo.

Mac fue a ayudarla a caminar, pero ella se lo impidió.

–Puedo sola.

–De acuerdo, pero voy detrás de ti por si necesitas ayuda. Por esas escaleras –le indicó, señalando el tramo de escalera que salía de un rincón–. Ocupaos del bar un momento, chicos –le dijo al grupo de clientes habituales en los que Bear confiaba tanto como en él.

Empezaron a subir las escaleras. La falda de la mujer terminaba en la mitad de sus muslos, lo cual no era problema estando al mismo nivel, pero no se le había ocurrido pensar en la vista de que iba a disfrutar en cuanto estuvieran a mitad de las escaleras. Tampoco se había imaginado lo sexy y femenina que sería su ropa interior, un retazo de encaje que atormentó su ya de por si hiperactiva libido. El calor le llegó en oleadas y empezó a sudar.

Y pensar que había estado a punto de decirle a Bear que no podía ayudarlo porque durante aquella semana llegarían varias convenciones al hotel... Se alegraba de haberlas confiado a las manos de sus empleados. No habría querido perderse aquello por nada del mundo.

Y mientras la seguía escaleras arriba, se dio cuenta de que había visto más de aquella mujer de lo que había visto a cualquier otra desde hacía mucho. Y ni siquiera sabía su nombre.

Había encontrado al hombre que buscaba. La pena era que no supiera qué hacer con él. Samantha cerró la puerta del baño y se quitó la falda para sacudirla en la bañera. ¿Quién iba a imaginarse que el primer hombre con el que se encontrara, de menos de ochenta años, iba a ser el que buscaba?

No había sido demasiado sutil con las preguntas, pero teniéndole delante y mirándola con aquellos ojos oscuros y aquel bigote dibujando el perfil de su sonrisa, había sido incapaz de pensar con claridad.

Se le imaginó esperándola al otro lado de la puerta y el pulso se le aceleró con una mezcla de anticipación y temor. Que aquel extraño de pelo oscuro era el hombre perfecto no cabía duda. Camarero de un bar fuera de cualquier gran ciudad, era un hombre con el que disfrutar y al que nunca volvería a ver. Siempre y cuando hiciese acopio del valor suficiente, claro.

Localizó las toallas que él le había dicho

que estaban en una estantería y colgó una en la percha de la pared. Miró a su alrededor. El baño era pequeño, pero disponía de todo lo necesario de una forma bastante masculina. Nada de adornos. Sólo un cepillo de dientes y un frasco de loción para después del afeitado esperaban sobre la encimera. Samantha se acercó el frasco a la nariz, lo olió y de pronto, dejó de estar sola. Su aroma la rodeó. Él la rodeaba.

Nunca había estado con un hombre que llevase bigote. ¿Provocaría eso sensaciones diferentes? Cerró los ojos y su imaginación tomó el mando. Unos labios firmes y suaves al mismo tiempo subían por sus piernas y podía sentir su bigote acariciándolas. Se cubrió los pechos con las manos e imaginó que eran las de él, que sus dedos eran los que insuflaban vida propia a sus pezones.

Abrió los ojos y se encontró sola en aquel baño extraño, tan avergonzada como excitada. Nunca había hecho una cosa así. Nunca se había sentido así. Sin mirarse a sí misma en el espejo, bajó las manos y abrió el agua de la ducha.

¿Cómo podía desear de aquel modo a un desconocido? No tenía respuesta para aquella pregunta, lo mismo que no sabía cómo iba a llevar a cabo aquella seducción. Perfilar un plan en la seguridad de su apartamento le había resultado fácil, pero en aquel momento, cara a cara con aquel extraño tan sexy y masculino...

Se estremeció. Todo lo que le quedaba era aquella semana. Jamás se le habría ocurrido pensar que iba a tener que pasar por algo así en su vida, pero tampoco se habría imaginado que el bienestar de su padre podía estar en sus manos. Y si todo lo que le quedaba de vida propia era aquella semana, estaba dispuesta a aprovecharla. La oportunidad de hacerlo le esperaba al otro lado de la puerta.

Si quería encontrar el camino a sus brazos, tendría que empezar por lavarse, pero antes necesitaba un buen vaso de agua para aliviar la sequedad de tanto polvo. Llenó un vaso en el lavabo y por casualidad se vio reflejada en el espejo. Lo que vio hizo que el vaso se le cayera de las manos. Con la cara llena de tiznajos y lágrimas y el pelo hecho una fregona, ¿cómo podría haberle seducido? ¿Cómo iba a sentirse siquiera interesado?

Sin previo aviso, la puerta se abrió de par en par y tuvo compañía.

–¿Qué demonios ha sido eso?

Inmediatamente se cubrió con la toalla, pero aun así era ya demasiado tarde porque su amor imaginario estaba en la puerta contemplándola casi desnuda, porque el pequeño triángulo de tela que la cubría dejaba al descubierto más de lo que quería que él viera en aquel momento.

–¿Y bien?

Ella no contestó. No podía. Estaba mucho más preocupada por taparse. Intentó descolgar la toalla de la percha, pero el temblor de las manos se lo impedía.

–Esas cosas deberían estar prohibidas –le oyó decir.

Sus manos volaron a su trasero, apenas cubierto por otro triángulo de fino encaje, y descubrió en aquel momento que no era tan valiente como creía ser. Porque se estaba muriendo de vergüenza.

¿Cómo podía haber pensado tan siquiera en seducir a un hombre? Nada se nota más que la inexperiencia, y aunque había mantenido relaciones en otras ocasiones, nunca tan fugaces como pretendía que fuese aquélla. Y después de la impresión que debía estarle causando, había echado a perder las posibilidades que hubiera podido tener, además de su orgullo. Buen trabajo.

Él pasó a su lado y descolgó sin dificultad la toalla.

–Cúbrete –masculló.

Sorprendida por su tono, se volvió a mirarlo. Los ojos se le habían oscurecido, el gris transformado en negro.

–Ahora –añadió, agitando la toalla delante de ella–. O no seré responsable de mis actos.

–Ahora mismo –contestó, y bajó la mirada para descubrir un abultamiento inconfundible en sus vaqueros. Un placer intenso y únicamente femenino se despertó en su interior. Necesitaba mejorar su técnica, pero no lo había echado todo a perder. Aquel hombre la deseaba, y se negó a cuestionar su buena suerte.

Aceptó la toalla y se tomó su tiempo para envolverse con ella.

–Hecho –declaró con una sonrisa que esperaba resultase provocadora.

Un gemido ahogado se escapó de labios de su acompañante.

–Se te ha acabado el tiempo –murmuró

Samantha tragó saliva con dificultad.

–¿Ah, sí? –la voz le tembló–. ¿Ahora mismo?

Le había dado la situación del coche y las llaves, y esperaba tener ropa limpia que ponerse para seducirlo. Pero en sus planes no había tenido en cuenta su fuerte personalidad. Las diferencias entre fantasía y realidad volvieron a asediarla. No estaba preparada.

Le habría gustado poder charlar antes un poco. También le habría gustado darse una ducha. Obviamente él no necesitaba tanto requisito, y el nerviosismo volvió a reemplazar a su seguridad.

Aun así, cuando él le tendió una mano, ella puso la suya en su palma. Tocarle le proporcionó un placer que no habría podido imaginar. Si se dejaba llevar y empezaba a pensar en lo que iba a ocurrir, se desmayaría allí mismo.

–¿Y bien? –preguntó él.

–¿Bien qué?

No podía esperar que fuese ella la primera en actuar. Se humedeció los labios, incómoda con el espacio tan reducido de aquel cuarto de baño y de su sobrecogedora presencia.

–¿Podemos terminar con esto antes de que el baño se convierta en una sauna?

Al parecer, a aquel hombre no le gustaban los preliminares. Esperaba que por lo menos sí que le gustara disfrutar un rato después, porque tal y como iban las cosas, no iba a ser la experiencia lenta y sensual que se había imaginado.

–Creo que no...

–Vamos, mujer. Si no quieres empezar tú, lo haré yo. Me llamo Mac –dijo, estrechando su mano con firmeza–. ¿Y tú, cómo te llamas?

II

Mac se quedó de pie en la puerta del baño, incapaz de creer que hubiera sido capaz de irrumpir sin llamar. Al oír el ruido de cristales rotos, pensó que algo había ocurrido. Quizás un roedor que hubiese entrado en el baño... Pero lo único que se había encontrado era a aquella desconocida medio desnuda.

–¿Mi nombre? –parpadeó, sorprendida.

–Sí. Casi lo he visto todo, preciosa, y dudo que el que me digas tu nombre pueda ser a estas alturas una falta de etiqueta.

Ella enrojeció.

–Sam... –hizo una pausa–. Sólo Sam.

No había quitado la mano de la suya y él le acarició con el pulgar.

–Sam –repitió. Un nombre masculino no le parecía lo más apropiado para una mujer así–. No me cuadra. ¿Abreviatura de Samantha?

–Sí –suspiró–. Pero a mí se me cuadra.

Él sonrió, a pesar de no comprender nada.

–¿Te molesta si te pregunto por qué?

–Pues porque estoy de vacaciones y querría olvidarme de la gente que me llama así... al menos durante esta semana.

Así que había huido como él. Comprendía perfectamente la necesidad que de vez en cuando le asaltaba a uno de escapar del trabajo y la gente que ocupaban el mundo de cada cual. Para él, la familia solía ser su primer lugar de refugio, pero debido al trabajo del marido de su hermana, se habían tenido que mudar a una ciudad que quedaba a algo más de dos horas, y como además acababa de tener un bebé, su madre había dejado el hotel para estar más cerca de Kate. Con su única familia a kilómetros de distancia, incluyendo a un sobrino que no podía ver tanto como deseaba, se sentía inquieto. Incluso podía dar la impresión de que estaba deseoso de establecer su propio nido.

Como segundo lugar de evasión, estaba Bear y su bar.

Miró entonces a la mujer cuya mano aún sostenía y se preguntó si vendría huyendo desde muy lejos, y de qué.

–¿Y cuando la semana se termine? –preguntó.

Ella se encogió de hombros.

–Pues volveré a mi vida.

–A ser Samantha.

–Exacto –apartó la mano y se apretó la toalla contra el cuerpo–. Hace años que no me tomo unas vacaciones, así que decidí disfrutar de unos días de descanso antes de participar en una conferencia el próximo fin de semana.

–Lo difícil sería encontrar a alguien en Arizona que no tenga que participar en una conferencia. Antes todo eso lo capitalizaba Florida, pero ahora es Arizona.

Su padre había comprado tierra desértica muy barata a mediados de los años cincuenta. Tras su muerte, Mac vendió una pequeña porción por mucho más dinero del que había podido imaginar, y transformó lo que antes era una pensión familiar en un destino para turistas y conferenciantes. The Resort había resultado ser una mina de oro, y los ingresos medios de la familia Mackenzie eran ahora millonarios.

Un hecho que no tenía intención de revelar a Samantha hasta que la conociera mejor.

–De acuerdo, Sam. Ahora que ya sabemos nuestros nombres, podemos pasar a otra cosa.

Y dejándose llevar por un impulso, acercó su mano a los labios y la besó en la parte interior de la muñeca. Su pulso latía con rapidez.

De un tirón, retiró la mano.

–No, de eso nada. Acabo de conocerte y no pienso acostarme contigo.

No hablaba con demasiada convicción, pero él parecía no darse cuenta.

–Eso está bien, porque no recuerdo haberte invitado a hacerlo –contestó, echándose a reír–. Pero créeme: cuando quiera invitarte... te lo haré saber.

–Ah...

Sam le miró con los ojos abiertos de par en par y las mejillas rojas como la grana.

Mac nunca había percibido señales tan contradictorias. Antes la había visto examinar su cuerpo como si fuese un buen solomillo en una tienda de especialidades gastronómicas. Llevaba ropa interior muy sexy, de esa que sólo había visto en los catálogos, una ropa sensual y provocadora y, sin embargo, se aferraba a aquella toalla como si fuera una tabla de salvación.

Inocente o seductora. ¿Qué mujer era en realidad? Tras sufrir el acoso de demasiadas mujeres a la caza de un marido rico, le intrigaba la honestidad de sus respuestas. Pero antes de seducirla tenía que estar seguro.

–Estaba intentando sugerirte que te dieras una ducha –dijo, y dio media vuelta.

–Mac, espera.

Él se volvió.

–Lo siento. Es que soy nueva en esto... supongo que ya te has dado cuenta al ver cómo he sacado conclusiones precipitadas y...

Mac volvió a entrar en el baño y su presencia la silenció. La tentación era demasiado fuerte para él y se acercó a ella para tomar un mechón de su pelo de ébano y enrollarlo alrededor de su dedo mientras hablaba.

–¿Nueva en qué? –preguntó.

–En esto. En lo que está ocurriendo entre nosotros.

–¿Es que hay algo entre nosotros?

Tras su vehemente negativa, necesitaba saber qué quería, antes de seguir adelante.

Lo miró a los ojos, y en la profundidad de color violeta brillaba la sinceridad.

–Tú sabes que sí.

Era admirable que se hubiese atrevido a admitirlo tan claramente, aunque lo que había entre ellos era demasiado fuerte para ser ignorado.

–¿Y qué vamos a hacer al respecto... –preguntó, y acarició su barbilla con el extremo de su mechón de pelo–, Sam?

De pronto le pareció importante respetar sus deseos.

Un temblor sacudió su cuerpo y suspiró con suavidad.

–No lo sé.

Y se acercó a él hasta que apenas los separaba una fracción de aire.

Su lenguaje corporal le estaba diciendo a Mac lo que quería saber. Quería recorrer la distancia que los separaba. Necesitaba saborear sus labios y descubrir sus secretos, porque su intuición le decía que aquella mujer tenía muchos. Pero su respuesta no había sido lo suficientemente buena.

La miró a los ojos. Lo deseaba, pero había otras cosas que necesitaba aún más, como una ducha y un poco de tiempo a solas.

Soltó despacio su mechón de pelo y rozó su hombro al hacerlo.

–La casa de alquiler de coches te enviará uno nuevo. Mientras, te dejaré las maletas en la habitación de al lado. Cuando hayas terminado, estaré abajo.

Ella sonrió.

–Gracias. Eres un buen chico, Mac.

¿Un buen chico? Era un idiota. ¿Qué tendría aquella mujer que le hacía actuar con tanta nobleza? No le cabía duda de que con unas cuantas palabras cariñosas y sus caricias, estaría con ella en la cama, y sin embargo, bajaba las escaleras para enfrentarse a un bar lleno de gente, un puñado de viejetes ruidosos y un problema importante, tal y como descubrió al llegar al último peldaño.

–¿Qué quieres decir con que Theresa me está esperando porque quiere hablar conmigo? –Mac miró hacia donde su única camarera estaba sentada, haciendo añicos una servilleta de papel–. ¿No debería estar trabajando?

–Ha servido unas cuantas copas mientras tú estabas arriba. Y ha roto otras cuantas, también –añadió Zee.

–¿Y eso?

–Es que no le ha gustado que Hardy le

palpase el trasero –la risa de Zee llenó sus oídos, pero su expresión enseguida se volvió seria–. Su madre se ha caído al salir de la bañera y se ha roto la cadera.

Mac murmuró entre dientes, consciente de que no podía retener allí a Theresa si la necesitaban en casa, aunque fuese una de las noches de mayor afluencia de clientes.

–Hablaré con ella. ¿Algo más que deba saber?

–Hardy está detrás de la barra aguando las bebidas. Earl se ha bebido ya más de las que ha servido y el equipaje de esa señorita tan sexy está en aquel rincón –señaló.

–¿Y tú qué estabas haciendo?

–Revisando los carnés en la puerta. Menos de una copa C de sujetador, y no entran –sonrió.

–Vamos, Zee. Ya sabes que no se pueden hacer discriminaciones. Aunque ni siquiera necesiten sujetador, déjalas pasar.

A Mac le gustaba verle reír. Quería de verdad al hombre que le había tratado como a su propio hijo.

–¿Quieres que me ocupe de subir las maletas?

–No, gracias, ya lo haré yo.

No quería arriesgarse a que Zee hablase más de la cuenta, así que subió él mismo el equipaje de Samantha. Si era una mujer de las típicas tardaría un buen rato en bajar, de modo que tendría tiempo suficiente de poner su libido bajo control. Era una pena tener que hacerlo, además porque su cuerpo protestaba con ardor, pero los buenos chicos eran siempre fieles a su palabra... tanto a los amigos como a una desconocida, así que volvió a colocarse la gorra y regresó al trabajo.

Apenas habían pasado quince minutos cuando la mujer que le había puesto en aquel estado de excitación bajó al bar. Debería haberse imaginado que no había nada de típico en su Samantha.

Se acomodó en el primer taburete que encontró vacío, lo cual no era tarea fácil en la Noche de las Chicas, y apoyó los brazos en la barra del bar. Debajo del cristal, peniques con la cara de Lincoln la miraron. Le gustaba el ambiente algo añejo de aquel lugar.

Acostumbrada a frecuentar lugares como el Lincoln Center y los mejores restaurantes de Nueva York, le gustó la sensación de estar en un lugar donde podía relajarse sin más. Aunque el concepto de relajación fuese un tanto relativo, teniendo a Mac tan cerca, aunque al otro lado de la barra, y hablando con una joven que llevaba un pequeño delantal puesto. Debía ser su camarera, y no parecía estar muy contenta.

Aunque no podía oír su conversación, era evidente que se trataba de algo serio. Mac negó con la cabeza, sacó dinero de la caja registradora y se lo entregó. Ella intentó devolvérselo, pero Mac no se lo permitió y la joven lo abrazó con fuerza. Segundos después, Mac volvía al centro del bar.

Enseguida empezó a moverse entre los clientes, mayoritariamente mujeres aquella noche. Sam podría haberse estado horas contemplando la gracia y seguridad de sus movimientos, la habilidad con que manejaba copas, botellas y vasos, como si llevara haciéndolo toda su vida.

Y podía ser así, porque sabía bien poco de él, aparte de que era capaz de desbocar su pulso tan sólo con una mirada y de que confiaba en él.

De otro modo, jamás se acostaría con él. Estaba segura de que era capaz de amar apasionadamente. Si quería diversión, excitación y noches ardientes, había ido a parar al sitio adecuado. «Piénsalo... y me haces saber lo que decidas», le había dicho. Así que lo único que tenía que hacer era dejar a un lado sus temores y dar el primer paso. La imagen de Tom y toda una vida de camas e incluso habitaciones separadas aumentó su resolución.

–Hola, preciosa. ¿Puedo invitarte a tomar algo?

Reconoció a uno de los hombres que la habían rodeado al entrar.

–Claro.

–Eh, Mac –gritó el hombre para vencer el ruido del bar–, dos tequilas... y no te olvides del limón.

Mac se volvió hacia ellos y arqueó las cejas antes de acercarse. Sam sintió que se le hacía un nudo en el estómago y que la garganta se le quedaba seca. Sabía lo que quería, pero lo difícil iba a ser hacérselo saber.

Se detuvo frente a ella y apoyó las manos en la barra. Incluso el vello de sus brazos le llamaba la atención. ¿Sería tan suave al tacto como parecía? ¿Se parecería al del pecho?

–Tequila.

Ella se encogió de hombros fingiendo despreocupación.

–Es lo que él ha pedido.

–Me llamo Zee, preciosa. Y nada de ese brebaje aguado que nos suele dar Bear –le advirtió a Mac.

Mac la miró.

–¿Estás segura?

–¿Por qué no?

–¿Has bebido tequila alguna vez?

Ella negó con la cabeza.

–Me lo imaginaba –replicó él, pero llenó dos vasos con un líquido color ámbar.

–¿Quién es Bear? –preguntó Sam.

–El dueño del local –contestó Zee.

–¿Es tu jefe?

–Él es el dueño y yo lo exploto –Mac dejó los dos vasos frente a ellos, un salero y un cuenco con rodajas de limón, y luego dejó la botella junto a Zee–. Tomáoslo con calma –añadió, antes de volverse para atender a unos clientes.

El número de parroquianos se había cuadruplicado desde que ella llegara, y Mac trabajaba sin un minuto de descanso.

–Está desbordado.

–Y mal pagado –añadió Zee.

–Te he oído –contestó Mac, mirándolo con cara de pocos amigos.

Sam ladeó la cabeza.

–Trabajar duro no es algo de lo que haya que avergonzarse.

–Le ha dado la noche libre a su camarera –explicó Zee.

–Me ha parecido verla antes.

–Era ella, sí. Pero a Mac le ha parecido que debía quedarse en casa cuidando de su madre que está enferma en lugar de cuidar de unos cuantos viejos como nosotros. Incluso le ha pagado la noche de trabajo... aunque sin las propinas, no será lo mismo.

Eso explicaba la transacción que había presenciado y el abrazo de gratitud. Y con lo mal que se había sentido ella al verlo...

–Ha sido un gesto magnífico por su parte –murmuró. No sólo se había tropezado con un hombre sexy, sino más caballero que sir Galahad. Un hombre guapo y con carácter.

–El chico tiene un corazón de oro. Siempre lo ha tenido. Claro que también es verdad que tiene un genio que no hay quien lo aguante.

Mac se detuvo delante de ellos.

–Es que tú eres capaz de sacar lo mejor de mí –replicó, riéndose. La luz que brillaba en sus ojos y las líneas que delimitaban su boca le hizo sentir un escalofrío en zonas muy estratégicas de su cuerpo. Jamás se había sentido así.

Zee miró sus vasos.

–¿Vas a quedarte ahí sentada toda la noche? Mira y aprende, preciosa.

Sam había visto aquella maniobra en más de una ocasión en la universidad, pero nunca realizada por un hombre de ochenta años.

–¿Estás seguro de que debe hacer algo así? –le preguntó a Mac mientras Zee se secaba los labios en la manga.

–Al parecer, lo hace mejor que tú.

Era un desafío, así que imitando los movimientos de Zee, se colocó la sal entre los dedos, la lamió, vació el contenido del vaso y se llevó el limón a la boca.

–No está mal para una principiante –la felicitó Zee, y volvió a llenar sus vasos.

Sam miró a Mac en el momento en que se llevaba la fruta a los labios... porque acababa de beberse un vaso de agua mezclada con colorante. Él lo sabía, y con un guiño le indicó que siguiera el juego.

Un detalle más del caballero de brillante armadura. Respetaba a los mayores y se ocupaba de las mujeres en desgracia.

Mac como quiera que se apellidase era un trabajador sexy, duro, sexy, decente, sexy y guapo. El hombre perfecto para su propósito. No podría haber encontrado nada mejor.

Pero primero debía ocuparse del bar, y tal y como iba la noche, necesitaría ayuda.

Se había quedado sin cerveza. Las mujeres que acudían al Hungry Bear nunca dejaban de sorprenderlo. The Resort estaba siempre abastecido del mejor vodka, mientras que Bear disponía de una buena reserva de cerveza negra. El mismo estado, pero dos clases completamente distintas de mujeres, pensó Mac mientras entraba a la trastienda en busca de más cerveza.

Apartó una caja para alcanzar un barril cuando un aroma conocido lo alertó de que tenía compañía. Levantó la cabeza, pero aun antes de volverse supo de quién se trataba. Samantha.

–¿Qué haces aquí? –preguntó. Aquella mujer era una distracción que no podía permitirse en aquel momento. Más tarde, cuando hubieran cerrado, quizá. Si ella estaba dispuesta. Pero no en aquel momento.

–Acaba de entrar una pareja y querían una cerveza. El barril estaba vacío y no he visto botellas por ningún lado, así que...

–¿Estabas atendiendo el bar?

–No había nadie más que pudiera hacerlo –se defendió.

–Le he dicho a Zee que echase un vistazo.

–Zee piensa que está borracho.

Ese comentario rompió la tensión y ambos compartieron la risa.

–Ya veo que cuidas de él –dijo Sam. Aprobación y algo más brillaba en sus ojos.

–Alguien tiene que hacerlo... es el padre de Bear. El hombre perdió a su mujer hace algunos años y necesita que alguien le preste un poco de atención. Por cierto, has sido muy amable con él.

No mucha gente estaría dispuesta a hacer feliz a un viejo. Los clientes de Bear lo aguantaban por Bear y porque, como Mac, lo conocían de toda la vida. Pero Samantha lo había hecho por un desconocido.

–¿Cuánto tiempo llevaban casados?

–Más de cincuenta años.

–Mucho tiempo.

–No para ellos. Se querían de verdad.

¿Desde cuándo era él el portavoz de los

casados? No era que le importase sentar la cabeza un día... incluso, nada le gustaría más que eso. Pero no creía que llegara a encontrar una mujer lo bastante honesta y sincera con la que mereciera la pena correr el riesgo. Entonces miró a Samantha. ¿Habría llegado ese momento?

Quería tener la oportunidad de averiguarlo.

–Al menos esos años estuvieron llenos de amor –dijo ella.

Mac la miró a los ojos.

–Es que no me parece posible atarse a una persona por otra razón que no sea ésa.

Ella carraspeó.

–¿Te importaría cambiar de tema?

–¿Por qué? ¿Es que hablar del matrimonio te hace sentir incómoda? –preguntó, intentando no darle importancia, aunque sabía que, si conseguía lo que pretendía, tendría todo el tiempo después para hacerla hablar de sus secretos. Era obvio que guardaba muchos–. No se lo digas a Zee o te ganarás un sermón sobre tradiciones, respeto y amor a la antigua usanza.

La risa tan característica de Zee, que más parecía un cacareo, llegó hasta donde estaban y Sam sonrió.

–Es inofensivo... y muy dulce –cerró la puerta a su espalda y se acercó a él. Olía a su jabón en lugar de a melocotones, pero aquel olor le resultó igualmente atractivo–. Un poco parecido a ti –añadió con la voz algo temblorosa.

Él le hizo levantar la cara empujándola por la barbilla con un dedo.

–Cariño, yo soy el hombre menos dulce que puedes encontrar por estos contornos.

Frío, hosco, reprimido, desinteresado... una lista de los adjetivos más suaves que las mujeres que visitaban The Resort habían empleado para describirle después de que hubiera rechazado sus avances. Pero había aprendido la lección y sabía que decirles que no con suavidad nunca funcionaba.

–Preferiría juzgar por mí misma.

Y empujándole por los hombros, le hizo retroceder hasta quedar apoyado contra la pared.

Entonces lo besó. Rápida e intensamente, como si no quisiera concederse a sí misma la posibilidad de cambiar de opinión. Y por él, así era perfecto. Ella había dado el primer paso e iba a asegurarse de que no lo lamentara.

Pero Sam no le concedió esa oportunidad,

porque se separó de él antes de que tuviese tiempo de tomar lo que deseaba, lo que ella parecía estarle ofreciendo un segundo antes.

Con los ojos abiertos de par en par y las pupilas dilatadas por la pasión, lo miró.

–No sé en qué estaba pensando para... abalanzarme así.

Su inseguridad le conmovió.

–Yo tampoco sé en qué estarías pensando, pero ¿me has oído quejarme?

Ella sonrió.

–¿Quieres decir que te ha gustado?

Mac la sujetó por los brazos.

–¿De verdad necesitas que te conteste? Porque, si es así, mi técnica debe estarse oxidando.

Dio un paso hacia delante y, como ella no retrocedió, la abrazó de nuevo.

–Puedes confiar en mí.

–Lo sé.

Su sonrisa le tranquilizó y la besó sin retenerse, y ella le respondió del mismo modo. Al parecer lo que necesitaba era mayor seguridad, y una vez que él se la dio, se relajó en sus brazos.

La blusa se le había escurrido de un hombro, y aunque no fuese un gesto abiertamente sexual, le excitó más allá de lo imaginable. Dejándose llevar por un impulso, tiró hacia abajo de la blusa y el sujetador lo suficiente para poder paladear uno de sus pezones. Su gemido de placer fue una respuesta perfecta.

Unos segundos más, y le importaría un comino tener un bar lleno de gente esperándolo. Haría desaparecer toda su ropa y se enterraría en su cuerpo. Tenía que parar como fuera. Con una tremenda dificultad, levantó la cabeza.

–¿Sigues pensando que soy inofensivo? –preguntó con la respiración alterada.

–No, pero sí que eres dulce –sonrió, azorada–. No estaba segura de cómo acercarme a ti, pero me alegro de haberlo hecho.

Estaba en lo cierto. A pesar de sus intentos de seducción, era nueva en aquel juego, lo cual le empujó a preguntarse de nuevo qué secretos escondería en su interior.

Tenía la sensación de que una noche con Samantha no le bastaría para apagar el infierno que ardía dentro de él. Y lo peor de todo era que no estaba seguro de desear que se apagase. Pero hasta que comprendiera de qué huía y por qué, no podría aprovecharse de esas circunstancias... por mucho que lo desease.

Con deliberada lentitud, la tomó en brazos para dejarla en el suelo, sin que sus cuerpos dejasen de tocarse ni un instante, asegurándose de que sintiera su erección, y oírla contener la respiración se lo confirmó.

–Está mojado –dijo, tomando un mechón de pelo entre los dedos.

–No he querido entretenerme en secarlo.

Con aquel mismo mechón abrió el camino entre su mejilla y su cuello, un camino que recorrió después con su lengua.

–¿Tienes pensado quedarte? –le preguntó.

Ella carraspeó.

–Si soy bienvenida...

Por supuesto que lo era. Ser consciente de ello le sorprendió, pero era la verdad. Quedándose allí sería la única manera de poder conocerla, y eso era algo que deseaba casi tanto como poseerla.

–La cama de mi dormitorio es grande –le susurró al oído.

Ella necesitaba tener un sitio donde dormir, y él necesitaba tenerla cerca. Por difícil que fuese, conseguiría mantener la distancia física entre los dos, porque, al mirarla a los ojos, había descubierto inseguridad. Sabía que no se sentía insegura de la química que existía entre ellos porque era indudable, sino de algo más profundo. Emocionalmente no estaba preparada para llegar más allá.

Cuando el riesgo era alto y el premio merecía la pena, Mac sabía esperar.

–¿Y bien?

–Yo... –Mac le mordió el lóbulo y ella se estremeció–. Tengo habitación reservada para el próximo jueves –explicó no sin cierta dificultad–. Mi conferencia empieza a las ocho el viernes.

Una llamada a la puerta los interrumpió antes de que la situación se escapara a su control.

–Puede que esté viejo, pero la memoria todavía me funciona. No se tarda tanto –gritó Zee–, y hay gente muerta de sed aquí fuera.

Sam enrojeció y Mac cubrió sus mejillas con las manos.

–Se equivoca.

–¿Ah, sí?

Su voz estaba llena de expectación.

Mac asintió.

–Tardaré toda la semana. Lo prometo –dijo con una voz que él casi ni reconoció como propia.

Entonces salió, dejándola para que recuperara la compostura y rezando para que nadie se hubiera dado cuenta del tiempo que había faltado. O de que se había olvidado de la cerveza. O de que deseaba de tal forma a Samantha que casi no podía andar. Aquella mujer, su honestidad y su vulnerabilidad, le hacían creer en un futuro por primera vez desde hacía años. Unido a la química sexual que latía entre ellos, Mac supo sin ningún género de dudas por qué la había invitado a quedarse.

Nunca antes había conseguido algo tan grande supliendo a su amigo como camarero, y al ponerse de nuevo a trabajar, se preguntó si alguien se daría cuenta si cerraba un poco antes de la hora.

III

Sam limpió la mesa y se guardó en el bolsillo la propina que habían dejado junto al vaso. Había ocupado el puesto de Theresa y se había acomodado sin dificultad al nuevo ritmo. No se le daba del todo mal hacer de camarera. Las cosas iban allí, en general, más despacio que a lo que ella estaba habituada, de modo que no le costó demasiado trabajo y pudo disfrutar de charlar con los clientes; incluso le pareció que a ellos también les gustaba hablar con ella.

–Eh, preciosa, una más en la mesa del rincón.

Sam elevó al cielo la mirada. ¿De dónde

sacaría Zee tanta energía, cuando la suya se estaba apagando a marchas forzadas? Pasó detrás de la barra por una ronda más del licor secreto de Zee.

–¿Qué tal vas?

El corazón le dio un brinco al oír aquella voz. Menos mal que los pies no le hicieron lo mismo.

–Bien –contestó, volviéndose a mirar a Mac.

–Tenías los pies destrozados después del paseo –contestó, mirando las zapatillas de lona que llevaba puestas.

Le sorprendía que se preocupase por ella. Necesitaba una camarera si no quería tener que cerrar el local antes de la hora, y sin embargo había mandando a Theresa a su casa y ahora estaba preocupado por sus pies... los pies de una mujer a la que acababa de conocer.

Era todo suavidad detrás de un exterior duro, y eso le gustaba. Puede que incluso demasiado.

–Dile a los chicos que ésta es la última ronda.

Estuvo a punto de besarlo de alegría, pero con el bar lleno de gente y su último encuentro bien fresco en la cabeza, descartó la idea. Mientras recogía varias de las mesas que habían ido quedando vacías, tuvo la sensación de que alguien la observaba, y la sensación de cosquilleo en la nuca creció hasta que con tan sólo pensar en Mac, los sentidos se le sobrecargaron.

Por fin cerró la puerta tras el último cliente de la noche. Sin volverse, oyó el sonido de los taburetes que se colocaban sobre la barra. Mac debía estar preparándolo todo para limpiar. No podía volverse a mirarlo, no con las emociones a flor de piel tras la forma en que le había atacado en la trastienda.

–Y aún menos habiendo accedido a pasarme una semana metida en su cama –murmuró en voz alta.

El bar había estado tan lleno que excepto en las ocasiones en las que había necesitado pedirle instrucciones y en las que sus miradas se habían cruzado, no había ocurrido nada personal entre ellos en el resto de la noche. Aunque, si se quedaba, tendría que mirarlo a los ojos más tarde o más temprano.

¿A quién pretendía engañar? Si se quedaba, haría mucho más que mirarlo a los ojos. Y eso era precisamente lo que buscaba, ¿no?

Era más, ya tenía la prueba fehaciente de que podía proporcionarle todo eso y más. Pero, aunque se había tomado su tiempo para reaccionar, la conciencia estaba empezando a hacérselo pasar mal.

No quería a Tom, y lo de casarse con él había sido poco menos que un chantaje, pero ella se tomaba los compromisos en serio y echarse en brazos de un hombre estando comprometida con otro la molestaba más de lo que quería admitir, aunque no lo bastante para hacerla cambiar de opinión. Y esa decisión tenía más que ver con Mac que con su necesidad de aventuras. Quería pasar esa semana con aquel hombre en particular, no con cualquier otro.

Tom nunca lo sabría, y si por casualidad llegaba a saberlo, sólo podría sentirse herido en su orgullo. Ambos representarían un papel delimitado en la vida del otro. Ella sería un trofeo que lucir del brazo y él le proporcionaría el dinero suficiente para sacar del atolladero a su padre. Ella era la única que no ganaba nada con aquel trato.

–Excepto el hecho de que ha sido lo que me ha conducido hasta ti –murmuró en voz baja, y miró a Mac, que estaba de espaldas a ella. A pesar de ser un hombre fuerte y confiado en sí mismo, seguramente no le haría ninguna gracia saber que técnicamente pertenecía a otro hombre.

Se rozó el dedo anular con la otra mano. No le gustaba pensar en sí misma en términos de pertenencia, pero sabía que ésa era precisamente la visión que muchos hombres tenían del mundo. Pero como a Mac no iba a volver a verlo una vez transcurriera aquella semana, no debía permitir que nada se interpusiera en aquella oportunidad.

–Sammy Jo, tráeme una ronda más antes de que Hardy me lleve a casa.

Sam suspiró. Jamás debería haberle dicho a Zee que podía llamarla por aquel ridículo nombre.

–¿Sammy Jo?

–Samantha Josephine –explicó Zee–. Si se quiere conocer a una mujer, hay que hacerle las preguntas precisas.

–Sammy Jo –repitió Mac, apoyado en el palo de una fregona, observándola, y Sam tuvo la sensación de que estaba recordando mucho más de lo que había en aquel momento ante sus ojos–. Sammy Jo –repitió en un tono mucho más seductor–. Eso sí que me gusta.

Y en sus labios, a ella también le gustaba.

–Lo siento, Zee, pero por hoy ya no puedo más.

No podía con un vaso más, aunque fuera de agua, sin que le explotase la vejiga. Aunque Zee le caía bien y disfrutaba con su compañía, ya bastaba por una noche.

Con una sonrisa miró a Zee y le sobrevino un hipido.

Mac se echó a reír y Zee sonrió.

–Ya te dije que no podría aguantar mi ritmo. Buenas noches a todos. Mañana nos vemos.

Y salió del bar con su conductor pisándole los talones.

Mac cerró de nuevo la puerta y echó el cerrojo. A partir de aquel momento, siempre asociaría el sonido de una cerradura con aquel lugar y aquella noche.

–Solos por fin –suspiró, y con una sonrisa se ajustó la gorra de béisbol–. Ven aquí... Sammy Jo.

Sus ojos brillaban con un deseo irrefrenable y ella sintió que el corazón le estallaba en el pecho. Caminó hacia él, hipnotizada por el calor que emanaba de sus ojos y cómo conseguía hacerla arder sólo con mirarla.

Sin más preámbulo, Mac tomó su cara entre las manos y la besó. Esperaba algo exigente, intenso, parecido a como se habían besado antes, pero la ternura con que la besó, acariciando sus labios dulcemente con la lengua hasta que sintió deseos de gritar... para eso no estaba preparada. Cuando se separó, Sam no podía controlar la respiración, así que no lo intentó.

–¿Y esto, por qué ha sido? –le preguntó.

–Porque me parecías insegura y quería que recordases por qué.

No necesitó preguntar a qué se refería. Pero antes de que pudiese decir nada, él la rodeó por la cintura y la hizo sentarse en uno de los pocos taburetes que todavía quedaban colocados, levantó uno de sus pies, le quitó la zapatilla y le dio un suave masaje a través del calcetín.

Ella apoyó la espalda en la barra y suspiró.

–¡Qué maravilla!

–Se me ocurre un montón de cosas que seguro que te gustarían más, pero algo me dice que esto es lo que más necesitas.

–Sabes mucho de alguien a quien acabas de conocer.

–Eres fácil de descifrar.

Sam se obligó a abrir los ojos.

–No sé si me gusta cómo suena eso.

Porque él no era ni mucho menos fácil de descifrar, lo cual le otorgaba ventaja a él. Pero no quería pensar más, sino concentrarse en las sensaciones que partían de sus pies, ya que Mac le había quitado la otra zapatilla y se ocupaba ya de sus dos pies y de las pantorrillas.

–Me has sorprendido esta noche –comentó él.

–¿Te refieres a que no estás acostumbrado a que te ataquen las mujeres?

Él se echó a reír.

–Me refería a que me hayas ayudado en el bar. Necesitaba desesperadamente que alguien me echase una mano y tú lo has hecho. Te lo agradezco.

Había ido ascendiendo con las manos y llegaba ya a sus muslos. Sam sintió cierta tensión, pero con el masaje fue perdiéndola poco a poco.

–Puedo pagarte el salario de Theresa –dijo.

–Ya se lo has pagado a ella –le recordó.

–Porque su familia necesita el dinero y a Bear no le importará. Pero tú no tienes por qué trabajar gratis. No es mucho, pero...

Sam era incapaz de concentrarse en otra cosa que no fuera en sus manos, la piel de sus muslos y la dirección que estaban tomando. Pero aun a través del deseo, la imagen del hombre que era Mac se consolidaba ante sus ojos. Una persona especial, sensible... suyo durante el tiempo que durase la estancia, si ella quería que fuera suyo. Y lo quería.

A cambio, Mac necesitaba saber qué quería de él, y eso no incluía dinero.

–No quiero tu dinero, Mac.

Él murmuró algo entre dientes, pero había alcanzado el borde de su falda y no podía confiar en haber oído bien.

–¿Por qué no? Te lo has ganado.

–No acepto que me paguen por las cosas que disfruto haciendo, y he disfrutado ayudándote.

–Estoy seguro de que has recogido un buen pellizco en propinas –comentó.

–No se me ha dado nada mal para ser mi primera noche –sonrió.

–Eres toda una mujer, Sammy Jo –bromeó, justo en el momento en que sus dedos le rozaban las bragas. Ante aquel primer contacto íntimo, Sam gimió suavemente.

–¿Es ésta tu forma de mostrar gratitud? –le

preguntó, intentando mantener la calma, pero no lo consiguió porque él estaba moviendo sus dedos con increíble precisión.

–No, cariño. Lo estoy haciendo porque a ti te gusta y yo disfruto con ello.

Sam experimentó una tremenda desilusión cuando Mac retiró la mano, pero ver que le temblaba al apoyarla sobre su muslo fue un pequeño consuelo. No estaba sola en aquel torbellino de deseo.

–Pero te quiero bien despierta y participando, y no agotada después de haber trabajado tanto en el bar.

Y la besó en los labios antes de volver a ponerle las zapatillas.

–Sube tú. Yo iré cuando haya terminado de recoger.

Sam parpadeó varias veces. Le costaba trabajo comprender por qué estaba tan excitada que temía explotar. Podía intentar seducirlo, pero no quería que la primera vez fuese en el bar.

A pesar de su inexperiencia, había conseguido llegar hasta allí, y no le importó que él tomase las riendas. Además, al empezar a subir las escaleras se dio cuenta de que Mac tenía razón: estaba agotada. A él le iba a tomar un buen rato terminar de recoger, así que tendría tiempo suficiente para descansar.

Mac subió a todo correr el último peldaño de la escalera. ¿Cuándo había sido la última vez que había invitado a una mujer a compartir su cama? Bueno, aquélla no era exactamente su cama, pero como si lo fuera. Porque no sólo le gustaba lo que había visto, sino lo que sabía hasta aquel momento de ella. No era ni egoísta ni codiciosa, sino considerada y generosa, y no sólo con él sino con Zee y el resto de clientes habituales, que le habían comentado lo mucho que les gustaba aquella nueva camarera. Había encajado a la perfección, aunque se apostaría hasta su último dólar a que era la primera vez que servía mesas en toda su vida.

Entre los dos generaban una combustión tan instantánea y espontánea que era difícil creer que se conocían hacía un par de horas. Al abrir la puerta, entró en una habitación iluminada por velas. Unas velas blancas y grandes palpitaban en la oscuridad.

Miró directamente a la cama para descubrir qué otras sorpresas lo esperaban. Samantha se había tumbado sobre la colcha totalmente vestida, se había abrazado a una almohada... y se había quedado profundamente dormida.

La luz de las velas iluminaba su rostro, su delicado perfil, los pómulos marcados, los labios carnosos. Labios que quería volver a probar, pero eso era algo que no iba a ocurrir en aquel momento, a juzgar por el ritmo pausado de su respiración, lo cual no era malo del todo, teniendo en cuenta que se había prometido a sí mismo tomarse las cosas con calma y analizar más detenidamente los sutiles signos que dejaba entrever. No los evidentes, como aquellas velas.

Se tumbó junto a ella en la cama y apartó un mechón de pelo de su mejilla. Ella suspiró suavemente y se acurrucó contra él. Era interesante comprobar cómo se acercaba instintivamente a él aun estando totalmente indefensa. El corazón le dio un vuelco.

Dormida parecía aun más perdida de lo que le había parecido al entrar en el bar. A juzgar por las molestias que se había tomado en preparar aquella seducción, le daba la impresión de que consideraba aquel encuentro sexual como la solución a algún problema. Sería demasiado fácil sucumbir a la tentación y aceptar lo que le ofrecía. Si lo hacía, no volvería a verla.

Mac no sabía cómo había llegado a sentir esa certidumbre, pero así era, y perder a Samantha antes de haber podido llegar a conocerla no era una opción. No era que él fuese un caballero de brillante armadura en busca de damas en apuros a las que rescatar, pero quería proteger a aquella mujer. Quería ocuparse de ella, y prefería no cuestionarse por qué. Tenía una semana para averiguarlo.

Cuando se despertó a la mañana siguiente, Mac se dio cuenta de que apenas había dormido. ¿Cómo iba a poder dormir teniendo el cuerpo de Samantha pegado al suyo y su mano puesta en una erección matinal que no tenía nada que ver con la hora del día y sí con la mujer tumbada a su lado?

Con buenas intenciones o sin ellas, se había ido la noche anterior a la cama deseándola, y se había despertado deseándola aún más, pero como ella seguía durmiendo profundamente, decidió levantarse. No pudo evitar mirarla una vez más. Se había movido hasta su lado de la cama y se había abrazado a una almohada. A su almohada. Y que el cielo se abriera sobre su cabeza si no daba la impresión de que aquella cama era el lugar en el que debía estar.

Mac movió la cabeza. Una ducha fría acabaría con el problema, al menos por el momento. Y también le despejaría la cabeza para enfrentarse a aquella semana con Samantha.

Sam esperó a que la puerta del cuarto de baño se cerrara para abrir los ojos. Un maravilloso olor le llenó a la nariz al mismo tiempo que el sonido del agua al correr llegó a sus oídos. El olor de Mac. La ducha de Mac. El mismo Mac que había evitado aquella mañana tras despertase teniendo en la mano su... su... ni siquiera podía pensar en la palabra, y mucho menos pronunciarla.

Se obligó a incorporarse y miró a su alrededor. El sol se filtraba por las persianas y las velas que encendiera la noche anterior o se habían consumido o las habían apagado. Miró el despertador de la mesilla. Había dormido más allá de las siete de la mañana, que era su hora habitual para levantarse. Mucho más. Tendría que acostumbrarse, al menos durante aquella semana. Mientras estuviera con Mac.

Miró otra vez a su alrededor e hizo una mueca. Se había quedado dormida antes de que él subiera y, como resultado, tenía ante las narices un intento fallido de seducción, y teniendo en cuenta que había notado su erección, esperaba que tomase él la iniciativa, pero no había sido así.

Apartó la ropa de la cama y se levantó. Si podía vestirse y salir del apartamento antes de que él terminase de ducharse, podría disponer de algo de tiempo para pensar. La cabeza siempre le funcionaba mejor al aire libre, y con el aire fresco y los espacios abiertos de Arizona encontraría la mejor forma de enfrentarse a un hombre como Mac.

Sacó de la maleta un vestido de flores color crema y melocotón y lo dejó sobre la cama. El ruido del agua al caer se seguía oyendo, al igual que una música que provenía también del baño.

Así que le gustaba ducharse con música, se dijo, sonriendo. Ya sabía una cosa más sobre él. Además, compartían los mismos gustos musicales y, moviendo las caderas al ritmo del country, se sacó la camisa por la cabeza.

El ruido de una puerta al abrirse la sorprendió y sin pensar se dio la vuelta para encontrarse frente a Mac, desnudo de cintura para arriba y cubriéndose tan sólo con una toalla.

–Tienes ritmo –le dijo con una sonrisa.

–La ducha sigue corriendo –fue lo único que se le ocurrió decir mientras se ponía roja como la grana.

–Es que me había olvidado de la maquinilla de afeitar –explicó, y al tiempo que él abría las puertas del armario, ella se lanzó por su ropa. Aquel hombre estaba destinado a verla siempre en sus peores momentos, pensó apresurándose a ponerse el vestido, y una vez vestida, se volvió de nuevo hacia él.

Mac la miraba con una expresión indefinible, en cuyo fondo brillaba algo inconfundible: deseo.

–¿Tienes ya todo lo que necesitas? –le preguntó, tragando saliva y sonriendo. Tuvo mucho cuidado en no bajar la mirada hacia sus caderas.

–Ni mucho menos –murmuró.

Ella se humedeció los labios. No sabía cómo contestar a una cosa así.

–Como ya te has levantado, he pensado

que puedo invitarte a desayunar. No hay nada que merezca la pena en el frigorífico.

Ella parpadeó varias veces, sorprendida por la intimidad de la situación. Estaban compartiendo la rutina de una mañana cualquiera y manteniendo una conversación estando los dos a medio vestir... ¡y eran extraños!

Por otro lado, y a pesar de que era cierto que se habían conocido el día anterior, no tenía la sensación de que Mac fuese un extraño. Se sentía demasiado cómoda en su presencia, demasiado segura en sus brazos.

No estaba segura de ser capaz de comer absolutamente nada, pero alejarse del bar y de aquella habitación le pareció una idea excelente.

No llevaba sujetador. A no ser que se lo hubiera puesto en el par de minutos que la había dejado sola. Mac apretó el volante entre las manos. La sorpresa de aquella mañana seguía estando muy fresca en su mente. Había salido del baño para encontrarse a Samantha medio desnuda, iluminada por la luz del sol y con el pelo suelto y cayéndole a la espalda. Todas sus buenas intenciones habían estado a punto de abandonarlo en aquel mismo instante, de modo que salir a desayunar fuera le había parecido la mejor forma de poner a remojo la tensión sexual que crecía entre ellos. Pero se equivocaba.

Iba sentada a su lado, llevando puesto el vestido con el que se había apresurado a cubrirse, y él no podía dejar de pensar en sus pechos, tal y como los había visto antes de que pudiera taparse. Incluso en aquel momento, conduciendo entre campos, no podía pensar en otra cosa.

Pero tenía que darle espacio. Quería disfrutar de aquella semana, pero no iba a poder seguir conteniéndose si ella le tentaba a cada segundo. Incluso sus más leves movimientos lo excitaban.

–¡Mac, para!

Pisó a fondo el freno y casi se atravesaron en la carretera. Menos mal que transitaban por una carretera secundaria que apenas se usaba.

–Vaya... no creía que fueses a tomártelo tan al pie de la letra.

–Cuando alguien grita yendo en coche, uno se imagina que o se ha mareado o... bueno, no importa. ¿Cuál es la emergencia?

–¿Qué pueblo es ése de allí? –preguntó, señalando hacia la derecha. Unos tejados pintados en una amplia variedad de rosa, verde y tostado se elevaban contra el cielo azul.

–Es un pueblecito que se llama Cave Cove. Un sitio para turistas con muñecas indias, camisetas, turquesas y otras tonterías de ésas que a los del este os gusta llevaros de recuerdo.

Él no solía comprar allí, pero su madre y su hermana siempre se llevaban algo cada vez que iban a verlo.

Puso la primera con intención de continuar hacia su destino cuando ella apoyó la mano en su brazo.

–¿Podríamos pasar primero por allí?

–Si quieres un centro comercial, hay uno en Scottsdale.

Un lugar que él odiaba, pero que soportaría por ella.

–¿Uno de esos centros comerciales enormes, con aire acondicionado, tiendas caras y vendedores agobiantes? No, gracias. De esos ya tengo suficientes en casa.

Seguro. A juzgar por lo que había visto de su equipaje hasta el momento, toda su ropa llevaba etiqueta de diseñadores y era parecida a la que se vendía en The Resort.

Al mirarla la encontró con una mueca de disgusto en la cara. Samantha se vestía bien y con ropa que la sentaba a las mil maravillas, pero no era una adicta a las compras, ni mucho menos.

–¿Estás segura de que quieres que paremos aquí?

–Me encantaría echar un vistazo. ¿Podemos?

Lo miró y batió las pestañas intentando hacer un movimiento que aún no había perfeccionado. Él se echó a reír.

–De acuerdo. Daremos una vuelta por las tiendas y luego echaremos un vistazo a los alrededores.

–¿Crees que seguirán teniendo muñequitas de ésas? Porque querría llevarme una de recuerdo.

–Sí, sí que las tienen.

Lo sabía gracias a la colección de su hermana. Si alguna vez iba con Samantha a Sedona, su madre y su hermana se llevarían a las mil maravillas con ella.

¡Eeeh...! Una cosa era pensar en una relación para toda la vida en abstracto, y otra muy distinta pensar en que Samantha fuese aceptada o no por su familia. Aunque sabía que lo sería. Igual que sabía que Samantha las aceptaría a ellas.

–Este sitio es realmente precioso –comentó, mientras se ponía las gafas de sol en lo alto de la cabeza.

Era un gesto inconsciente y desenfadado, pero para él tan tentador como el más erótico.

–Sí que lo es –aquella zona formaba parte de su ser casi como su misma sangre.

–Emana una paz muy especial. No hay rascacielos, ni humo, ni tráfico, ni bocinas...

–Completamente distinto a Nueva York, ¿eh?

–Sí. Aunque no vivo allí. Sólo trabajo. Voy todos los días desde New Jersey.

–¿Por qué?

Sam miró por la ventana. Las montañas eran el telón de fondo para una gran variedad de cactus y otras plantas, y al ver el sol como una bola de fuego en el cielo azul, movió despacio la cabeza.

–Pues no lo sé. Nací y me crié allí, así que simplemente sigo estando allí. Además, para los consejeros financieros es el mejor lugar de trabajo. ¿Y tú?

–Yo nací aquí.

–Entonces, tu familia también vivirá en Arizona, ¿no?

Él asintió.

–Mi madre, mi hermana, mi cuñado y un sobrino de seis meses.

No le gustaba pensar en él como en un hombre con familia, con gente que lo quería y que se preocupaba por él. Eso le hacía demasiado real, demasiado inolvidable.

–¿Y tú? ¿Tienes familia?

–Sólo estamos mi padre y yo.

Mac asintió.

–¿Qué ocurrió?

–Mi madre murió hace un par de años... y...

–¿Y? –insistió cuando ella se quedó en silencio.

–Mi padre no lo ha superado. Es agente de bolsa y trabaja para una de las firmas más importantes de la ciudad.

Y claro, Sam, en busca de la aprobación de sus padres, había decidido estudiar economía para emular a su padre y que se sintiera orgulloso de ella. Nunca había llegado a estar segura de haber alcanzado su objetivo, así que había sido un alivio que terminase por gustarle el trabajo que había elegido.

Suspiró.

–Primero descuidó a sus clientes y después intentó compensarlos. Yo no lo he sabido hasta hace muy poco, pero durante el año pasado estuvo haciendo inversiones de alto riesgo y perdió un montón de dinero. Varios de sus clientes le dieron el trabajo a otras firmas, y lógicamente el jefe de mi padre no está nada satisfecho. Tanto su vida personal como la profesional están hechas un desastre. Cuanto peor iban las cosas, más tiempo se pasaba limitándose a observar de brazos cruzados el mercado... –de pronto, se echó a reír, y le miró ladeando la cabeza–. Es fácil hablar contigo, ¿sabes?

–Entonces, continúa –contestó, apoyando una mano en su brazo.

–¿Estás seguro de querer escuchar?

Mac la miró a los ojos.

–Lo estoy.

–Está prácticamente en bancarrota. Debería haberlo visto venir, pero no lo vi –y teniendo en cuenta la solución que iba a tener que adoptar, ojalá lo hubiera visto–. Estaba tan ocupada con mi propia vida y mi propio trabajo que no me di cuenta de lo que estaba pasando, y para cuando lo hice, no sólo estaba seriamente endeudado, sino que había perdido la mayoría de sus clientes más importantes.

Mac tomó su mano y la apretó.

–No puedes controlar su vida por él.

–No, pero es que no estoy segura de que él sea capaz de hacerlo. En un principio pensé que se iba a tratar solamente de un lapso de tiempo marcado por el dolor, pero ahora simplemente creo que se está haciendo mayor y menos meticuloso, más despistado incluso. Si yo le hubiera prestado más atención...

–Tú no eres responsable de las acciones de tu padre.

Ella arqueó las cejas. Si supiera...

–Le prometí a mi madre que cuidaría de él –le explicó.

El problema era que su madre se la había imaginado teniendo que enseñarle a manejar la lavadora, y no renunciando a su propia libertad para asegurarse de que su padre no perdiera su casa o su puesto en la comunidad.

–Además, siempre he hecho lo que se esperaba de mí –añadió en voz baja. Siempre había buscado la aprobación de sus padres... y su afecto, y había encontrado ambos cuando su madre murió. Quería a su padre e iba a ayudarlo, pero el único modo de hacerlo iba a costarle casi la vida.

–Lo entiendo bien –dijo Mac–. Yo le hice a mi padre la misma clase de promesa.

Demasiado real. Demasiado inolvidable. Sam inspiró profundamente. Aquella mañana habría sido el momento perfecto para escapar, antes de llegar a conocerlo, antes de que llegara a gustarle.

Pero como ya era demasiado tarde para eso, decidió que también quería contar con su comprensión.

–Así que eres consciente de hasta qué punto una promesa puede cambiarte la vida...

Se detuvo antes de que pudiese revelar demasiado. Sería muy peligroso.

Aquella semana no era real. Era una pequeña porción de tiempo que les pertenecía a Mac y a ella; una porción de tiempo en la que no tenía cabida su vida real. Porque por mucho que llegase a gustarle, por mucho que pudiese llegar a sentir por él, tendría que marcharse. Por doloroso que fuera.

Como si supiera que la conversación había terminado y aceptando su silencio, volvieron a tomar la carretera, pero no soltó su mano.

–Siento lo de tu madre –le dijo con la mirada al frente–. Y sé que te va a ser duro encontrar una solución a los problemas de tu padre. Has de estar a su lado, aconsejarlo y ayudarlo si puedes. Pero no olvides que no puedes renunciar a tu vida porque él tenga problemas con la suya.

Si él supiera... se volvió hacia la ventana. Era incapaz de mirarlo. Aunque sabía que se marchaba a la semana siguiente, no tenía ni idea de lo definitivo que iba a ser aquel adiós.

IV

Mac llevó el coche hasta el pueblo y aparcó en una calle lateral, frente a una tienda pintada con cálidos colores. Aún no había parado el motor cuando Sam se bajó del coche. Mac se unió a ella, tomó su mano y así recorrieron las calles, deteniéndose a curiosear en varias de las tiendas. Sólo estar a su lado le proporcionó una sensación de felicidad como no había conocido antes.

Siendo hija única, no había tenido hermanos con los que jugar mientras sus padres caminaban de la mano, y siempre se había sentido excluida. Siempre una extraña en su propia vida. Menos en aquel momento. Y, precisamente aquel momento, no era el adecuado para encontrar cosas que la satisficieran, a menos que se tratase de simples recuerdos que conservar y de los que disfrutar. Su tiempo con Mac iba a ser eso.

A lo largo de la calle había farolas antiguas y bancos en los que poder sentarse. Estaba siendo la salida perfecta. Necesitaba alejarse del bar durante un rato, y muy especialmente de la tensión que siempre parecía estar en la superficie. Cave Code albergaba todas las tiendas para turistas imaginables y paseando por sus calles, al aire libre, podía relajarse y disfrutar del día y de Mac sin presiones.

Las calles estaban prácticamente vacías dado lo temprano de la hora, y al final de la acera se detuvieron junto a una joyería cuyo escaparate mostraba una amplia variedad de joyas hechas a mano en turquesa y plata.

Pero él tiró suavemente de su mano.

–Sigamos andando. Hay montones de tiendas con estas mismas cosas por todas partes.

Un gran cartel rojo llamó su atención.

–Pero en ésta hacen un treinta por ciento de descuento.

Él se echó a reír.

–En todas vas a encontrarte el mismo cartel. Es la competencia.

Apoyó las manos en el cristal del escaparate. Había algo en aquella tienda que la atraía.

–Ésta es la que me gusta –insistió.

–Si tú lo dices... pero no te olvides de que hay un montón de sitios por ver a los que no podremos ir si te pasas todo el tiempo aquí.

Ella frunció el ceño.

–Lo que en realidad quieres decir es que ya te estás aburriendo.

–¿Yo he dicho eso? –exclamó, con la audacia de parecer ofendido.

–Es un hecho conocido que a los hombres no les gusta ir de compras.

–Una estadística que engroso con sumo orgullo, pero no hoy. Vamos.

Y sin soltar su mano, entraron en la tienda.

Las campanillas sonaron al entrar a aquel ambiente que olía a lavanda. Nada más entrar, sintió un escalofrío en la espalda, y al notarlo, Mac la rodeó por la cintura. Era una sensación muy extraña. Si creyera en auras y premoniciones, diría que había llegado a un punto de inflexión en su vida. Que la decisión que tomase en aquel momento, condicionaría el curso del futuro, lo cual era una estupidez, ya que ella no creía en todas esas cosas.

Se acercó a la vitrina más cercana y miró los anillos. Aunque aquel expositor estaba lleno, hubo uno que llamó en especial su atención. Era una alianza de plata con turquesas haciendo un intrincado dibujo.

–¿Ha visto algo que le guste? –oyó preguntar a una mujer.

Sam levantó la mirada. Teniendo en cuenta su estado de ánimo, esperaba encontrarse con una mujer envuelta en velos y misterio, y no aquella mujer de mediana edad e indudable atractivo.

Como ella no contestara, Mac le acarició el brazo.

–Cariño...

Aquel apelativo la sorprendió.

–Sí, perdón –señaló el anillo a través del cristal–. Ése. El que tiene forma de equis.

La mujer sonrió.

–Ah... El Beso –dijo mientras sacaba la caja con fondo de terciopelo sobre la que descansaban los anillos–. Me gustaría decir que es un original, pero encargo uno cada vez que unos prometidos se lo llevan.

Sam esperó a que Mac la corrigiese, pero como no lo hizo, se decidió a hacerlo ella.

–Nosotros no...

–Yo creo que ya estamos listos para comprar un anillo de esta naturaleza –dijo él–. Sobre todo tratándose de un anillo que llevan tantas mujeres.

Sam se volvió hacia él y se encontró con sus ojos de mirada sincera, tranquila, llena de amor... ¿De amor?

Hubiera querido salir huyendo de la tienda y no lo hizo simplemente porque Mac apoyó la mano en su brazo, le guiñó un ojo y le susurró al oído:

–Esta semana va a estar llena de fantasía. Déjame disfrutarla.

No supo si echarse a reír por el chiste, o si llorar porque le gustaría ser libre para poder pensar en aquel hombre en términos de amor y matrimonio.

En aquel momento, intervino la dueña de la tienda.

–Les aseguro que, si llevan este anillo, seguirán casados para toda la eternidad. El resto de parejas que lo compraron pueden atestiguarlo.

Sam volvió a sentir un escalofrío.

–¿Y por qué está tan segura de que estamos prometidos? –le preguntó.

–Los signos son inconfundibles. La forma en que la abraza –dijo, refiriéndose a cómo Mac la rodeaba por los hombros–, cómo la mira cuando cree que usted no se da cuenta, cómo se acurruca en él... dos mitades que hacen una sola unidad.

–No me había parecido usted una adivina –murmuró Sam.

Mac se echó a reír.

–Vamos, Sammy Jo. ¿Quieres el anillo o no?

Sin esperar a que contestara, sacó de su bolsillo la tarjeta de crédito, de la que Sam sólo vio el apellido, Mackenzie, antes de que se la entregase a la vendedora. Así que Mackenzie, Mac, era su apellido. Una cosa más que albergar en el recuerdo.

–Discúlpenos –le dijo a la vendedora–. Y por favor, espere un momento –condujo a Mac a un rincón de la tienda–. Oye, Mac, ese anillo...

–¿Has cambiado de opinión?

–No, pero...

–Pero quieres probártelo antes. Debería habérmelo imaginado.

–No, lo que quiero decir es que... –no sabía cómo decirlo sin ofenderlo, pero sabía que era camarero y que...– Ni siquiera has preguntado el precio.

–No he tenido que hacerlo. He visto cómo lo mirabas.

–Pero Mac...

Y él le dedicó una de aquellas sonrisas que podía derretirle los huesos y le impedía pensar, y el calor que sintió en el vientre le confirmó que lo había conseguido.

–Además, hacen el treinta por ciento de descuento –le recordó él–. No puede ser tan caro. Déjame hacerlo por ti... Sammy Jo.

Aquel nuevo nombre estaba empezando a gustarle, sobre todo pronunciado por él. Al igual que le gustaba cómo su voz caía toda una octava al decirlo, y al mirarlo a los ojos, se dio cuenta de que iba a serle imposible decirle que no. Tendría que probárselo. Su talla de anillo era muy pequeña, y seguro que le quedaría grande, una excusa perfecta para no quedárselo sin ofenderlo.

Se acercaron de nuevo al mostrador donde los esperaba el anillo sobre una bandeja de terciopelo negro. Miró a su alrededor, pero la vendedora había desaparecido en la trastienda.

–Qué confiada –murmuró Sam.

–No estamos en una gran ciudad, cariño –tomó el anillo y levantó su mano–. Cada vez que mires este anillo, piensa en mí, en esta semana y en lo que podría ser.

Antes de que pudiera protestar, le colocó el anillo en el dedo y, tomando su cara entre las manos, la besó en la boca. Sam no sabía ya dónde terminaba la realidad y empezaba la fantasía, porque mientras Mac la tuviera en los brazos, la acariciara y la besara, mientras la tratase como si la quisiera, lo demás carecía de importancia.

Mac levantó la cabeza y sonrió mirándola a los ojos, y Sam sintió que el corazón le daba un brinco. Lo ofendería más rechazando el regalo que aceptándolo, así que musitó:

–Gracias.

–Es un placer –contestó él, y tomó su mano–. Una elección perfecta.

Era cierto. El anillo le quedaba como hecho a la medida.

–A veces se tiene suerte.

–Cierto –replicó él, mirándola a los ojos, y Sam se sorprendió de lo que vio brillar un instante en el fondo de su mirada–. ¿Preparada para volver a la carretera?

¿Estaría intentando desarmarla? Porque si ésa era su intención, lo estaba consiguiendo. Dejándola ver el hombre generoso que era, además de lo que ya sabía de él, estaba ganándosela sin sombra de duda. No conocía los detalles de su forma de vida, pero estaba empezando a pensar que ya lo conocía en lo verdaderamente importante.

–¿Estamos muy lejos del bar? –le preguntó.

–A una media hora. ¿Por qué?

–Porque me muero de hambre.

–No es posible que tengas hambre. Acabamos de comer.

–¿Qué otra clase de hambre puede haber? –preguntó, riendo, pero al mirarlo a los ojos, la risa murió en sus labios. Sabía exactamente qué era lo que él deseaba en ese instante, y su propio cuerpo reaccionó.

–Zee dejó un poco del chili que él prepara en la nevera. ¿Te gusta picante y fuerte?

Ella tragó saliva.

–Mucho –replicó, dando gracias por estar en un lugar público.

Él gimió.

–¿Sabes que es lo que más me gusta de ti?

–¿Mi gran corazón?

Mac tomó su mano.

–Tu estómago, que es aún más grande.

Ella sonrió.

–La comida es importante. Ya sabes que no se puede sobrevivir sin ella.

Mac se echó a reír.

–Lo sé.

Esperó a que guardara la tarjeta y el comprobante de la compra y después salieron al coche, ella con el anillo en el dedo, él llevándola de la mano.

Aunque el deseo estaba constantemente acechando, las palabras brotaban con fluidez entre ellos. ¿Cuántas parejas casadas podían decir lo mismo?

Cuando estaba con Mac, se sentía llena de satisfacción, pero sabía que era algo que no podía durar. Y por eso no debía dejar de recordar que el tiempo que pasasen juntos no era más que una fantasía. ¿Qué otra cosa podía ser la promesa de una mujer que jamás podría llegar a hacerse realidad?

Sam estaba detrás de la barra llenando los cuencos de madera con nachos y distintas salsas para que estuvieran preparados antes de que empezasen a llegar los clientes. Aquella mujer era más ardiente que la salsa que servía, y lo mejor de todo era que no fuera consciente de ello. Sábado ya. El tiempo pasaba sin sentir.

La noche anterior había sido uno de los viernes típicos del Hungry Bear: una verdadera locura. Samantha no se había quejado, sino que había trabajado con energía hasta la hora de cerrar, mientas que Mac no había podido dejar de mirarla y de pensar en ella ni un segundo. Aunque no se había cambiado de ropa y el vestido le llegaba casi hasta los tobillos, realzaba todas sus curvas.

El no saber si llevaba o no sujetador bajo el vestido le tenía destrozado. Los hombres del Hungry Bear no eran ciegos, y además Samantha era nueva en aquella zona, de modo que no era el único que la observaba con interés. Desde luego, él se había pasado la mitad de la noche secándose el sudor de la frente y recordándose a sí mismo que había prometido contenerse.

Lo cual no le estaba resultando nada fácil, teniendo en cuenta que ella le tocaba cada vez que pasaba a su lado. Y aunque no hubiera sido así, quedaba su olor a melocotón.

Después se la encontró dormida en la habitación al llegar él, y no era de extrañar. Estar de pie toda la noche era agotador para cualquiera, y sobre todo para alguien que no estaba acostumbrado a hacerlo. Tras una noche de sueño inquieto, se despertó el sábado cerca de las doce del mediodía. Samantha seguía durmiendo, así que había aprovechado para acercarse a The Resort, antes de volver a The Hungry Bear a tiempo de abrir, con una bolsa de tortillas en la mano.

Ella no le preguntó por su ausencia, pero él se sintió obligado a explicarle. Una cosa más que sabía de ella: su confianza incondicional y su comprensión.

¿Cómo se lo tomaría cuando supiera la verdad? Seguro que lo perdonaba. Aunque era su belleza lo que en principio lo había atraído de ella, ahora eso se complementaba con otras cosas mucho más importantes: Samantha lo comprendía. Lo había hecho desde el principio.

Al igual que él la comprendía a ella: era una mujer que, a pesar del cansancio, lo sustituía tras la barra alegremente, una mujer con valores familiares profundos, una mujer sensible que confiaba en él. No es que se hubiera olvidado de cómo era acariciar sus formas, o cómo respondía a sus caricias, pero ahora lo que le atraía de ella iba mucho más allá del envoltorio.

Salir el día anterior con ella había sido un error. No había mantenido la distancia de seguridad y Samantha invadía sus pensamientos, sus sueños... ¿su futuro?

Y, por otro lado, ¿cómo demonios iba a mantener la distancia si ella no evitaba los roces casuales, la risa o las preguntas sobre clientes que los habían conducido a compartir bromas íntimas?

Mac no pudo soportarlo más, se acercó a ella y la rodeó por la cintura desde atrás.

–¡Ah! –exclamó, dando un respingo–. No vuelvas a darme un susto así.

–¿Por qué no? Así puedo abrazarte.

Ella se dio la vuelta en sus brazos y le rodeó el cuello.

–Tú puedes abrazarme como quieras.

Ese pensamiento le gustó.

–He llamado a Theresa y le es imposible venir esta noche.

–¿Y?

Tomó un bocado de uno de los nachos y él le lamió los labios salados. Ella sonrió.

–Pues que vuelvo a estar falto de mano de obra.

Ella retrocedió y extendió los brazos.

–¿Y qué son éstas sino unas manos dispuestas a ayudar?

Luego deslizó esas manos bajo su camisa y las apoyó en su pecho. Con las confidencias que habían compartido el día anterior, se sentía más cómoda con él.

–Estás de vacaciones –objetó él entre dientes. Sentir así el calor de sus manos lo excitaba de una forma increíble.

–Define la palabra vacaciones.

–Un descanso de la realidad. Hacer lo que a uno le gusta hacer.

–Exacto –replicó, haciéndole cosquillas con las uñas–. Trabajar en este bar es una ruptura con la realidad de trabajo de nueve a cinco de todos los días –le levantó la camisa y lo besó en el pecho–. Y acariciarte es algo con lo que disfruto, no te quepa la menor duda –y probó el sabor de su piel antes de mirarlo de nuevo a los ojos–. A menos que a ti no te guste, claro.

Como si no lo supiera... Su única respuesta posible fue un gemido.

–¿Eso es un sí? –le preguntó, sonriendo.

No había dejado de desearla ni un minuto, pero lo que experimentó en aquel momento fue increíble. Si no tuvieran que abrir en quince minutos, sería incapaz de mantener el control. Pero quería que su primera vez fuese en un lugar mejor que cualquiera de las mesas del Hungry Bear. A ser posible una cama de sábanas de hilo y todo el tiempo del mundo por delante.

Enredó los dedos en su pelo. Un solo beso. Saborear un instante sus labios. E inclinó la cabeza para besarla... justo en el momento en que alguien aporreó la puerta del bar.

–Abre –pidió alguien desde el exterior, y al no recibir respuesta inmediata, añadió–: ¡Que he perdido la llave, Mac!

Era Zee. Samantha le bajó la camisa.

–Podía haber llamado antes.

Él la miró divertido.

–Es que abrimos dentro de unos minutos.

–Voy arriba a lavarme. Vuelvo enseguida.

Le dio tiempo para que subiera las escaleras antes de abrirle a Zee.

–Voy. ¡Voy! –le gritó, y el insistente aporreo de la puerta continuó mientras abría la cerradura.

–Sigue estando cerrado, incluso para ti.

Zee le ignoró y entró.

–Te conozco desde que no sabías quitarte los mocos, así que no me vengas con tonterías.

Sí, ya... pero eso no le daba derecho a interrumpir su vida sexual y volverle loco. Aunque aquel lugar era de su hijo, y la verdad era que quería a aquel viejo cascarrabias como a un padre.

Siguió a Zee hasta uno de los taburetes de la barra y se sentó.

–¿Dónde está tu amiga? –preguntó.

–La has asustado.

–Ja. Lo que pasa es que debe haber recuperado la cordura y estará disfrutando de un buen hotel.

Mac se apoyó en un codo.

–Si quieres saber algo, no tienes más que preguntarlo.

–Ya lo he hecho. ¿Dónde está tu amiga?

–Arriba.

–Es lo que me imaginaba –Zee le dio una palmada en el hombro–. ¿Es que tu padre y yo no os hemos enseñado nada? Primero el idiota de mi hijo permite que una mujer le deje plantado y ahora, tú.

–¿Y yo qué he hecho?

–En mis tiempos, un hombre se casaba

con una mujer antes de llevársela a la cama. Sé que ahora no es lo mismo, pero maldita sea, hombre, ¿qué tal un poco de romanticismo antes de acostarte con ella?

–Es que no me he acostado con ella.

Todavía. Había dormido junto a ella, eso sí, y a Zee eso tampoco le parecería bien. Demonios... Mac suspiró. Tenía treinta y cinco años, su padre había muerto hacía ya doce años, Zee se había ofrecido a guiarlo sin que nadie se lo pidiera y siempre parecía aparecer cuando necesitaba el consejo de un padre.

No era que se lo hubiera pedido precisamente en aquel momento, pero lo respetaba lo suficiente para escuchar lo que tuviera que decirle.

–No quiero que me cuentes los detalles –le dijo–. No me hace falta –añadió, mirándolo con sus ojos azules–. Y haz el favor de limpiarte el carmín de los labios. Pareces un mariquita.

Mac murmuró un juramento y se limpió la boca con una servilleta de papel.

–Sólo quiero que pienses con la cabeza y no con... bueno, ya sabes.

–Sí, ya sé.

–¿Y es buena?

Mac se echó a reír.

–Ése sí que es el Zee que yo esperaba.

–Debe serlo, si todavía sigue aquí –replicó el viejo, tomando un puñado de frutos secos de uno de los cuencos que Samantha había llenado antes.

–Los caballeros no se benefician a una dama y luego desaparecen. Eso es lo que tú siempre dices.

–Yo no. Tu padre. La única forma que tuve de convencer a la madre de Bear de que se casara conmigo fue arruinando su reputación –sonrió–. ¿Ya le has dicho a Sammy Jo la verdad?

–No –la respuesta le valió otra palmada en la espalda–. Es de Nueva Jersey –añadió, como si eso lo explicase todo.

Por primera vez pensó en el hecho de que no sólo Samantha se marcharía en unos días para la conferencia, sino que tenía una vida y un padre que la esperaban en el este. Una extraña sensación de vacío acompañó la admisión, y supo que sería algo con lo que tendría que enfrentarse, y pronto.

Zee se encogió de hombros.

–Ah, yo creía que los hermanos Wright habían inventado ya el aeroplano.

–Eh, que hace menos de cuarenta y ocho horas que la conozco –replicó. Era gracioso, pero tenía la sensación de conocerla de hacía mucho más tiempo–. Apenas nos conocemos.

Y al mismo tiempo se conocían ya más íntimamente sin el beneficio del sexo que lo que había llegado a conocer a otras mujeres.

–Entonces, ¿por qué no quieres ser sincero con ella? ¿Es que tienes miedo de que salga corriendo si se entera de que eres más rico que el resto de los mortales?

–Más bien tengo miedo de lo contrario.

–Ah –Mac apoyó una mano en su hombro–. Ya me imaginaba yo que ésa tenía que ser la razón de que no le hubieras echado el lazo a alguno de esos bombones que andan por el hotel. No es excusa para dejar de presentarme alguna a mí, claro, pero te perdonaré.

Mac sonrió.

–Y ahora me siento mucho mejor.

–¿Cuándo volverá?

Mac sintió que su sonrisa se desvanecía.

–Pronto –a menos que cambiase de opinión–. Pero no te preocupes de eso.

–Lo haré... siempre que tú también lo hagas cuando se haya marchado.

Estaba a punto de contestar cuando oyó los pasos de Samantha en la escalera, así que no lo hizo y tiró la servilleta a una de las papeleras que colgaban de la barra. La risa característica de Zee acompañó el gesto.

Ella carraspeó y Mac se volvió. Estaba a su lado, vestida con una camiseta rosa, vaqueros ajustados y cinturón del mismo color. Tenía el pelo suelto, una dulce sonrisa en los labios, y Mac supo que estaba perdido.

Sam se frotó las manos y el anillo brilló. Era un recordatorio de lo unidos que habían llegado a estar Mac y ella. No había sabido manejar la situación, sino más bien lo contrario: había llegado a sentir un afecto muy especial por aquel hombre que supuestamente estaba de paso por su vida.

Una vida que, hasta aquel momento, había sido monótona en extremo. Le faltaba poco para cumplir los treinta, había llevado una vida ordinaria, con un trabajo ordinario y había salido con hombres ordinarios con quienes tenía poco o ningún interés en llegar a intimar. Incluso había llegado a acostarse con uno con quien tuvo la sensación de que las cosas iban a llegar a más, pero que al final no funcionó. Ni siquiera entonces llegó a desear o a contemplar la intimidad que tanto deseaba compartir con Mac.

Había llegado allí en busca de emociones, pero sus sentimientos no debían aparecer en escena. Había sido él quien había roto muchas de las barreras, como por ejemplo con aquel anillo, signo de... ¿de qué? De amistad, desde luego. ¿De afecto, quizá? Mac estaba en aquel momento hablando con Zee. Al mirarla, le guiñó un ojo antes de continuar. Aquel mínimo gesto le produjo tales escalofríos que no se atrevió a seguir con esa línea de pensamiento.

Cada vez que lo miraba, se desvanecían las barreras. Había ido a Arizona buscando pasión y la había encontrado sin tan siquiera acostarse con él. Que el cielo la ayudara cuando su cuerpo llegase al fin a fundirse con el suyo.

–Sam, ¿estás bien? –le preguntó Mac, acercándose a ella.

–No podría estar mejor –replicó, obligándose a sonreír–. Abrimos dentro de cinco minutos, llevo puestas las deportivas y estoy lista para empezar a trabajar.

–No me refería a eso.

–Ya sé a lo que te referías –contestó, rozando sus labios con la yema de los dedos. Una pasión tan abrasadora como aquélla tenía que consumirse pronto.

Pero no pudo evitar preguntarse cómo iba a vivir el resto de su vida si no ocurría así.

V

Se había tomado su tiempo en colocar las sillas sobre las mesas. El cristal de la barra brillaba como si estuviese recién pulido, y si fregaba los vasos más a conciencia, terminaría por romperlos. Miró el reloj. Samantha ya se habría quedado dormida. La única forma en que podía meterse en la cama a su lado era si ella estaba profundamente dormida. Nada le gustaría más que despertarla susurrándole al oído y acariciándola, pero desgraciadamente ella aún no estaba preparada. Era capaz de ponerla en llamas con sus labios y sus caricias, pero la duda no había desaparecido aún de su mirada.

Mac sabía por experiencia que ella no era una mujer acostumbrada a tomar lo que deseaba. Estaba convencido de que para ella el sexo era la solución a... a lo que hubiera dejado en casa. Pero él no lo veía así, y la única forma de estar seguro de que iba a poder controlarse era esperar a que ella se hubiera dormido.

Se agachó para guardar una bayeta cuando vio un sobre con el nombre de Theresa y la palabra «propinas» escrita en él. Suspiró. Cuando creía conocer a Samantha, ella volvía a sorprenderlo. Sí, quedarse en el bar era el único movimiento posible, y el más seguro.

Sam se incorporó en la cama. Aquélla era la tercera mañana consecutiva que se despertaba con la luz del sol, el ruido de la ducha y música *country* filtrándose por la puerta. Por tercera mañana consecutiva, se despertaba sola.

Era una ironía haberse ido al oeste con la intención de seducir a un hombre, tener a Mac para ella sola durante tres días completos y que él no hubiera hecho ni siquiera ademán de querer acostarse con ella.

Sí, habían dormido en la misma cama, pero eso era todo. Trabajaba hasta muy tarde, y ella era incapaz de quedarse despierta hasta que subiera... Y lo había intentado. Vaya si lo había intentado. Y para colmo, todas las mañanas se levantaba antes que ella.

No dudaba de su interés. No podía dudar. Sabía sin sombra de duda que la deseaba. Pero era que... había ido buscando una aventura sexual y se había encontrado con Mac, un hombre sensible y tierno que la había hecho sentirse especial, tanto como sólo se había atrevido a soñar. Era una ilusión que seguro que se desvanecería una vez hubiesen satisfecho su deseo sexual. Era más, tenía que ser así porque desde allí debía volver a casa y asegurar el futuro de su padre.

Se obligó a levantarse de la cama y se paró un instante ante el espejo para pasarse las manos por el pelo antes de, haciendo acopio de valor, abrir la puerta del baño y entrar. Lo peor que podía ocurrir era que la echase, y ¿qué hombre echaría a una mujer deseosa de meterse en su cama o, como en aquel caso, en su ducha?

Una cortina beis le impedía ver, de modo que en silencio se quitó la ropa mientras bloqueaba las sombras de duda que amenazaban con detenerla. Samantha Reed siempre había sido una buena chica, y las buenas chicas no iban por ahí seduciendo extraños.

El baño estaba lleno de vapor y el olor que siempre había asociado con Mac y que, tras pasar unas cuantas noches en sus brazos, le resultaba familiar, le dio valor. Quizás Samantha Reed no sedujese a un hombre al que acababa de conocer, pero Sam sí. Y Mac ya no era un extraño, sino parte de sí misma.

Tardó un instante en cepillarse los dientes y beber un poco de agua.

–¿Te apetece un poco de compañía? –le preguntó, apartando un poco la cortina y asomando la cabeza.

Sam pretendía mirarlo a los ojos, pero su mirada se fue como atraída por un imán hacia otras partes de su anatomía. Cualquier adjetivo en el que hubiera podido pensar, palidecería...

Oírlo carraspear fue lo único que la hizo volver en sí.

–Te he preguntado si estás aquí sólo para mirar, o también para sumarte a la fiesta.

Entonces lo miró a los ojos y vio en ellos picardía y deseo. Un deseo intenso y claro.

Por ella. Fue en aquel instante cuando se dio cuenta de que había ido en busca de deseo, sí, pero también de algo mucho más importante.

Por una vez en su vida, quería ser deseada por sí misma. Por la mujer que era, y no por la niña obediente que había sido siempre. No por los servicios que pudiese prestarle a una empresa, por tener la capacidad de salvar la vida de su padre o por lo bien que podía quedar del brazo de su prometido. Quería que un hombre la necesitase sólo a ella, Samantha Josephine Reed, por la mujer que era.

Eso era lo que le ocurría a Mac, y le estaría eternamente agradecida por ese regalo.

Las gotas de agua resbalaban sobre su piel morena y, sólo con mirarlo, el pulso se le aceleraba.

–Me encantan las fiestas –contestó.

–Gracias a Dios.

Sam sonrió y Mac sintió que el corazón se le encogía en el pecho.

Él no era el príncipe azul de nadie, y mucho menos de Samantha. Él era sólo un hombre, y en aquel momento carecía de la fuerza para decir que no. Llevaban construyendo aquel encuentro desde el instante en que se conocieron.

Mac le ofreció una mano, y ella entró en la bañera, toda piel blanca sin tocar por el sol, interrumpida sólo por unos pezones oscuros y un triángulo aun más oscuro de rizos en la unión de sus muslos. Mac gimió, agradeciendo su valor porque hasta aquel momento no había estado seguro de que fuese a dar el paso.

Llegó a sus brazos al tiempo que Mac la tomaba por la cintura para que se uniera a él bajo el agua, y al abrazarla, sus labios, sus pechos, su vientre y sus muslos se unieron a su cuerpo, duro ya como una piedra.

Ronroneaba como un gatito perdido que hubiese encontrado el camino de vuelta a casa, y esos gemidos lo excitaban cada vez más. Mac la sujetó por las nalgas para apretarla junto a él, pero ella se removía buscando más, un contacto más íntimo que él comprendía muy bien.

Tenía que hacer algo si quería que su primera vez no fuese rápida como el rayo, así que buscó a su alrededor. Su amigo Bear no tenía el equipamiento del que hubieran podido disfrutar en The Resort, pero siendo un hombre de recursos como era, encontraría el modo.

–Tú has venido a unirte a una fiesta, ¿verdad? –le preguntó, mirándola a los ojos.

–Sí –gimió ella.

–Me alegro.

Su sonrisa fue hermosa pero contenía toda la ansiedad que debía haber estado sintiendo y Mac se maldijo por no haberle hecho frente antes. Había presentido sus contradicciones desde el primer momento y como era una mujer de dentro a afuera, el que hubiese acudido por voluntad propia junto a él hacía que aquel acto fuese mucho más excitante y su siguiente movimiento mucho más importante.

Tenía las manos cubiertas de espuma, y en lugar de quitársela, se agachó y comenzó a frotarle las piernas con ella, suavemente y muy despacio. Cuando llegó a sus muslos, ella contuvo la respiración y a punto estuvo de perder el equilibrio.

–Apóyate en mis hombros –le dijo.

–No estoy segura de que...

–Pero yo sí –replicó él, mirándola a los ojos–. ¿Confías en mí?

–Sí –contestó sin dudar.

–Entonces, hazlo... y juguemos.

Sam se aferró a sus hombros y el volvió a lo que estaba haciendo, recorriendo sus muslos hacia los rizos mojados que esperaban la llegada de sus manos. No se oía nada más que el caer del agua y la música ahogada.

–Oh, Mac... –tembló cuando por fin alcanzó su objetivo.

Él también se estremeció, pero tenía que controlarse, así que hundió un dedo en sus profundidades. Ella gimió, clavándole las uñas en la espalda. Por instinto dio un respingo para escapar de su mano, y aquel movimiento espoleó su deseo, aunque retiró la mano. Tenía otros planes.

A pesar de su gemido desilusionado, siguió enjabonándola, y cuando llegó a sus pechos a punto estuvo de olvidar sus planes y quedarse allí para siempre acariciando, sosteniendo, excitando. Después se llevó uno de sus pezones a la boca y lo lamió y mordió hasta que ella gritó su nombre y agarró su erección con las dos manos.

Pero él no le dejó moverlas.

–¿Es que tu madre no te enseñó a compartir? –se quejó Sam.

–Lo intentó –contestó él, mordiéndole en

el cuello–, pero es que nunca se me ha dado bien. Lo que nunca me ha importado es trabajar por turnos, y éste es el mío. El tuyo ya vendrá más tarde –sentenció, y descolgó la ducha–. Lo primero que tenemos que hacer es limpiar toda esa espuma.

Ella sonrió.

–Yo creía que íbamos a jugar –dijo en tono travieso.

–Y eso es lo que vamos a hacer –replicó, y le hizo colocar la pierna en el borde de la bañera antes de cambiar la intensidad del agua y que saliese con mayor presión.

Ella abrió de par en par los ojos.

–Has dicho que confías en mí.

–Así es.

–¿Y sigues manteniéndolo?

–Teniendo en cuenta que has estado durmiendo conmigo sin intentar absolutamente nada y te has portado como todo un caballero, creo que te lo has ganado.

Dirigió el chorro del agua hacia sus piernas.

–No querrás decir con eso que prefieres que volvamos a lo de antes, ¿verdad?

Ella se agarró a sus hombros en el mismo momento en que él dejó que el agua llegase a su entrepierna. Samantha gimió y todo su cuerpo se arqueó contra el chorro del agua, y aquella respuesta reforzó su determinación de llegar hasta el final con su placer.

La hizo tumbarse primero en el fondo de la bañera y sentarse entre sus piernas abiertas para poder deslizar sus dedos dentro de ella y moverlos a un ritmo que ella enseguida asumió, mientras con la otra mano enfocaba el chorro del agua contra su clítoris.

Ojalá pudiera verle la cara, pero tenía que contentarse con sus gemidos y el insistente movimiento de su cuerpo hacia él, que por otro lado estaba haciéndole llegar a un punto de erección que no iba a poder soportar mucho más. Lo que necesitaba era estar dentro de ella, en su fondo, llenándola... Sin aviso alguno, Sam gritó al alcanzar el clímax y aquel grito desencadenó el suyo propio con tal intensidad como nunca se habría imaginado sin estar dentro de ella.

Un grito más y Sam colapsó contra él. Mac dejó la ducha y apoyó la cabeza contra la pared, sacudidos ambos de vez en cuando por intensos escalofríos.

Samantha no había pronunciado una palabra, ni le había mirado a los ojos, lo cual no era extraño. ¿Cómo podía haberse aprovechado de ese modo sin pensar en sus sentimientos?

–Estás muy callada.

–¿Ah, sí? –murmuró–. Estaba pensando en un dicho que tiene que ver con lo que te dije antes de que eras todo un caballero.

Mac la rodeó por la cintura y sentir su cuerpo junto al suyo le proporcionó más placer del que un hombre debería tener.

–¿Y cuál es?

Ella se echó a reír.

–El de... las damas, primero.

Mac la abrazó con fuerza y se echó a reír, aliviado. Cómo quería a aquella mujer... pero eso era algo que sabía bien que ella no querría oír.

Envuelta en una gruesa toalla y fría por haber estado un buen rato en el agua, Sam se unió a Mac en la cama.

–Sólo quería que supieras... –empezó, mirando al hombre que le había permitido libertades que ni siquiera imaginaba que existieran, pero no pudo terminar. Sintió que se ruborizaba, pero tenía que continuar–. Quiero que sepas que yo no acostumbro a... –se detuvo otra vez –...a ir seduciendo... –¿había sido él o ella el inductor? –... a ducharme con... –eso era cierto, pero no la definición de lo que quería decir –...que yo no suelo acostarme con el primero que se cruza en mi camino.

Él apoyó una mano en su mejilla y la miró a los ojos.

–Nunca he pensado que lo hicieras. De hecho, incluso diría que ésta ha sido tu primera... ducha.

Mac sonrió y ella también.

–Y la he disfrutado –admitió.

Mac se colocó sobre ella y la abrazó.

–Ya me he dado cuenta.

–Hay algo más.

–¿Por qué será que no me sorprende? –replicó, apoyándose en las manos.

–Que... que no corremos ningún peligro.

Mac arqueó las cejas.

–¿Quieres decir que no necesito protección?

–Sí. No. Bueno, que... que sí la necesitas. Me refiero en el sentido médico –había tenido que someterse a un examen exigido por su futuro marido–, y no en el sentido de quedarme embarazada.

Qué estúpida. Así que había llegado hasta allí en busca de un hombre sexy con el que acostarse, pensando en que protección era lo primero que debía pedirle, y ahora con Mac ni siquiera se había acordado de ello. Ni de eso, ni de ninguna otra cosa.

Él sonrió, ni mucho menos insultado por el tema de conversación.

–Tú tampoco tienes que preocuparte por mí en ese sentido, excepto que...

–¿Qué?

–Que no tengo nada aquí.

–Bueno, eso no es un problema. Es decir, sí que lo es, pero...

–Pero tendremos que ir a buscar algo.

También se había equivocado en algo más. Tras su primer encuentro, el deseo no había disminuido, sino más bien al contrario. Se incorporó en la cama intentando sujetarse la toalla y él, entre risas, la convenció de que volviese a tumbarse.

–Tranquilízate, cariño –le dijo, acariciando sus pechos desnudos–. Tenemos tiempo.

Era domingo por la tarde, y de pronto tuvo la sensación de ir contando hacia atrás en lugar de desear que llegase el resto de la semana. Mac estaba moviendo un dedo perezosamente alrededor de su pezón, y en unos segundos, éste se endureció a la espera de su caricia.

Tenía menos de cuatro días para quitarse de la cabeza a aquel hombre para poder seguir adelante con su vida. Sola.

–Otra ronda por aquí, preciosa.

Sam miró a los hombres que ocupaban la mesa del rincón. Llevaban un par de horas bebiendo a buen ritmo y se preguntó cuánto tiempo más podrían seguir haciéndolo. Con cada copa se volvían más deslenguados y sus manos, más osadas. Afortunadamente esa clase de hombres no eran los clientes que solían frecuentar el Hungry Bear.

–Enseguida –contestó, forzando la sonrisa, y se acercó a la barra donde Mac estaba preparando las bebidas.

Zee le había reclamado para un favor urgente casi inmediatamente después del episodio de la ducha. Con tan sólo recordarlo bastaba para que enrojeciera de pies a cabeza. Luego había vuelto justo a tiempo para abrir el bar.

Se había vestido como de costumbre con

unos vaqueros usados y camiseta blanca. Un atuendo corriente, como si él fuera un hombre corriente.

–Otras cinco copas para los de la mesa del rincón –le dijo.

–Si siguen así, voy a tener que cortarles las alas –comentó, alargando un brazo para colocarle tras la oreja un mechón de pelo suelto, y el gesto le produjo un nudo en la garganta–. ¿Qué tal estás?

–Nunca he estado mejor. La verdad es que este trabajo me gusta. Se conoce toda clase de gente, y además, se hace ejercicio.

–No recuerdo que tú lo necesites... –contestó en voz baja, y su respiración le acarició la mejilla–. Y no olvides que lo he visto todo.

Su cuerpo reaccionó inmediatamente y verle sonreír le confirmó que era eso precisamente lo que pretendía.

–Me he pasado por el supermercado esta tarde –susurró al oído, y eso bastó para ponerla en llamas.

Mac siguió trabajando como si nada hubiese pasado entre ellos; de no ser por el brillo de sus ojos y la forma en que apretaba los dientes, ni siquiera ella podría pensar otra cosa. Llenó las cinco copas y las colocó en la bandeja.

–Supongo que estar sentada tras una mesa no te ofrece muchas posibilidades de hacer ejercicio –comentó él.

–No muchas. Sólo ir y venir andando desde la estación del tren.

–Un buen paseo debe sentarte bien después de haber estado todo el día tras una mesa.

–Sí.

–Me has dicho que trabajabas en algo financiero, pero no has llegado a explicarme a qué...

–Será mejor que me vaya, que los nativos empiezan a ponerse nerviosos –le cortó. No le había hecho preguntas sobre su vida, y no quería que empezase a hacérselas en aquel momento. Si traspasaba la línea que separaba un amante temporal de... ¿de qué? ¿De un confidente? ¿De alguien por quien se siente algo?

En ese último sentido, no hacía falta traspasar ninguna línea, porque ya sentía algo por él. Razón de más para poner distancia de por medio. Al menos había conseguido cambiar de tema. Mac miró hacia la mesa del rincón y frunció el ceño.

–Yo no haría eso –le dijo ella–. A los hombres también les salen arrugas.

Y le pasó un dedo por el entrecejo.

–Y yo no haría eso a menos que estuviera dispuesto a correr riesgos –replicó él, sujetándola por la muñeca.

–¿Qué riesgos?

–Estás evitando hablar de cosas personales, Samantha.

–Quizás, pero saber más puede complicar las cosas entre los dos, ¿no crees?

Mac la miró fijamente durante un momento que a ella se le hizo eterno.

–La cosas ya se han complicado por sí solas –murmuró–, pero tienes razón... los nativos empiezan a ponerse nerviosos.

Sacó un trapo de debajo del mostrador y empezó a limpiar las manchas que había dejado la espuma de la cerveza.

Sam deseó decir algo, lo que fuera, que pudiera disipar el frío que había sentido de golpe, pero ¿qué? ¿Soy analista financiero y voy a casarme con otro hombre? ¿Voy a venderme al mejor postor? ¿Por mucho que pueda sentir por ti, mi futuro ya no me pertenece? Seguro que no le gustaba ninguna de esas respuestas, así que levantó la bandeja y se alejó. Mac la vio marcharse, admiró el movimiento de sus caderas y deseó que no los hubieran interrumpido antes.

–Yo diría que acaban de pararte los pies –comentó Zee.

–Es que he pisado la línea –replicó Mac. Una línea imaginaria que había trazado Samantha desde la conversación sobre su padre. Cada vez que le había preguntado, ella se había salido por la tangente para no revelar nada más de sí misma.

Teniendo en cuenta que se estaban quedando sin tiempo, quizás ella pensara que lo mejor era mantener la distancia. Quizás había llegado el momento de decirle que el fin de semana no tenía que ser el fin de todo.

–Si quieres que esa mujer confíe en ti, creo que tú deberías hacer lo mismo –dijo Zee.

Mac estaba de acuerdo, pero Samantha aún no estaba preparada. Lo que había empezado como un engaño inocente, ahora parecía enorme ante ellos. Emocionalmente ella era muy vulnerable y no quería darle motivos para huir. Fuera lo que fuese lo que se interponía entre ellos, no quería que su secreto empeorase las cosas.

Lo que no dejaba de ser una ironía era que cuanto más se cerraba emocionalmente, más se abría sexualmente. ¿Quién habría pensado que iría a buscarle a la ducha? Había probado de ella sólo una parte y en cuanto cerrasen el bar aquella noche, nada le impediría tenerla de nuevo en su cama, ardiente, deseosa, húmeda, rodeándole con las piernas...

–Tranquilo, muchacho –le dijo Zee, sacándole de su ensoñación.

Le había visto mirando a Samantha y teniendo en cuenta cómo funcionaba la cabeza de Zee, seguro que había llegado rápidamente a una conclusión.

–Se le da muy bien este trabajo –comentó su amigo.

Samantha estaba poniendo una cerveza delante de cada uno de los hombres de la mesa, evitándolos o reprendiéndolos entre risas y miradas severas. La verdad era que había aprendido rápidamente a manejar una mesa llena de hombres... excepto al último de ellos.

Se había empeñado en ponerle la mano en la cintura a pesar de que ella le había dejado muy claro que no le gustaba, y cuando intentó dar un paso hacia atrás, el tipo se lo impidió poniéndole una mano en el trasero y susurrándole algo al oído. En las raras ocasiones en que Mac había visto a Theresa enfrentarse a una situación así, siempre había manejado la situación con calma y frialdad. Nadie había salido mal de allí en ningún sentido. Pero algo cambió cuando esa mujer era Samantha.

La posesividad atoró sus venas pero se obligó a mantener la calma y darle a Samantha un segundo más para manejar la situación. Al parecer fue un segundo de más, porque el tipo se levantó de la mesa y le puso una mano en un pecho. Mac salió de detrás de la barra en un abrir y cerrar de ojos.

Pero cuando llegó a la mesa, el tipo en cuestión se estaba limpiando la cerveza que Samantha le había tirado en los pantalones.

–Vas a tener que ponerle bozal y correa a alguno de tus clientes, Mac.

–Zee...

Mac hizo una seña en dirección al borracho y su amigo se acercó inmediatamente para conducirlo a él y a sus amigos a la puerta. Zee podía comportarse de modo vergonzoso algunas veces, pero cuando se le necesitaba podía ser un formidable oponente y un buen amigo.

Una vez estuvo seguro de que se habían marchado, Mac volvió su atención a lo que era importante: tomó la mano de Sam y sentirla temblorosa le inquietó.

–Samantha...

–Estoy bien –le cortó, aunque su palidez dijera lo contrario–. Deberías haber oído las cosas que me ha dicho. Como si por el hecho de servirle la bebida tuviese derecho a que le sirviera en otras cosas... –no dejaba de limpiarse las manos en la ropa, como si así pudiese borrar el recuerdo–. Sólo porque sirva bebidas en un bar no quiere decir que esté dispuesta a... servir al primer cerdo que entre aquí.

Pronunció aquellas últimas palabras con tanta rabia que Mac llegó a preguntarse si sería el momento de recordarle que... bueno, no sabía a qué demonios se dedicaba para ganarse la vida, pero no a servir bebidas en un bar. Pero ella había mostrado todo el respeto del mundo hacia quienes lo hacían, y por ello su opinión sobre ella mejoró aún más.

Mac miró el reloj. Aún faltaban cuarenta y cinco minutos para cerrar.

–Bueno, amigos. Considerad que la bebida que estéis disfrutando es la última que os vamos a servir esta noche.

Como el incidente se había desarrollado ante los ojos de todos, el rumor de las conversaciones había descendido considerablemente.

–No tienes que cerrar antes por mi culpa. Estoy bien –dijo Sam.

Pero no lo estaba.

–Voy a cerrar –confirmó él, apartándole con ternura un mechón de la mejilla–. Si no es por ti, por mí.

–Pero Bear...

–Bear me dejó al mando, y supongo que eso me otorga ciertos derechos.

–¿Y quién soy yo para discutir con el jefe? –contestó, y algo de su color natural volvió a sus mejillas.

Mac tomó su cara entre las manos.

–Has sabido enfrentarte a este incidente maravillosamente bien, pero quiero que sepas que no habría permitido que te hiciese daño.

–Lo sé. Y no me ha hecho nada. Simplemente me he sentido... violada en cierto sentido.

Una mujer como Samantha, que provenía del mundo que él imaginaba, no estaría acostumbrada a ser el blanco de las palabras de un imbécil borracho.

–Dame unos minutos para cerrar y todo esto no será más que un recuerdo distante.

Ya se aseguraría él de que así fuera.

Zee volvió.

–¿Estás bien, preciosa?

Ella sonrió.

–Bien. Y gracias por todo.

–Mi hijo no regenta un lugar en el que se admita a esa clase de gente. Siento que...

Pero Sam no le dejó continuar.

–Sé qué clase de sitio es éste, Zee –le contestó, tomando su mano huesuda–, y no tienes que disculparte por nada. Ninguno de los dos –añadió, mirando a Mac.

A Mac el camarero. De pronto, aquel engaño se le empezó a atravesar en el estómago.

–Me marcho para que puedas cerrar –le dijo Zee a Mac–. Ah... por cierto –añadió cuando ya iba a darse la vuelta–. ¿Sigues pensando ir mañana a Sedona a ver a tu madre?

–No. Voy a retrasarlo unos días.

No tenía sentido ir a ver a su madre y a su hermana con una mujer, ya que no tenía las respuestas a las preguntas que sin duda su familia querría hacerle.

–De acuerdo. Cuando vayas, dímelo. Me gustaría acompañarte.

Mac sonrió.

–Y ellas estarían encantadas de verte.

–Quizás a Sammy Jo también le gustase venir con nosotros –añadió Zee en voz baja cuando ya se iba.

Mac elevó al cielo la mirada y abrazó a Samantha junto a su costado, pero tuvo que tragarse un juramento, porque cuando el deseo se hacía a un lado y dejaba paso a la preocupación y otras emociones que nunca antes había sentido, sólo podía significar que se había metido en un buen lío.

VI

El pequeño apartamento tenía un balcón también pequeño que daba a la carretera principal. Sam no había reparado en él al llegar porque tenía otras cosas en la cabeza, como por ejemplo dar gracias a Dios de no haberse quedado perdida en medio del desierto, y tampoco después, porque el hombre más sensual del mundo había nublado sus sentidos. Pero ahora que lo había descubierto, se refugió en él.

Había una tumbona en la que se acomodó con las piernas encogidas. La única luz era la que provenía de la luna y de algún que otro coche. Uno a uno, los últimos clientes del bar fueron marchándose, y poco después ni el motor de un coche rompía el silencio de la noche. El aire de la noche era fresco, y ni siquiera el incidente del bar había podido arrebatarle la paz que había encontrado.

Una paz que, por otro lado, no debería estar sintiendo. No, estando con un hombre al que respetaba y cuyas preguntas esquivaba por temor. No quería que supiera más de ella para no sentir la tentación de saber más de él, porque si no, ¿cómo iba a ser capaz de marcharse después?

El ruido de la puerta al cerrarse interrumpió sus pensamientos. Tenía compañía. Cuando Mac salió al balcón, lo llenó todo con su presencia. Grande, sólido, seguro... así era Mac. Si estaba en una habitación, le presentía aunque no lo hubiera visto.

Sin esperar a ser invitado, pasó una pierna por encima de la tumbona y se acomodó a espaldas de ella, rodeándola después con sus brazos.

Y ella le dejó hacer.

–No he sabido controlarme esta noche –murmuró.

–¿Por qué lo dices? ¿Por qué le has tirado la cerveza encima? Se lo merecía.

–No me refiero a eso –si volvía a ocurrirle otra vez, le tiraría toda una jarra de cerveza, en lugar de un vaso–. Me refiero a que me he dejado llevar después.

–Si alguien te obliga a hacer algo después de haber dicho que no, yo diría que tienes derecho a dejarte llevar después.

–Supongo. Sabía que no tenía que preocuparme. Estábamos en un lugar público.

Y sabía que Mac estaba montando guardia, y confiaba en él.

–El ambiente de un bar es totalmente distinto al ambiente en que yo me muevo habitualmente. En mi lugar de trabajo, un episodio como ese habría sido considerado acoso sexual.

Mac apoyó las manos en su vientre y Sam se relajó.

–¿Quieres decir que por haber ocurrido en un bar no es acoso sexual?

–No. Lo que digo es que debería haber estado preparada, y no lo estaba.

Se había quitado el sujetador al ponerse aquella enorme camiseta que llevaba puesta, y Mac le acariciaba el nacimiento de los pechos con un movimiento rítmico y sedante.

Sam suspiró e intentó concentrarse en la

conversación, aunque le estaba resultando bastante difícil.

–Pero sentir que un desconocido te susurra cosas al oído que a él le parecen eróticas y que te ponga las manos en...

No pudo seguir, porque ¿qué iba a ser su matrimonio sino precisamente eso, una cama en la que un extraño la acariciaría y le haría el amor? Serían otras manos las que sentiría en el estómago, y no las de Mac. Dios, ¿cómo podía haber accedido a algo así? ¿Cómo iba a poder pasar por ello, habiendo conocido a Mac?

Sin previo aviso, el movimiento de sus dedos cesó.

–¿Qué ocurre? –le preguntó, volviéndose para mirarlo, e inmediatamente comprendió lo que veía en sus ojos.

Sam se dio la vuelta y se sentó a horcajadas sobre él. Eso significaba que su sexo quedaba entre sus piernas, erecto, cálido, sugerente, pero en aquel momento no podía ocuparse de aquello porque sus sentimientos significaban más para ella que su propia necesidad sexual.

–Sea lo que sea lo que te ronde por la cabeza, haz el favor de olvidarlo.

–¿Incluso si es cierto?

Sam le miró a los ojos.

–Es que no lo es.

Aquel hombre había dejado de ser un extraño nada más abrazarla. Había una conexión entre ellos, una comunicación que no comprendía y no podía explicar.

–Si dejases de pensar que voy a romperme en pedazos como si fuera una muñeca de porcelana, tú también lo sabrías –apoyó la mano en su pecho–. Escucha tus instintos. ¿Acaso te dicen ellos que somos dos extraños?

–Lo que me dicen es que te deseo.

Una forma un tanto suave de expresarse. Hubiera sido más exacto decir que la necesitaba.

–No; es tu cuerpo quien habla por ti,

Y se rió.

No sólo tenía razón en que su cuerpo hablaba por él, sino en algo más: no era un extraño para ella. Pero entonces, ¿qué era exactamente? Ni se lo había dicho, ni tenía intención de hacerlo.

Y como él también tenía sus propios secretos, no quiso presionarla. El tiempo conseguiría que confiase en él por voluntad propia, pero ese día le parecía muy lejano.

–Entonces, ¿hemos resuelto el dilema? –preguntó ella.

Mac exhaló un áspero gemido al sentirla moverse sobre él. ¿Eran imaginaciones suyas, o aquella sonrisa y aquella forma de mirar se iban haciendo cada vez más descaradas a medida que iba pasando el tiempo?

Colocó una mano en su nuca y tiró suavemente de ella hasta que quedaron a escasos centímetros.

–Un dilema menos para llegar al final –dijo, antes de besarla en los labios.

Pero ella no se limitó sólo a besarlo, sino que lo devoró con la boca, los dientes, las manos hundiéndose en su pelo al tiempo que movía las caderas, intentando acercarse más a él.

Aquello iba demasiado rápido. Un poco más y no habría tiempo para todo lo que quería hacer con ella, para ella.

–Sam...

Iba a impedir que se quitara la camiseta, pero reaccionó demasiado tarde, porque la prenda volaba ya por encima de la barandilla del balcón.

–Dios mío... –murmuró. Teniendo delante su cuerpo desnudo, cubierto apenas por su ropa interior de encaje y viendo brillar el deseo en sus ojos, no le importó que la camiseta estuviera unos cuantos metros más abajo.

–No puedo contenerme más –le dijo, sujetándola por la caderas.

Sus ojos color violeta brillaron y se oscurecieron.

–¿Y quién te ha pedido que lo hagas?

Mac aceptó la invitación y se deshizo de sus bragas. No podía creer haber tenido tan buena fortuna. Algún día tendría que darle las gracias a quienquiera que le hubiese alquilado aquella porquería de coche, pero en aquel momento, en lo único que podía pensar era en ella.

Se incorporó y la obligó a tumbarse de espaldas.

–Oye, Mac... –incluso la forma en que pronunciaba su nombre lo excitaba–. Creo que he sido demasiado... atrevida. Eso es: demasiado atrevida –hizo un gesto hacia donde había lanzado la camiseta–. No debería haber hecho eso.

–No sé si alguien te habrá dicho que balbuceas cuando estás nerviosa –comentó con una sonrisa, dándose cuenta de la intimidad de la posición.

Aquellas contradicciones no sólo lo intrigaban, sino que lo excitaban. Deseaba a aquella mujer y la alegría que aportaba a su vida, todo ello con una intensidad que nunca había conocido.

–No. Es que sólo estoy nerviosa cuando... bueno, cuando estoy contigo... así –intentó cubrirse con las manos–. Así que...

Mac bajó las manos de sus caderas a sus muslos y ella contuvo la respiración.

–No pienses, Sammy Jo. Y sobre todo, no te muevas.

Separó sus piernas, agachó la cabeza y saboreó su carne.

Si moría en aquel instante e iba de cabeza al infierno, no le importaría, se dijo Mac, porque acababa de estar tan cerca del cielo como le era posible a un mortal.

Las rodillas le flaqueaban y tenía temblores por todo el cuerpo. No era exactamente la reacción que había imaginado que iba a tener, pero... oh, Dios... habían cambiado la posición y ella estaba ahora tumbada debajo de él. Ni en sus más salvajes fantasías, y había tenido ya unas cuantas desde que conociera a

Mac, Sam se había imaginado que pudiera ser así. La piel de los muslos le escocía en donde su barba le había rozado y los músculos le temblaron, esperando experimentar sensaciones más exquisitas.

–No te quites jamás el bigote –susurró–. Al menos mientras estemos juntos.

Una voz interior le recordó que eso no iba a ser mucho tiempo, pero no le hizo caso.

–Ni se me ocurriría –se rió.

Y poco a poco fue ascendiendo por la parte interior de sus muslos, rozándola deliberadamente con el bigote. Al menos eso creía ella, porque ese contacto la tenía totalmente trastocada, casi levantándola de la tumbona.

–Despacio, cariño –le pidió en voz baja, y con la lengua calmó la superficie irritada de su piel.

–Es imposible ir...

Pero no pudo continuar, porque Mac había llegado allí. Otra vez. Sam cerró los ojos y se recostó en la tumbona. No sabía que la sensación podía ser así, tan increíble, pero Mac la estaba enseñando y, al parecer, su cuerpo aprendía rápido.

Oleadas de placer la asaltaban cada vez

que él movía la lengua, y la necesidad contrajo todos sus músculos y arqueó la espalda, buscando más, llegar más alto, tener más...

–Mac...

Él la miró a los ojos y el deseo que leyó en su mirada la llegó a lo más hondo. Entonces volvió a sorprenderla apoyando la palma de la mano entre sus piernas y moviéndola suavemente. Ella gimió ante el asalto y temblando se dio cuenta de que él no dejaba de mirarla, y aunque debería haber sentido vergüenza, saberse bajo su mirada la excitó aún más.

Con cada movimiento de su mano, con cada convulsión de sus caderas, sus ojos se oscurecían más y más. El placer la estaba arrollando cuando ella quería esperar, esperarlo a él, a sentirlo dentro para... para gritar... como hizo en aquel momento al alcanzar el orgasmo más espectacular que había sentido jamás. Las sacudidas que siguieron se prolongaron hasta bastante después de haber alcanzado el éxtasis.

En algún momento debió cerrar los ojos, y cuando volvió a abrirlos, él estaba junto a la tumbona y la tomaba en brazos.

–¿Adónde vamos? –le preguntó.

–Dentro. Has despertado a la fauna de los alrededores y no quiero arriesgarme a que despiertes también a los vecinos.

Ella sonrió, y fue la sonrisa de una mujer satisfecha.

–¿A qué distancia están?

–A casi dos kilómetros –contestó mientras la dejaba sobre la cama–. Pero confío en tus posibilidades –añadió, guiñándole un ojo.

Antes de que pudiese contestar, él se había quitado la ropa y Sam quedó muda, lo cual, teniendo en cuenta los nervios que se estaban apoderando de ella, era mucho decir. Lo que estaba a punto de ocurrir...

Aquella no era su primera vez, así que, ¿por qué tanto nerviosismo? Pero sí que lo era con Mac, le advirtió su voz interior. Y le había dado ya tanto de sí misma que no quedaba nada por dar. Pero dejó a un lado ese pensamiento en cuanto él se metió en la cama a su lado, porque él iba a darle todo lo que necesitaba de aquella semana.

Y más, insistió la voz.

Mac la hizo tumbarse boca arriba y le sujetó ambas manos por encima de la cabeza, y al mirarlo a los ojos, el deseo brotó de nuevo. Él tenía también la respiración alterada, como si hubiera sido suyo el éxtasis... ¿Sería rara tal pasión entre dos personas?

No si la química funcionaba. Y eso era lo que había entre ambos: química.

Rozó con sus labios la base de su cuello y no pudo seguir pensando. Luego deslizó una mano hasta la unión de sus piernas y la encontró húmeda y preparada. Levantó las caderas y él hundió un dedo dentro de ella. Un gemido se escapó de sus labios y un segundo dedo se unió al primero.

–Me gustaría tomarme mi tiempo –dijo él con voz ronca–. Esperar.

–¿Por qué?

Él se echó a reír.

–Porque quiero que lo recuerdes bien.

Era como si se hubiera dado cuenta de que el final estaba cerca, y la risa cesó.

El corazón se le encogió ante las señales de alarma que se disparaban en su cabeza. Debía ignorarlas. Tenía que hacerlo. Pero, en aquella ocasión, no le resultó tan fácil, aunque sabía que ahondar en lo inevitable no serviría para nada.

Se soltó de él y cubrió su erección con la

mano, moviéndola de arriba abajo despacio. Una pequeña gota de líquido humedeció su palma.

Entonces ya no pudo controlar sus pensamientos. Vida, amor, hijos... la vida de Mac, su amor, sus hijos. Todo posible, pero no para ella. Si aquel fuera otro momento, otro lugar, se olvidaría de las precauciones y de ser razonable y se dejaría llevar por los sentimientos. Pero no podía hacerlo. Si no los reconocía, no existirían.

¿No? No hubo voz interior que contestase. ¿No? Silencio.

Su gemido pareció reverberar en la habitación y la devolvió al presente.

–¿Mac?

El sudor humedeció su frente.

–Lo siento, cariño, pero no voy a poder esperar.

–No recuerdo haberte pedido que esperases –con una sonrisa, le dejó volver a capturar su mano sobre la cabeza–. Pero vas a tener que confiar en mí y dejarme alcanzar esa caja que hay ahí.

Él sonrió.

–¿Me prometes no tocar?

–A menos que sea necesario, lo prometo.

Soltó sus manos para poder alcanzar el preservativo, pero ella se lo arrebató.

–Me habías prometido no tocar –se quejó con una sonrisa.

–Sólo si era necesario. Y lo es.

Porque si no lo tocaba, podía morir sin haberlo sentido dentro.

Cubrió su erección con un movimiento lánguido y juguetón. Pero en cuanto él volvió a colocarse sobre ella, supo que el juego se había terminado.

Levantó la pelvis al mismo tiempo que él la sujetaba por las caderas y unía sus cuerpos con un movimiento suave y perfecto que provocó un gemido en él, profundo y masculino. Después se quedó inmóvil un momento, pensando en ella, en darle tiempo para acostumbrarse a él. Pero Sam no lo necesitó, porque su cuerpo le había aceptado como si fuese una parte perdida que hubiese vuelto a él. Todos sus músculos lo sintieron dentro, ahíto de vida, llenándola, completándola.

Oh, Dios... estaba metida en un buen lío. Los ojos se le humedecieron. ¿Era una lágrima lo que le rodaba por la mejilla? Ay, no. ¡No, no, no!

–¿Sam?

Tuvo que abrir los ojos e intentar sonreír.

–¿Sí?

Con el pulgar, recogió la lágrima y se la llevó a los labios.

–Salada –dijo–. Te he hecho daño.

–No, no... –eso, al menos, era sincero, y levantó las caderas, invitándolo, gimiendo ante la perfección que había encontrado–. ¿Cómo podrías hacerme daño?

¿Cómo podía hacerle daño nada de lo que hiciera aquel hombre?

Y entonces entró en ella completamente, perdiéndose en sus profundidades.

Y Sam decidió que, ya que había llegado hasta allí, lo mejor sería disfrutar de todo el viaje. Pero al empezar a moverse, a fundirse en su ritmo, se dio cuenta de que aquello era mucho más que unas vacaciones que salían bien. Aquello era más que diversión y juegos. Más que sexo.

Ya no podía retener nada para sí misma, y cuando él se quedó inmóvil y musitó su nombre, su último empujón la lanzó al éxtasis que tan desesperadamente había buscado.

Con la respiración alterada y temblando, abrió los ojos para encontrarse con que el mundo seguía esperándola. El mundo que no podía tener... con el hombre que seguía estando dentro de ella. El hombre con quien había hecho el amor.

–Eres tan... hermosa.

Sabía que no se estaba refiriendo sólo al exterior y guardó aquellas palabras en un rincón de su corazón. Pero tenía que parar antes de que las cosas se pusieran demasiado serias entre ellos. Antes de hacer una estupidez. Antes de enamorarse de él.

–Seguro que le dices lo mismo a todas las mujeres con las que haces el amor –se rió.

Él arqueó las cejas.

–Ya –murmuró–. Y todas las mujeres con las que he estado pensaban en las demás mientras yo seguía estando dentro de ellas.

Vaya por Dios... ella sólo pretendía protegerse y lo que había conseguido era herirle, e iba a retirarse de ella cuando se dio cuenta de que no podía dejarle marchar. Así, no.

–Mac, espera –le detuvo–. Lo siento. Por favor... olvida lo que acabo de decir. Sigamos donde... –y miró hacia abajo. Sus cuerpos aún estaban unidos y le sintió dentro de ella. Una ola de calor y deseo la sofocó, junto con unas cuantas emociones más que prefirió no analizar–. No sé ni lo que digo. Sólo quiero que no te vayas.

–Vuelves a atascarte –sonrió, y Sam se tranquilizó–. Es un buen síntoma –dijo él, trazando sus labios con un dedo. Sam sacó la lengua para saborear su piel y los ojos de él se oscurecieron aún más.

–¿Y eso? –le preguntó.

–Porque, según tú, sólo te pones nerviosa cuando estás conmigo... así. De modo que te perdono lo que has dicho.

En parte se sintió aliviada porque estuviera dispuesto a olvidarse del tema, pero por otro le hubiera gustado que le asegurase que no había ninguna otra mujer... importante, por lo menos. Pero no tenía derecho a querer algo que no podía ofrecer.

–Relájate, cariño, que no voy a guardarte rencor.

Y como para demostrárselo la besó lenta y largamente.

–Enseguida vuelvo –dijo, cuando ya no podían respirar–, y podremos continuar donde lo dejamos.

Sam se hizo una bola para esperarlo y, cuando volvió, a pesar de los avisos de su corazón, se acurrucó junto a él.

–Gracias –murmuró.

–¿Por qué?

–Por no estar enfadado, por seguir aquí... y por ser tú.

Mac volvió a besarla.

–Yo podría decir lo mismo. Eres muy especial, ¿lo sabías?

–No, yo...

–Sí que lo eres. Nunca había conocido a nadie como tú.

–No, Mac. No te das cuenta de que estás...

–Ya lo sé. Cada vez que me acerco a ti, das un respingo, y no me refiero a físicamente. Pero esta vez...

Sam le hizo callar apoyando un dedo sobre sus labios.

Su corazón estaba en lucha con su cabeza. Quería dejarle terminar, oír lo que tuviera que decirle y disfrutar de la unión que estaban empezando a encontrar. Pero eso sería egoísta, porque ¿cómo permitir que las cosas progresaran emocionalmente cuando tendría que marcharse al final? Si sólo dependiera de sí misma, se quedaría en aquella cama para siempre.

Pero su vida no era la única en juego. El bienestar de su padre y su recuperación dependían de ella. Necesitaba pagar sus facturas, ayudarlo a rehacerse, asegurarse de que tenía una forma de vida. Casarse con Tom era la única solución a todo aquello... a pesar de querer a Mac. Oh, Dios...

Dejarle entrar en su vida ahora sólo sería herirle más tarde. Mantenerlo apartado era la única forma honesta de comportarse con él, así que hundió la mano bajo las sábanas y lo encontró de nuevo excitado.

–Antes has dicho no se qué sobre esta vez, ¿no? –ronroneó.

El deseo llenó sus ojos, al igual que el desmayo, y le impidió contestar acariciando su pene hasta que Mac gimió y la colocó sobre él.

–Te deseo –le dijo ella, mirándolo a los ojos y sintiendo la necesidad de volver a tenerle dentro.

Él sonrió.

–No sé por qué te sorprende.

Había pretendido distraerle y lo había conseguido, pero en lugar de sentirse bien, un dolor sordo le había subido por la garganta al darse cuenta de todo lo que quería y nunca podría tener.

Sam se perdió en el hombre al que amaba, pero que nunca podría ser suyo.

VII

Mac se despertó con el sol, lo que significaba que había dormido bastante poco. Y no es que se quejara, porque la mujer que se ovillaba a su lado merecía la pérdida de un poco de sueño y mucho más. Con cuidado se separó de ella y, tras ponerse los vaqueros, bajó y salió al sol, pero el calor que éste le ofreció no era igual. Aun así, no le importó. Lo que necesitaba era espacios abiertos y despejados.

Se sentó en el banco de madera que había a la puerta del bar y contempló la carretera desierta. ¿Una mujer podía completar a un hombre? Él siempre había pensado que no, al menos hasta conocer a Samantha. Pero después de que ella le tuviese dentro de su cuerpo, no había tenido más remedio que cambiar de opinión. Y no es que tuviera la más remota idea de qué debía hacer, aparte de disfrutar del momento, pero al mirarla a los ojos hubiera querido ver pasión y satisfacción, en lugar de inquietud.

Maldita fuera... la primera vez que conocía a una mujer diferente a las demás, que no fingía, que no quería nada de él, que le gustaba por el hombre que era y no por el dinero que poseía, no quería saber nada de él más allá del...

Miércoles. Sólo unos cuantos días más.

Conociéndola como la conocía, sabía que las barreras que había erigido entre ellos, como por ejemplo el hecho de que le hubiera recordado deliberadamente que había más mujeres, le servían para sentirse segura, sobre todo cada vez que él amenazaba su otro mundo, algo que parecía ocurrir con frecuencia creciente.

Y no se había engañado en ningún momento. Desde el principio había presentido que había algo especial, pero se había dejado arrastrar a una relación puramente sexual con la esperanza de construir algo más. Y así había sido, y ambos habían llegado mucho más allá de lo que se imaginaban. Por primera vez en su vida, estaba preparado para enfrentarse a lo que todo aquello pudiese implicar.

Pero ella no. En lugar de intentar saber de sus sentimientos, como harían y habían hecho las demás mujeres, ella se escondía en el sexo, lo cual no era necesariamente malo. La mayoría de hombres estarían encantados con tener la posibilidad de hacer el amor con Samantha. Y él también, por supuesto, pero su disfrute se veía frustrado cuando ella lo evitaba en otros terrenos.

Se recostó en el respaldo del banco con las manos bajo la nuca. Desde aquella posición podía ver la parte inferior del balcón y la camiseta de Samantha volando hasta el suelo se le apareció ante los ojos. Inmediatamente se levantó, pero ya sabía que no se había tropezado con ella al bajar.

–¿Qué clase de alimaña estaría interesada en una camiseta? –se preguntó en voz alta.

–¿Buscas esto, chico? –irrumpió la risa de Zee.

–Debería habérmelo imaginado –Mac le arrebató la camiseta–. ¿Es que nunca duermes?

–Bah. Sobre todo sabiendo que ibas a necesitar ayuda para limpiar lo de anoche. Por cierto, ¿qué tal está ella?

Levantó la mirada hacia la ventana e intentó no imaginarse a Samantha como la última vez que la había visto, una pierna y algo más asomando desnudas bajo la sábana.

–Sigue durmiendo.

–La has cansado mucho, ¿eh?

–Ahora no, Zee.

–Así que por fin te has enamorado –dijo el viejo, siguiéndole al porche y apoyándose en la barandilla–. ¿Cómo te sientes?

–Fatal –murmuró, aliviado por poder hablar de ello.

–Bienvenido al mundo real, chico –sonrió Zee–. Pero no se lo digas a Bear. Cuando tenga por fin a la mujer que busca, quiero tener unos cuantos nietos dando saltos a mi alrededor. Y que los tuvieras tú sería igual para mí, así que dile a esa señorita la verdad y que seáis felices y comáis perdices.

–No consigo que se relaje lo suficiente ni para decirle mi nombre de pila –se quejó.

Zee hizo un gesto de resignación y colocó una mano en el hombro de Mac.

–Puede que no lo hayas intentado con suficiente insistencia. Si quieres algo de verdad, no debes parar hasta conseguirlo, y si lo haces, es porque no lo deseabas tanto como creías.

Mac se quedó pensativo mientras dejaba la camiseta dentro del bar y volvía al lado de Zee.

–¿Has limpiado lo de anoche? –le preguntó.

–Todavía no.

–Pues haz el favor de largarte. He avisado a Hardy y a Earl, y van a venir. No tienen nada mejor que hacer y están encantados de poder echar una mano.

–No puedo permitir que me hagáis el trabajo.

–Hazlo y le diré a Bear que te dedicas a dejar lencería femenina por todo el bar. Si yo tuviera una mujer como ésa esperándome, no estaría aquí disfrutando del sol, sino arriba disfrutando de otra cosa.

Y se echó a reír.

–Vale, pero te debo una.

–Pues preséntame a la próxima mujer que conozcas en The R...

–Dilo, Zee. ¿De dónde saca Mac sus mujeres?

Era Samantha. Había bajado y estaba apoyada en el marco de la puerta.

–Hola, Sammy Jo –la saludó Zee, pero después guardó silencio. Era algo poco corriente en él y Mac se dio cuenta de que estaba protegiendo su secreto.

–Quiero detalles –dijo Samantha con un brillo en los ojos–. Quiero saber dónde y cuándo.

Mezcla de determinación y celos... o, al menos, eso esperaba.

–¿Sobre qué? –preguntó Zee.

No era propio de él hacerse el tonto, así que Mac acudió en su ayuda.

–Quiere que le presente a la primera chica guapa que conozcamos en la salida de hoy.

–¿Salida?

Se había puesto un vestido de punto amarillo que se colgaba de sus curvas con todo detalle. Iba a ser un día muy largo, viendo pero sin tocar, y eso era exactamente lo que tenía pensado.

No tenía otra opción.

–¿Adónde vamos?

–A algún sitio tranquilo en el que alejarnos del bar y disfrutar del buen tiempo.

Sabía exactamente dónde iba a llevarla.

Tras la sugerencia de Zee, había llegado a la conclusión de que Samantha necesitaba poner tierra de por medio con la intensidad que habían compartido.

Estaba de vacaciones y tenía que sentirlo.

Sam no se había dado cuenta de lo mucho que necesitaba salir de allí hasta que Mac se lo sugirió. Se había despertado sola y un montón de incertidumbres se habían apoderado de su cabeza. De que lo de la noche anterior también había sido bueno para él, no tenía dudas, pero quizás se había cansado. Eso entraba dentro de lo posible. ¿Cuántos hombres querían despertarse al lado de una mujer una vez habían... consumado su relación? Quizás aquella ocurrencia fuese para alejarse de allí y no tener que...

Sam movió enérgicamente la cabeza para deshacerse de esa horrible imagen.

–¿Qué tengo que llevar? –preguntó.

–Nada. Sólo tu persona.

Estaba muy serio. No había ningún rastro del brillo sensual de su mirada, ni de los tonos cálidos de su voz. Algo había cambiado entre ellos.

–De acuerdo –la garganta se le quedó de pronto seca–. ¿Cuándo nos marchamos? ¿Después de limpiar el bar? Porque yo he empezado mientras estabas hablando con Zee y sólo me ha dado tiempo a...

–Zee se va a ocupar hoy de todo.

Zee también estaba muy callado, lo cual no era corriente. Qué sensaciones más extrañas...

–Decidme, ¿qué es lo que pasa? –les preguntó a ambos.

–Nada. Demasiada actividad ayer, eso es todo –contestó Mac, y en aquella ocasión sí que vio brillar una luz inconfundible en el fondo de sus ojos.

Eso quería decir que lo que fuera que le había hecho cambiar de humor nada tenía que ver con lo ocurrido la noche anterior, y Sam soltó la respiración que había estado conteniendo sin darse cuenta. No se había dado cuenta de lo mucho que temía que fuese a darle la espalda hasta aquel momento. En cualquier caso, y hasta que no le hubiera oído decir de sus propios labios qué sentía, no estaría completamente tranquila.

Zee carraspeó.

–Vosotros preparaos para marchar, que

Earl, Hardy y yo nos ocuparemos de lo que haya que hacer aquí –les dijo, y señaló a la camioneta que entraba en el aparcamiento del Hungry Bear.

–¿Estás seguro de que no sería mejor que nos quedásemos a echarles una mano? Podríamos salir un poco más tarde.

–Seguro que no. Zee y yo tenemos un acuerdo, y en cualquier caso, así se pagarán las copas que se toman –contestó Mac con una sonrisa, y con un gesto la invitó a precederle al interior del bar.

Apenas había entrado cuando tropezó con la camiseta que al salir no había visto. Se agachó a recogerla.

–No debes acostumbrarte a ir dejando por ahí tu ropa, Sammy Jo.

Su aliento le acarició la mejilla, y la risa había vuelto a su acento.

–No, no debemos –corroboró, y se dio la vuelta para mirarlo–. Mira, Mac, si te sientes obligado a estar conmigo o a llevarme por ahí hasta que me marche, no tienes por qué. Puedo cuidarme sola y encontrar cosas que hacer. Incluso puedo irme al hotel un par de días antes, si es que hay habitación. O si no, podría buscarme un motel...

Mac le puso una mano sobre la boca. Sabía a sal.

–No pasa nada, ¿me oyes? Nada. Y no vas a irte a esa conferencia hasta el último minuto.

Sam sintió un alivio inconmensurable.

–Es que tú... –«Vamos, díselo. Ya hay bastantes mentiras entre vosotros, al menos por tu lado»–. Es que parecías tan distante cuando he bajado que he pensado que... bueno, ya sabes qué.

Le quitó la mano de la boca y apoyó las palmas en sus hombros.

–No sabía cómo ibas a reaccionar esta mañana, así que decidí darte aire.

–¿Y si no lo necesito?

Ya habría el suficiente dentro de muy poco, pensó, intentando deshacerse del nudo en la garganta.

–Entonces, no te lo daré –y la besó en los labios–. Ahora, ¿estás preparada para salir hacia el oeste?

Ella lo miró a los ojos y sonrió.

–Sí –cualquier cosa que él le sugiriera le parecería bien–. No sé qué has planeado, pero al entrar antes en la trastienda, he visto una vieja cesta de picnic. Podría meter unas cuantas cosas y comer en el camino.

–¿Seguro que no preferirías comer en un restaurante?

–Espacio abierto contra una habitación repleta de gente. ¿Un montón de individuos por encima de estar solos los dos? Pues sí, creo que un restaurante es lo que más me apetece.

Él se echó a reír y tomó su mano.

–Anda, vamos. Será mejor que salgamos ya si no queremos tener que comer con todo el calor.

Sam lo siguió para prepararlo todo, decidida a disfrutar al máximo del tiempo que les quedara juntos. Un tiempo que corría ya demasiado deprisa.

Tras localizar un lugar a la sombra de un árbol, Mac sacó las cosas de comer mientras Sam extendía una manta sobre la hierba. Una suave brisa mecía el aire seco. Un menú compuesto por sándwiches de pavo, patatas y coca cola consumido en silencio le confirmó por fin que se había relajado. En la quietud del desierto, Mac disfrutó de algo que hasta aquel momento le había sido extraño: un cómodo silencio con una mujer al lado. No sabía que algo así pudiera llegar a sucederle a él.

–¿Te apetece beber algo más? –le preguntó, sacando de la cesta otro bote de coca cola.

–No, gracias. Aunque, con este calor...

A pesar de la sombra tupida de aquel árbol, el calor de Arizona se dejaba sentir y Sam se colocó un sombrero de ala ancha que se había comprado en Cave Code.

Con la barbilla apoyada en las rodillas, elevó la mirada al cielo y sonrió.

–¿Quién ha dicho que no se ve el cielo desde la tierra?

Él se acercó un poco.

–¿Te gusta este lugar?

–¿Por qué no iba a gustarme?

Se tumbó de espaldas y contempló el cielo. Mac hizo lo mismo y sus brazos se rozaron. Ninguno de los dos se apartó.

–Bastaría para hacerme considerar un cambio geográfico –murmuró ella.

–¿De verdad?

–No, pero también se puede soñar, ¿no?

–Desde luego.

Siempre y cuando pudiese convencerla de que ese sueño podía llegar a convertirse en realidad. Pero, para conseguirlo, tenía que comprender qué le hacía sentirse tan inquieta.

–¿Dónde estamos exactamente? –preguntó.

–En un trozo de desierto –un desierto que era suyo, pero no le parecía que estuviese preparada aún para conocer su secreto–. Se extiende kilómetros y kilómetros hacia cada lado.

Sam se hizo sombra con una mano sobre los ojos.

–¿Y ese hotel que se ve en la distancia?

–Se llama The Resort.

–¿Estás de broma?

–No, ¿por qué?

–Es donde se celebra la conferencia –murmuró en voz tan baja que apenas pudo oírla. Era evidente que la perspectiva no la entusiasmaba.

Y eso le alegró. El lugar en el que iba a celebrarse la conferencia era harina de otro costal. Él estaba siempre presente en los eventos más importantes que se celebraban en el hotel, y sin lugar a dudas ella se enteraría de que él era el dueño, lo cual, bien mirado, no estaba tan mal, porque una vez se hubiera marchado del Hungry Bear, no desaparecería por completo de su vida. Como propietario, tenía acceso a las direcciones particulares de sus clientes, y sabría dónde encontrarla, ya que no tenía intención de perderla.

–Vamos a ver si adivino a qué te dedicas –dijo, retomando la conversación–. Eres vendedora de seguros.

Ella se echó a reír, y se pegó a su costado.

–Ya sabes que soy analista financiero. Voy a asistir a varios talleres sobre riesgos e inversiones.

–Ya sabía yo que había algo dentro de esa preciosa cabeza. Entonces, ¿vas a reunirte con clientes, o con superiores?

–Con ambos. Los seminarios me ayudarán a hacer inversiones más seguras y rentables para mis clientes. Luego llevaré a algunos clientes a comer y mi... jefe nos invitará a mí y a algunos de los clientes más importantes a cenar.

Él apartó unos mechones de su pelo y apoyó la barbilla sobre su hombro.

–¿Soñabas ya con ser analista financiero cuando eras pequeña?

Sam volvió a reír.

–Soñaba con ser bailarina, pero cuando llegué a la conclusión de que eso sería imposible, empecé a soñar con casarme. Con tener una de esas bodas de cuento de hadas y ser feliz para siempre.

–¿Y de dónde sale lo de financiera, entonces?

–Pues del momento en que me di cuenta de que una mujer inteligente no tiene que confiar en encontrar un hombre que la mantenga. Y porque mis notas en la universidad confirmaban mi habilidad con los números. Invertí parte del capital que mi padre había puesto a mi nombre cuando era joven, y gané una buena cantidad de dinero, de modo que resultó que también era buena calculando riesgos.

Él sonrió pensando en lo mucho que tenían en común. Él también había arriesgado todo el dinero de su familia invirtiéndolo en transformar un pequeño hostal en un hotel de primera clase. Podría haberlo perdido todo.

El mayor riesgo de Samantha parecía ser acercarse a él. Al menos, había empezado a abrirse. Ahora que sabía que podía sorprenderla en el hotel y contárselo todo allí, se había comprado más tiempo.

Su instinto le decía que se había ganado

su corazón, pero aún tenía que ganarse su confianza.

–Ahora te toca a ti, Mac. ¿Con qué sueñas tú?

–Creía que no querías saberlo.

–Yo te he contado los míos, así que es justo que ahora te toque a ti. Además, ¿qué son los sueños sino fantasías? Y en cuanto a fantasías, ya hemos compartido unas cuantas.

Sólo recordarlo lo excitó. Quería volver a estar dentro de ella, pero aquél no era el momento. Si interrumpía la conversación, la perdería para siempre.

–Está bien.

Nunca había compartido sus sueños con nadie y le resultaba difícil saber por dónde empezar. Cuando vendió algunas tierras de su padre para expandir el hotel, guardó una promesa que le había hecho: el que parte de la tierra no se desvinculara nunca de la familia y que quedase para las futuras generaciones.

–Me gustaría construir una casa en un terreno amplio y abierto –le dijo. Era precisamente allí.

–Lo comprendo. ¿Una casa grande?

Al menos parecía estar interesada.

–Tan grande como quieras.

–Mmm... estilo rancho –murmuró, dejándose llevar por la fantasía–. ¿Niños?

–Uno o dos.

Con pelo negro y ojos color violeta.

–Dos. No, tres. Siendo hija única se siente una muy sola. Dos chicos y una chica correteando por una casa de verdad decorada en béis, blanco y marrón.

–Mis colores favoritos –dijo, alegrándose de que no pudiera ver su sonrisa.

–Con estilo –continuó ella–, pero cómoda y acogedora.

–¿Era así la casa en la que creciste?

Sam se quedó inmóvil. Como si su pregunta hubiese roto la fantasía y hubiese llegado demasiado lejos.

–Yo...

Mac le acarició un brazo.

–Sigue hablando –susurró.

–Yo... crecí en una casa bonita, pero llena de cosas sólo para ver, no para tocar. A mi madre le encantaban las cosas bonitas, y a mi padre le encantaba darle a ella todos los caprichos –se echó a reír, pero fue una risa hueca–. Es que mi padre la quería con locura. Nada más. No quedaba demasiado sitio para mí.

Él apretó su brazo como si pudiera consolarla u ofrecerle el amor del que había carecido.

–Estoy seguro de que tus padres te querían –dijo.

–Claro. Pero era un amor hecho de sobras, el que les quedaba de más cuando no estaban juntos.

Pensó en su hermana y en lo mucho que habían reído juntos, en las trastadas que se habían hecho el uno al otro. Recordó la frustración de sus padres con ellos, pero también su amor. Un amor que era para sus hijos y para ellos.

–Eso que se perdieron –fue lo único que se le ocurrió decir.

–Lo sé... ahora.

–¿Y de verdad quieres tener tres hijos? –preguntó sin dejar de acariciarle el brazo.

–Sí –contestó, y se dio la vuelta. Esperaba que se alejase de él, pero sin embargo se pegó a su cuerpo–. ¿Tenemos que seguir hablando? –preguntó, acariciando su mejilla.

No le permitía seguir preguntando. Si hubiera necesitado una confirmación de que todavía no estaba preparada para conocer su secreto, acababa de facilitársela.

–No. Hay otras muchas cosas que podemos hacer.

Mac sonrió y se tumbó de espaldas con ella encima.

–¿Alguna vez has hecho el amor al aire libre? –preguntó Sam.

Él se echó a reír.

–¿Cuenta haberlo hecho en un balcón?

–Me temo que no.

–En ese caso, la respuesta es no.

–Eso podemos arreglarlo –susurró.

Mac estuvo a punto de sucumbir ante su Samantha. Olía como siempre, un perfume que le volvía loco. Sus manos temblaban, y su cuerpo caliente y deseoso estaba pegado al suyo. Para ser una mujer vergonzosa al principio, se había acostumbrado muy pronto a estar con él.

En el fondo, muy en el fondo de sí mismo, encontró un retazo de control.

–Es un ofrecimiento tentador, pero he de rechazarlo.

–¿Porque no tenemos protección? Hay otras formas de disfrutar.

Porque por mucho que la deseara, no iba a permitir que volviera a esconderse tras el sexo.

–Hay otra cosa que preferiría hacer.

–¿Qué es?

–Abrazarte.

Con un solo movimiento, la hizo girar sobre sí misma y la colocó sobre él, de espaldas.

–Al menos ahora sé que me deseas –susurró.

–No se trata de deseo.

–¿De qué entonces?

–De estar contigo el tiempo que nos quede.

Silencio. Bien, ¿y qué esperaba? ¿Una declaración de amor eterno? La honestidad que habían compartido no estaba mal como comienzo.

El sol brillaba con fuerza y una brisa que a cada momento se volvía más cálida los envolvió. Poco a poco fue relajándose.

–Me haces muy feliz, Mac –le dijo, y acomodándose a su lado, tomó sus manos.

Aquella verdad le había salido del corazón y la aceptó como un regalo.

–Lo intento al menos.

Ella sonrió y Mac se llevó su mano a los labios para besar sus nudillos y el anillo que los uniría para siempre. Tanto si ella lo sabía como si no.

VIII

Dos días habían pasado desde que la tuvo en sus brazos con tanta ternura. Otros hombres no habrían dejado pasar la oportunidad de tener sexo sin complicaciones, pero él no. El hombre al que ella amaba, no. ¿Por qué demonios tenía que ser tan caballeroso, tan irresistible, tan difícil de dejar?

Las últimas cuarenta y ocho horas habían transcurrido entre diálogos y abrazos. Nada de sexo. Después de que él rechazara sus avances, Sam supo que no tenía que volver a intentarlo. Y él tampoco lo había hecho. El príncipe azul que había conocido la primera noche se confirmaba en sí mismo, y lo mismo ocurría con su amor por él.

Sam se movía entre las mesas atendiendo a los clientes, pero ni siquiera el ruido general del bar podía apartar su mente de la batalla que se estaba librando en su interior. ¿Qué le debía a su padre? Y lo que era más importante: ¿qué se debía a sí misma?

Aunque Mac no había hablado de futuro, sí la había obligado a analizarse a sí misma, a Samantha Josephine Reed. Y lo que había descubierto resultó ser una sorpresa. No sabía que era una mujer capaz de sentir una pasión intensa, tanto que le permitiese olvidarse de sus inhibiciones y disfrutar. Con Mac podía ser atrevida, ardiente y no sentir vergüenza por ello.

También le había enseñado el significado del amor. De un amor profundo, tierno y abrasador. La clase de amor que sólo existía en los cuentos. La clase de amor que sólo una mujer muy afortunada podía experimentar una vez en la vida.

Y ella lo había encontrado, aunque no supiera si los sentimientos de Mac se parecían a los suyos. Desde luego actuaba como un hombre enamorado, pero no podía estar segura de hasta dónde era realidad, y hasta dónde fantasía.

Aunque la había animado a abrirse a él, cada vez que había podido atisbar un rincón de su corazón, Mac había dado marcha atrás. Quizás porque ella le había obligado a hacerlo, o porque quería dejar atrás la realidad durante un tiempo... Un tiempo que estaba a punto de concluir. Tendría que marcharse de aquel bar al día siguiente, y a ser posible con más dignidad de la que había mostrado al llegar.

Sirvió unas cervezas a la mesa más próxima a la puerta y salió a respirar una bocanada de aire fresco. Inspiró profundamente. El frescor de la noche en aquel lugar era algo que había llegado a apreciar de verdad.

–Eh, Sammy Jo.

La voz de Mac interrumpió la quietud de la noche y sus pensamientos, lo cual no era del todo malo, teniendo en cuenta la dirección que estaban tomando.

Dios del cielo, ¿sería capaz de romper su compromiso? ¿Quién podría creer que la buena y razonable Samantha Reed hiciese algo así? Claro que tampoco se había creído capaz de seducir a un extraño, y eso era lo que había hecho.

Además de enamorarse de él. De enamorarse de pies a cabeza, locamente. ¿Tendría el valor necesario para dejarse guiar por los sentimientos cuando lo que la obligaban a hacer era romper su compromiso con Tom, faltar a la promesa que le había hecho a su madre en el lecho de muerte y, lo más importante, traicionar a su padre, que contaba con ella? ¿Sería capaz de darle la espalda a la ética que le habían inculcado desde la niñez?

Pero, ¿dónde estaba la ética de su padre si estaba dispuesto a admitir que su hija se casara por una razón que no fuese el amor?

–¿Qué haces aquí fuera tan sola? –preguntó Mac.

–Tomarme un respiro. Las camareras pueden tomarse dos descansos cada noche, ¿no?

–Al menos las mías lo hacen –replicó él, apoyándose en la barandilla.

–¿Quién está a cargo del bar?

–¿Quién crees tú?

Sam sonrió.

–¿Y qué más estás haciendo aquí fuera?

–Pensar –su mirada recorrió el cuerpo que había conseguido memorizar–. ¿Hay alguna razón por la que siempre lleves la misma clase de ropa para trabajar? –le preguntó.

Mac se miró y se encogió de hombros.

–Es que así no tengo que ir de compras –contestó.

Sam se echó a reír.

–¿Y? –preguntó él.

–¿Y qué?

–¿Qué más te ronda por esa preciosa cabeza tuya? Uno sólo sale afuera a respirar cuando necesita tiempo para pensar.

Condenada percepción... El problema era que todavía no había llegado a ninguna conclusión y no podía compartir nada con él.

–Me estaba preguntando cómo decírselo a Zee.

–¿Decirme qué, preciosa?

La puerta se abrió de par en par y Zee en persona salió al porche.

–Esto parece una convención –murmuró Mac.

Sam los miró a ambos, dos hombres a los que había llegado a querer.

–Cómo... –carraspeó–. Cómo decirte adiós.

Mac frunció el ceño y volviéndose a Zee, le preguntó:

–¿Quién se está ocupando del bar?

Zee no contestó, quizá porque él también estaba pensando en su marcha. Una brisa algo más intensa le alborotó el pelo y Sam se lo apartó de los ojos.

–¿Alguna vez has pensado en que la gente necesita tener intimidad, Zee? –se quejó Mac.

–Si Sammy Jo quiere que me vaya, me lo dirá.

Mac elevó la mirada.

Seguramente nunca volvería a conocer a alguien como Zee. A pesar de sus manías, era un hombre muy inteligente y de genio vivo. Y además, tenía la sensación de que Mac confiaba en su juicio más de lo que dejaba trascender. Al menos así, cuando se marchara, tendría la tranquilidad de que alguien se ocupaba de su Mac.

Un nudo se le hizo en la garganta y tomó la mano de Zee en las suyas.

Él se volvió a Mac.

–¿Y a ti nunca se te ha ocurrido pensar que quisiera despedirme personalmente de Sammy Jo? Además, dentro hay gente que se muere de sed, así que, entra.

La mirada de Mac se tornó muy seria y

Sam sintió el corazón en un puño. Ambos sabían lo que los esperaba, pero no querían pensar en ello.

–Ya le has oído –intervino, intentando sonreír–. Adentro.

–Hacéis conmigo lo que queréis –protestó y la puerta se cerró a su espalda.

–Es un buen chico, Sammy Jo.

–Lo sé.

–Y tú eres una mujer de los pies a la cabeza. Lo supe nada más verte entrar en el bar. No me preguntes cómo pero, si a mi edad no puedo confiar en mis instintos, no me quedaría nada más en qué confiar.

–Eres muy perceptivo.

–Sí, y vosotros dos muy estúpidos. Pensáis que por ser jóvenes tenéis todo el tiempo del mundo –miró el cielo cuajado de estrellas y se encogió de hombros–. Puede que sí y puede que no, pero si quieres mi opinión, es una pena malgastar ni un solo segundo.

–La vida es muy complicada, Zee.

Él apoyó su mano en las de ella.

–Sólo si nosotros lo permitimos, cielo. Tenemos todas las posibilidades ante nosotros, pero sólo cada cual puede hacer su elección.

Sam suspiró. Ojalá la decisión que ella tenía que tomar no le trajese tanto dolor, a ella y a otros.

–Pase lo que pase, me alegro de haberte conocido.

Zee sonrió.

–Yo también. Bear ha llamado y me ha dicho que vuelve mañana. ¿Crees que seré abuelo antes de hacerme demasiado viejo para disfrutar de ello?

Sam sonrió.

–Eso espero.

–¿Te quedarás a conocer a mi hijo?

–Tú lo que quieres saber es lo que voy a hacer.

Su risa viajó alegremente por la tranquilidad de la noche.

–A ti tampoco se te escapa una. Al menos ahora sé que Mac ha encontrado a una mujer que no va a dejarle escapar con alguna de sus tonterías.

Y así era, pensó Sam, e inmediatamente se preguntó cuándo habría tomado esa decisión.

Mac se sentó en el borde de la cama y estiró los brazos por encima de la cabeza. Debía estar agotado.

–Una noche muy larga, ¿eh? –preguntó Sam desde la puerta del baño. Le había visto dejarse caer de espaldas sobre el colchón.

Bien. Eso quería decir que no pensaba entrar en el baño. Menos mal, porque si lo hacía, perdería el valor.

–¿Y precisamente tú necesitas preguntarlo?

–Pues no, la verdad.

Y era cierto. La semana pasada con Mac había sido agotadora, tanto mental como físicamente, pero no estaba dispuesta a que aquellos días llenos de pasión terminasen con una nota triste.

Aquella noche era la última que iban a pasar juntos, y por muy caballeroso que él pretendiera ser, estaba decidida a meterse bajo su piel una vez más. Se lo merecían, y ella necesitaba sentirlo dentro una vez más. Con un poco de suerte, ella también podría darle algo que recordar.

–El bar ha estado muy lleno esta noche –comentó–. ¿Más de lo normal?

–No, más o menos como siempre. Bear no podrá quejarse de que han bajado los beneficios de su negocio mientras ha estado fuera.

–Estupendo. ¿Hace mucho que tienes alquilado este apartamento?

Creyó oír una especie de gruñido a modo de respuesta, pero con el grifo abierto en el lavabo no podía estar segura.

–No te oigo –le gritó–, pero enseguida salgo.

–Tómate tu tiempo.

Se lavó la cara con agua fría y se lavó los dientes antes de desnudarse y volver a vestirse, asegurándose de que todos los corchetes estaban en su sitio.

–Este chisme debería venir con instrucciones –murmuró. No estaba segura de ser capaz de salir del baño así, y miró una vez más su camiseta de todas las noches, pero con un suspiro, abrochó el último de los corchetes. Se había comprado aquel atuendo dejándose llevar por un impulso, pero jamás se había planteado tener que mostrarse ante otro ser humano con aquello.

Pero eso era antes de conocer a Mac. Él le había hecho cambiar de planes. Incluso temía que le hiciese cambiar de vida. En aquel momento, lo que necesitaba era asegurarse de que estuviera ocupado y no se le ocurriera echar un vistazo al cuarto de baño.

–¿Qué te parece, hablando de cómo nos ha ido el día? –dijo–. Parecemos un matrimonio.

El silencio contestó a su comentario.

–Vaya... no debería gastar bromas sobre lo de casarse a un hombre al que conozco hace apenas una semana –más silencio–. Esa palabra debe hacerte pensar en cuerdas de nudo corredizo. O en una bola de hierro y cadena.

Se echó a reír con nerviosismo, y no sólo porque no la hubiera contestado, sino porque acababa de describir a la perfección su próximo matrimonio, cuya perspectiva la asustaba cada vez más.

–Bueno, Mac, allá voy –susurró.

Inspiró profundamente. Quizás se había quedado dormido. Mejor.

–Sé que lo del matrimonio no ha sido una de mis mejores ocurrencias, teniendo en cuenta que eres mi...

Pero no pudo seguir hablando. Mac estaba tumbado sobre la cama, totalmente desnudo a excepción de un calzoncillo muy pequeño y su sonrisa de siempre. Se había cruzado los brazos detrás de la cabeza.

–¿Que eres mi...?

Mac se atragantó al verla. Iba vestida con

una especie de corpiño de una sola pieza, formado por un sujetador de encaje que dejaba casi totalmente expuestos sus pechos, un tejido semitransparente que mostraba su abdomen y unas bragas de encaje unidas por finas cintas a un liguero también de encaje.

–Dios mío... ese chisme no puede ser de verdad.

Menuda metedura de pata, porque ella volvió a meterse a toda prisa al cuarto de baño y Mac tuvo que correr para alcanzarla antes de que le diese con la puerta en las narices.

–Si has tenido el valor de ponértelo, no huyas ahora –le dijo, sujetándola por la muñeca.

–No sé en qué estaría pensando –murmuró–. Debo parecerte ridícula.

El gesto de Mac fue de absoluta incredulidad. Era consciente del valor que debía haber necesitado para ponérselo, pero aun así no comprendía que pudiese haberse mirado al espejo y no saber.

–Hay un montón de palabras entre las que escoger para describirte, Sam, pero ridícula no es precisamente la adecuada.

–¿De verdad?

Mac soltó su muñeca y se sentó en el borde de la cama.

–Estás... sexy, para empezar.

Sam dio dos pasos hacia él con los pies descalzos. Llevaba las uñas pintadas de rojo. Qué curioso, pero no se había dado cuenta hasta aquel momento.

–¿Qué más? –le preguntó.

–Picante –susurró.

Dos pasos más.

–Salvaje –añadió–. Caliente... –sus ojos violeta brillaban con luz propia–. Seductora, deseable... –le tendió una mano–. Erótica, sensual... –enlazaron los dedos y Mac tiró de ella. Sam acabó sobre él en la cama–. Y mía.

Su perfume y sus largas piernas lo envolvieron, y Mac tiró de su pelo para poder sellar sus palabras con un beso.

Sam entreabrió sus labios y Mac la abrazó con fuerza. Con ella, la respuesta no se hacía esperar. Sus ritmos eran iguales, lentos y rezongones un momento, ardientes y devoradores al siguiente.

Cuando se separaron, ella jadeaba igual que él.

–No has contestado a mi pregunta –le dijo.

–No recuerdo qué me has preguntado.

–¿Qué es lo que soy?

Sam enrojeció.

–Creía que estabas dormido.

–No has tenido esa suerte –replicó con una sonrisa, y deslizó sus manos sobre su espalda hasta llegar a sus nalgas–. ¿Qué es lo que soy? Tu...

–Amante –murmuró sin mirarlo a los ojos.

Mac sintió un nudo en el estómago. Sabía desde el principio lo que iba a decir, pero no por eso la definición le sentó mejor. Tenía intención de hacerla cambiar de opinión, una vez se hubieran deshecho de sus temores y le recordase la pareja tan perfecta que eran. Había estado los dos últimos días cimentando la unión entre ellos, tanto como le había sido posible, teniendo en cuenta su reticencia, pero ahora no estaba dispuesto a dejar pasar la última oportunidad de estar con ella.

–Sí, lo soy –contestó, pero pretendía ser mucho más, y deslizó un dedo bajo el encaje–. ¿Siempre viajas con esto en la maleta?

–Lo vi en una tienda y... –volvió a enrojecer–. Y sentí curiosidad.

–¿De qué?

–De cómo me sentiría llevándolo. De si me sentiría sexy, y todo eso que has dicho antes. La verdad es que no había pensado ponérmelo para un hombre.

Aquella explicación le complació enormemente, especialmente porque hubiera sido capaz de ponérselo para él.

–¿Me estás diciendo que nunca antes te habías sentido así? –preguntó mientras la acariciaba íntimamente. Estaba húmeda y caliente, y gimió en su oído–. Porque sabiendo cómo respondes, me resulta difícil de creer.

–Mac... –¿eran lágrimas eso que le brillaba en los ojos?–. ¿Me creerías si te digo que sólo me he sentido así contigo?

–¿Y eso es malo?

–No, pero es así –murmuró.

–Y ahora que ya has tenido la experiencia, ¿qué te parece si te sacamos de este chisme?

Sam sonrió.

–Me gustaría ver cómo lo intentas –le desafió, y se tumbó sobre la cama boca abajo. Una pequeña etiqueta blanca que colgaba de la parte trasera le llamó la atención.

–Mmm... Un capricho caro.

–¿Qué?

Él se echó a reír.

–Es que te has dejado la etiqueta con el precio.

Ella ocultó la cara entre las manos.

–Qué vergüenza –protestó–. Ni siquiera soy capaz de hacer eso de la seducción en condiciones.

–Lo has hecho de maravilla, créeme. Sólo hay un problema

Sam le miró.

–Pues que te has gastado un montón de dinero en algo que te voy a arrancar en cuestión de segundos.

–Ah, ya... –Sam se incorporó y, sin rodeos, acarició su pene ya erecto y lleno–. Pues en mi opinión, ha merecido la pena.

Él detuvo el movimiento de su mano.

–No la va a merecer si sigues así.

Ella se echó a reír, lo que sólo sirvió para inflamar aún más su deseo.

–Bruja –le dijo, y ella sonrió–. Eres increíble, Sammy Jo.

Aquella mujer le alteraba de arriba abajo y de dentro afuera. Era una combinación mortal de inocencia y seducción, sin tapujos, sin adulteraciones. Sólo Samantha.

–¿Ah, sí? Demuéstramelo.

–Error fatal –masculló y bajó la tira del sujetador.

Bajo las connotaciones sexuales latía una emoción profunda. Ella lo sabía y él seguramente también, pero saberlo no la asustó tanto como debiera sabiendo lo que les quedaba por delante.

–Nunca desafíes a un hombre al borde de un precipicio –le dijo, abrasándola con la mirada.

Sam sonrió.

–¿Es eso lo que eres?

Con un dedo, trazó el borde del encaje que cubría su pecho.

–No lo sé. Tú debes decírmelo.

Ella bajó la mirada. Su erección parecía crecer por segundos.

–Yo diría que sí –contestó, y se humedeció los labios que se le habían quedado secos de pronto.

Mac gimió.

–Vuelve a hacer eso.

Ella obedeció y Mac pasó un dedo por la humedad que había dejado.

–Y mantener el control de esta manera me está costando un triunfo, ¿no crees?

–Bueno... sí.

Y colocó el dedo humedecido sobre su pezón. Ella gimió y él lo acarició hasta conseguir un pico endurecido. Como si algo uniera sus pechos al calor que sentía entre los muslos, tuvo que apretar las piernas para relajar la tensión.

–No es que me importe, pero al menos uno de nosotros debería aprovecharse, ¿no crees?

En aquel momento, Sam estaría de acuerdo con cualquier cosa que él dijera. Debía saber hasta qué punto estaba excitada, porque tiró de la copa de encaje para desnudar sus pechos ante sus ojos y para su boca.

Y en aquel instante, viendo su cabeza de cabello oscuro sobre su piel blanca, supo que estaba haciendo lo correcto. Que le pertenecía. Reconocerlo la liberó de tal forma como nada había conseguido hacerlo durante toda la semana. La mordía con los dientes para después calmarla con la lengua hasta que ella ya no pudo soportarlo más. Necesitaba sentirlo dentro, llenándola, completándola, y sin pensárselo dos veces, tiró de su mano para colocársela entre las piernas.

Mac no necesitó más que mover la mano una sola vez hacia arriba para que Sam alcanzara el clímax como una ola gigantesca que la sepultara y la hiciese temblar y sacudirse de necesidad. Aunque había alcanzado el orgasmo, seguía sintiéndose vacía y necesitada, porque lo había alcanzado sin tenerlo dentro a él.

–¿Te acuerdas del control del que te hablaba antes? –preguntó con voz ahogada.

Ella se obligó a abrir los ojos.

–Sí.

–Pues ha desaparecido.

Mac hizo desaparecer su lencería en un abrir y cerrar de ojos, seguida de sus calzoncillos, y se colocó la protección más rápido de lo que ella creía posible. Por fin sintió su peso sobre su cuerpo. Piel sobre piel, él era todo lo que siempre había deseado y no se había atrevido a soñar.

–Mírame.

Sam se concentró en sus ojos, tan oscuros, tan intensos, aquellos pómulos marcados y labios firmes que había llegado a querer.

–Y recuerda –murmuró, y sin avisar, la penetró de un solo movimiento.

La sorpresa la dejó sin respiración y tembló de pies a cabeza. No la había llenado, sino que había pasado a formar parte de ella. No sabía cuándo había ocurrido, y no le importaba, y levantando las caderas lo aceptó completamente, sin dejar de mirarlo a los ojos.

Así que así era el amor. Algo que no se podía comprender, algo que se experimentaba y se sentía a un tiempo.

–Cariño –gimió él–, me estás matando. Ojalá pudiera esperar, pero... no puedo.

–Pues no lo hagas –murmuró ella junto a sus labios.

Y se movió dentro de ella hasta que perdió el control. Sam sintió cada uno de sus movimientos en el corazón, como si además de unir sus cuerpos, sus almas también se hubieran unido. Le necesitaba tanto... Mac alcanzó el clímax un instante después, y ella al momento de hacerlo él, y ambos sucumbieron ante las olas de placer.

Quedaron en silencio. Sólo el sonido sobre el tejado interrumpía la paz que se había instalado entre ellos.

–No pensaba que fuera a llover –murmuró ella.

–Llevaban días anunciándolo –contestó. Esa clase de tonterías le parecían apropiadas para aquel momento. Después de lo que habían compartido, las palabras se quedaban cortas.

–¿Cuál es tu nombre de pila? –le preguntó.

La pregunta le pilló desprevenido. Se había imaginado que optaría por replegarse sobre sí misma.

Mac tomó uno de sus mechones de pelo entre los dedos.

–Ryan. Ryan Mackenzie.

–Quién lo diría. ¿Y quién te empezó a llamar Mac?

–A mi madre le gustaba el nombre de Ryan, pero mi padre siempre me llamaba Mac.

–A mí me gustan los dos –sonrió.

Tenía que aprovechar aquella oportunidad, así que le dijo:

–Ahora te toca a ti, Sammy Jo.

Ella suspiró.

–Samantha Josephine Reed.

–Dos nombres muy sonoros.

–Sí, pero en opinión de mis padres, con clase y refinados. La imagen es importante en mi familia, y ésa es precisamente la razón de que los problemas que está padeciendo mi padre le parezcan tan difíciles de superar –carraspeó–. De todas formas, siempre me han llamado Samantha; ellos y todo el mundo.

–Excepto yo.

Sam se echó a reír.

–Excepto tú.

Si la imagen era tan importante en su familia, su supuesta ocupación de camarero podía ser lo que la estaba molestando. No es que ella no lo aceptase como quien era, o como quien ella creía que era. Pero seguramente le costaría trabajo explicar una relación como la suya a sus padres y amigos.

No tenía que demostrarle nada. La quería tal y como era, y estaba convencido de que ella a él, también, y ya era hora de levantar el telón.

–Mira, Sam...

Pero ella se colocó sobre él.

–Falta una hora más o menos hasta que amanezca. ¿De verdad quieres pasarla hablando? –le preguntó.

El deseo volvió a surgir en su interior.

–Aunque me cueste trabajo decirlo, sí.

–Pero yo no. Necesito pasar este tiempo contigo –le apartó el pelo de la frente–. Sin presiones, sin nada más que nosotros dos

–rozó su mejilla con los labios y después su boca–. Te necesito, Ryan.

Podría haberlo resistido todo menos su nombre en aquellos labios, y estiró un brazo para alcanzar otro preservativo de la mesilla. Si las cuentas no le fallaban, era el cuarto.

Si ella quería esperar, él también esperaría. Sabía dónde encontrarla.

IX

Mac se quedó por fin dormido cuando empezaba a amanecer y Sam se levantó y salió al balcón para contemplar cómo el sol se elevaba sobre las montañas del horizonte. Ni siquiera aquella belleza sublime, las sombras amarillas y rojas que tenían un cielo cada vez más azul, pudieron captar su interés. A cada momento, miraba al hombre que dormía.

Mac había querido hablar, pero ella no se lo había permitido. No le quedaba más remedio. Habían compartido una semana, siete días increíbles y que nunca podría olvidar. ¿Podría haber más? No le había dejado hablar, así que no lo sabía. Y no podría saberlo hasta que solucionase sus problemas personales.

Pero, gracias a él, se sentía preparada para hacerlo. Él la había enseñado a encontrar a la mujer que era de verdad. Una mujer que no sabía que existía.

Se había pasado la vida buscando algo que nunca estaba a su alcance, y lo había hecho primero complaciendo a sus padres y después con Tom. Jamás había antepuesto sus propias necesidades, y sin darse cuenta había llegado a ser una mujer vacía e insatisfecha. Cuando su madre le pidió que prometiera que se ocuparía de su padre, pensó que por fin se había ganado su aprobación, pero se equivocaba. Lo que ocurría era que ella siempre les había pedido más de lo que eran capaces de dar.

Pero ahora no era ya una niña necesitada desesperadamente de afecto. Cuando su padre llegó al borde del desastre, intentar evitarlo, sacrificarse por él fue algo que todo el mundo aceptó como natural en ella. Ni siquiera ella misma se lo cuestionó. Hasta que Mac le mostró todo a lo que iba a renunciar.

Tanto era lo que le debía a Ryan Mackenzie que jamás podría pagárselo. Y no sólo por darle la semana de pasión que buscaba, o el amor que necesitaba, sino por obligarla a enfrentarse a sí misma.

Y habiéndolo hecho, llegó a una conclusión: no podía casarse con Tom.

Si le daba la espalda a la mujer que había descubierto, se estaría traicionando a sí misma. Peor aún, traicionaría a Mac y al tiempo que habían pasado juntos. Y Sam nunca haría algo así. Respetaba demasiado a Mac para tirar todo lo que le había dado, y su regalo más importante había sido el respeto por sí misma. Había aprendido que no podía venderse por nada; ni siquiera por su padre.

¿Y qué pasará con él?, le preguntó una voz interior. ¿Cómo vas a darle la espalda? No eres responsable de las acciones de tu padre, Sam. Ésas eran las palabras que Mac le había dicho, y tenía razón. No puedes renunciar al resto de tu vida porque él esté teniendo problemas con la suya. En eso también tenía razón. Y tenía que haber otro modo de solucionarlo. Aconséjalo, quédate a su lado y ayúdalo si puedes. Juntos los dos, podrían encontrar la salida, y ambos saldrían más fuertes tras la experiencia.

El estómago se le hizo un nudo al contemplar la perspectiva que le aguardaba. Un prometido humillado, un padre que se siente traicionado, y a engrosar las listas del desempleo. Porque no le cabía la menor duda de que Tom, en calidad de jefe, la pondría de patitas en la calle al romper su compromiso. ¿Y después?

Tom se buscaría otro trofeo que lucir del brazo y otra analista que la reemplazara. En cuanto a su padre, hablaría con sus médicos para saber si estaba en condiciones de volver a trabajar. Podían mudarse también. De ese modo escaparían de la ira de Tom y de la pérdida de estatus y dignidad. Y su padre terminaría por perdonarla. Tenía que ser así.

Y en cuanto a Mac... jamás querría a alguien como le quería a él, y si él no quería seguir unido a ella para siempre, tendría que seguir adelante sola, porque no iba a conformarse con menos.

Volvió a entrar a la habitación, preparó el equipaje y se detuvo junto a la cama una vez más. Aunque pensaba volver, no sabía qué podía esperarla entonces. Detestaba marcharse así, pero no le quedaba más remedio. Tenía demasiadas cosas que resolver en su vida, y si se quedaba, la tentación de acurrucarse de nuevo en sus brazos, declararle su amor y no volver a enfrentarse al mundo exterior sería demasiado fuerte.

Y por otro lado, hasta que no se hubiese liberado de su compromiso, no tenía derecho a preguntarle nada.

Se agachó y le besó en la boca por última vez.

–Te quiero –susurró.

Él cambió de postura, pero no se despertó. ¿Lo entendería cuando se despertase, o la odiaría por escabullirse así? Una lágrima le rodó por la mejilla, pero se obligó a recoger la bolsa y salir. Al menos sabría dónde encontrarlo cuando estuviese preparada.

Dejarla marchar era lo más duro que Mac había hecho en toda su vida. Pero no tenía derecho a retenerla cuando ella deseaba tanto marcharse. Se incorporó en la cama y gimió. Había presentido el momento en el que salía de la habitación y después había oído cerrarse la puerta del bar y el sonido del motor de su coche al alejarse. Estaba confuso y en conflicto consigo mismo.

–Yo también te quiero –dijo en voz baja como respuesta al susurro que él no debería haber oído.

Pero Samantha se merecía hacer las cosas a su manera, al igual que él había decidido cómo revelarle la verdad sobre sí mismo.

Se levantó, descolgó el auricular y marcó un número de teléfono.

Un vestíbulo al aire libre recibió a Sam al entrar en The Resort. Todo estaba lleno de plantas, y la decoración era a base de sillas con aspecto de ser muy cómodas y mesas de cristal cuya base eran réplicas de tambores indios. Dejó el equipaje en el suelo y un botones se hizo cargo de él.

–¿Puedo ayudarla en algo?

Un conserje joven, que no debía tener más de veinte años, la recibió con una sonrisa.

–Me llamo Samantha Reed. Formo parte de la conferencia financiera que empieza mañana por la mañana –miró el reloj e hizo una mueca–. Supongo que mi habitación no estará preparada hasta dentro de un buen rato, pero he pensado que quizá pudiese al menos dejar el equipaje.

Tanta prisa se había dado para salir del bar antes de que se despertase Mac que no iba a tener donde alojarse hasta después de unas horas. Y además, tenía un hambre tremenda.

–También querría saber dónde está el restaurante.

El joven levantó la mirada del ordenador y volvió a sonreír.

–Lo tenemos todo dispuesto para usted, señorita Reed. Su habitación ya está preparada.

Sam parpadeó sorprendida.

–Han debido tener poco trabajo esta mañana para tener ya la habitación lista.

–Eh... sí. Es que varias personas se han marchado antes de lo previsto.

Y siguió tecleando información en el ordenador.

Mientras esperaba, miró a su alrededor. El ambiente del hotel resultaba muy agradable, decorado como estaba en beis, tostado y blanco. Exactamente el mismo esquema de colores de su casa ideal. La casa ideal que había compartido con Mac. Tenía ganas de llorar.

–Señorita Reed –la llamó el conserje, arrancándola de sus recuerdos–, si es tan amable de firmar aquí...

Sam firmó y el joven le entregó una tarjeta a modo de llave.

–Habitación 315 A. Tome el ascensor del fondo y el botones le llevará el equipaje en un momento. El restaurante está una planta más abajo y ya está abierto. Si necesita algo más, no dude en llamar.

–Gracias de nuevo... –se inclinó sobre el mostrador para leer su nombre en la chapa que llevaba sobre el pecho– ...Joe. Una cosa más. ¿Se ha registrado ya el señor Tom Webber?

El conserje tecleó el nombre en el ordenador.

–Sí. Anoche. Dejó esto para usted.

–Gracias.

Era una invitación para un cóctel que la empresa organizaba aquella misma noche en el hotel, y una nota manuscrita en la que decía que pasaría por su habitación para recogerla quince minutos antes. Así podrían hacer su entrada juntos, del brazo. Una interpretación perfecta, parte de sus obligaciones como futura esposa. ¿Sería mejor hablar con él antes o después del cóctel? Sólo con pensarlo, se ponía enferma.

Miró de nuevo el reloj. Era demasiado pronto para despertar a su prometido, por mucho que desease acabar cuanto antes con aquella situación. Lo mejor sería hablar con su padre, que siempre se levantaba temprano. Se merecía ser el primero en conocer su decisión.

Su habitación estaba al final de un corredor elegantemente decorado. Unos apliques de madera tallados a mano lo iluminaban. Si no interpretaba mal las señales, aquel piso era el de la piscina, pero su habitación estaba en la dirección contraria.

Sin previo aviso, las puertas de las habitaciones empezaron a separarse hasta que ya no quedaron. Cuando llegó a la 315 A, descubrió que también había una 315 B. Seguramente estarían comunicadas, y sintió un nudo en el estómago.

Ojalá Tom no se hubiera hecho ilusiones respecto a la intimidad que iba a compartir con su prometida. Hasta el momento se había contentado con darle la mano en los actos públicos, y esperaba que eso no hubiera cambiado.

Insertó la tarjeta y abrió la puerta de su habitación. De su suite, mejor dicho. Aquello era una residencia de verdadero lujo. No faltaba absolutamente nada. La estancia era muy amplia, con una cocina en un rincón y una zona de estar en otro. Sofás, mesas, teléfono, vídeo y una enorme pantalla de televisión.

Tenía que tratarse de un error.

La curiosidad pudo más que ella y decidió recorrer aquellos dominios antes de dar cuenta de la confusión. Una puerta entreabierta daba al cuarto de baño. Echó un vistazo. Mármol en tonos tostados, y no la cerámica al uso en cualquier hotel, cubría el piso, las paredes, las encimeras y el borde del jacuzzi, además del interior de la cabina de ducha con todos los accesorios imaginables.

Vaya... Mac y ella disfrutarían al máximo de un lugar como aquél. Recordar su primer encuentro en la vieja bañera de su apartamento le provocó un calor sofocante. Cómo lo echaba de menos...

Tanto lujo era impresionante, pero se habría sentido más feliz en casa de Mac, simplemente por la compañía. Sin él, todo aquel lujo no significaba nada.

Había dos puertas más. Una daría seguramente al dormitorio y la otra, al de su prometido. Aquella idea la hizo estremecerse. No se oía ningún ruido. Si Tom estaba allí, seguía durmiendo.

Descolgó el teléfono y llamó a recepción para explicarle la situación a Joe.

–Le aseguro que no hay ningún error, señorita Reed.

–He estado en muchas conferencias, Joe, y le aseguro que mi empresa no alquila habitaciones como ésta para sus empleados.

–Déjeme comprobarlo –oyó su tecleo en el ordenador–. Tiene usted razón.

–Lo sabía.

–Es que ha habido un cambio.

–¿Por cortesía de quién? –preguntó, aunque ya sabía la respuesta, y no iba a quedarse allí.

–Un momento, por favor. Déjeme comprobarlo.

Tal y como estaban las cosas en aquel momento, tendría que pagarse sus propios gastos, y desde luego no podía permitirse una habitación como aquélla. Era más, tendría que controlar estrechamente su economía hasta que encontrase un nuevo trabajo.

–¿Señorita Reed? El cambio es por cuenta de la casa –le informó Joe.

–¿Está seguro? Pero por qué...

–Lo siento, pero he de dejarla. Ha surgido una cuestión muy urgente. Si desea hacer más preguntas, pásese por recepción más tarde.

Y colgó.

Al menos ahora sabía que Tom no estaba en la habitación de al lado. Ella también colgó. Con fuerza.

Si aquella habitación no era gracias a Tom, entonces ¿a quién? ¿Y por qué?

Una llamada a la puerta interrumpió sus pensamientos.

–Botones –dijo una voz.

Genial. Ahora iban a llevarle el equipaje y salir de allí iba a resultarle todavía más difícil. Aceptó el equipaje, le dio una propina al botones y volvió a llamar a recepción. Joe insistió en que todo estaba en orden, rechazó sus argumentos y la informó de que no había habitaciones individuales disponibles.

–¿Qué otra cosa podría salir mal? –exclamó tras colgar de nuevo.

Intentó ponerse en contacto con su padre, y tuvo que contentarse con dejarle un mensaje en el contestador pidiéndole que la llamara, y a pesar de lo temprano de la hora, llamó a la operadora y pidió que la pusieran con la habitación de Tom Webber. Un buzón con la voz de Tom, otra de las maravillas de aquel hotel, la informó de que había salido con unos clientes pero que se vería con todo el mundo aquella misma noche en la recepción.

Sam se dejó caer en el sofá con un suspiro. La confesión iba a tener que posponerse y tendría que bajar a recepción para intentar de nuevo el cambio de habitación.

Menudo día... Para colmo, sabía que podía haberlo pasado con Mac si no hubiera sido tan testaruda y tan... Sonó el teléfono.

¿Diga?

–Hola, Sammy Jo.

El corazón empezó a latirle a toda prisa.

–¿Mac? ¿Eres tú?

Qué pregunta más tonta.

–No sé que haya nadie más que te llame Sammy Jo, aparte de Zee, y está fuera dándole cera a mi coche.

–¿Que está dándole cera a tu coche? ¡Pero si tiene ochenta años, Mac! ¿Quieres que le dé un ataque?

–Era una broma, Samantha.

–Ah –se rió, aunque tuvo que limpiarse una lágrima traidora–. Nadie me llama Sammy Jo excepto tú.

–Cierto. Y no lo olvides.

No estaba enfadado. Lo habría percibido en su tono de voz.

–Mac...

–¿Qué ocurre, cariño?

–Yo... me alegro de que hayas llamado –hizo una pausa–. Y siento haberme marchado así esta mañana. Pero es que tengo cosas muy importantes que hacer aquí y no sabía cómo decirte adiós, y ahora me arrepiento porque podríamos haber estado un poco más de tiempo juntos, y no sé si estás enfadado. Tienes todo el derecho a estarlo, claro, pero yo...

–Ya estás balbuceando –la interrumpió.

Sam sonrió y se le imaginó a él también sonriendo. La tensión que había tenido en el pecho desde que le dejara aquella mañana se alivió.

–Lo sé.

–Porque estás nerviosa.

–Sí.

–Yo puedo solucionarlo, ya sabes.

Su tono de voz le provocó un escalofrío.

–¿Cómo? –le preguntó, apretando el auricular.

–Confía en mí, cariño.

–Confío en ti.

Aquella admisión tan sencilla le llegó muy adentro, y Mac se recostó contra la almohada. Ojalá no estuviera solo y pudiera hacer algo más que contentarse con oír su voz por teléfono.

Pero tenía que trabajar en el bar y no podía pedirle ayuda a Zee. Sabía que había pensado ir a visitar la tumba de su mujer, así que hasta que Bear volviese, estaba solo.

«Piensa, Mac».

–Bueno, preciosa... relájate y cuéntame dónde estás.

Ella suspiró.

–En mi habitación.

Él se echó a reír.

–Lo sé. Te he llamado yo ,¿recuerdas? Descríbela.

–Bueno, ha habido un error, y ahora mismo estoy en una suite. Es increíble. Los colores son de ensueño. ¿Te acuerdas del sueño que te conté?

Como si pudiera olvidarlo... Un hogar, niños... Estaba feliz en su hotel, ocupando la habitación en la que vivía su hermana antes de que se casara y se fuese a vivir a otro lugar.

–Tendrías que ver el baño.

–¿Ah, sí?

–Sí. Es precioso, y tiene un jacuzzi.

Su tono de voz había bajado y recordó la primera vez que la vio, sucia del desierto pero irresistible.

–Y una ducha de masajes –añadió.

Mac gimió, y se la imaginó en su propia bañera, desnuda, relajada y rodeada de espuma...

–¿Estás ahí?

–Sí –carraspeó–. ¿Has desayunado ya?

Tenía que cambiar de conversación si no quería perderse.

–Todavía no, y me muero de hambre –pronunció aquella última palabra con una entonación especial–. ¿Y tú? ¿Tienes hambre?

«No sabes hasta qué punto», pensó. Pero no de comida. Miró el reloj. Un par de horas más y aquella charada terminaría.

–¿Qué planes tienes? –le preguntó.

–Tengo que asistir a un cóctel, que es obligatorio, y después tengo que ocuparme de... un asunto personal.

Y en ese momento, él podría estar ya en el hotel y manteniendo el control de la situación. Hasta entonces tendría que seguir ocultándole la verdad, y lo había preparado todo con Joe, su empleado más nuevo pero más entusiasta, prometiéndole una gratificación si se las arreglaba para tratar a Sam como a una princesa. Una princesa que no tenía ni idea de quién la había puesto en el trono.

Ése sería trabajo suyo.

–¿Y tú?

–Lo de siempre.

–Me gusta. Ojalá pudiera estar contigo.

«Y lo estarás, cariño. Lo estarás».

–Tengo que prepararlo todo antes de que Bear llegue.

–Al final no he podido conocerlo.

Su tono le hizo un agujero en el corazón.

–En algún otro momento.

–Sí –aunque le fastidiaba dejarla con la sensación de que las cosas entre ellos eran inciertas, no tenía otra opción. El teléfono no era el medio adecuado para aquellas revelaciones.

–Tengo que irme, cariño.

–De acuerdo. Hasta luego, Mac.

Esperó a que ella hubiese colgado para hacer lo mismo, entró en el baño y se dio una buena ducha de agua fría.

X

Sam se incorporó de pronto en la cama cubierta de sudor, cortesía del sueño sensual que había estado teniendo. Aún parecía estar sintiendo las manos de Mac sobre su piel y el sabor de sus labios, y sintió la necesidad de apretarse la cintura para calmar el temblor, la necesidad de algo que no podía tener.

Porque, aunque Mac la había llamado, no había hablado de la posibilidad de volver a verse. Le dolía, pero tendría que intentar asimilarlo.

Lo primero que tenía que hacer era salir de aquella jaula dorada que no podía permitirse, así que se levantó de la cama y, cuando iba a recoger su bolso, vio el anillo que Mac le había regalado.

El anillo que tenía que quitarse y reemplazar por el de Tom, al menos hasta que las cosas hubiesen terminado oficialmente entre ellos. Desde que ella le dijera que sí, él se había comportado impecablemente, y se merecía el mismo respeto por su parte.

Y al quitarse el anillo de turquesas y plata del dedo, sintió una extraña premonición, una sensación similar a la que había experimentado en la tienda. Mientras lleves puesto este anillo, estaréis casados para la eternidad. ¿Significaba eso que si se lo quitaba, rompería el hechizo?

–¿Qué hechizo? –se preguntó en voz alta. Nunca había creído en esas tonterías, y no iba a empezar ahora.

Tras guardar el anillo de Mac en el bolso, se colocó el brillante de Tom. El contacto con el oro le resultó frío, y con un escalofrío, salió al corredor y cerró la puerta.

Una vez en el vestíbulo, esperó a que Joe hubiese terminado con otra pareja antes de hacerle notar su presencia.

–Buenas tardes, señorita Reed.

Ella sonrió.

–Hola, Joe.

–¿Qué puedo hacer por usted?

–Bueno pues, como ya le he dicho antes por teléfono, hay un problema con la habitación... con la suite, quiero decir.

–¿Es que no es de su gusto?

–Es perfecta. ¿Hay alguien a quien no le gustase? Pero es que yo no tengo que estar allí. No sé quién lo habrá autorizado, pero es un error. Y un error que yo no me puedo permitir, así que, por favor, búsqueme una habitación normal.

–Ya le he dicho antes que no tenemos ninguna disponible.

Sam hubiera querido gritar.

–Esta mañana me dijo que varias personas se han marchado antes de lo previsto.

–Y también han llegado varios huéspedes más de los que esperábamos. De todas formas, la habitación no le costará más de lo que le costaría una normal. ¿Satisfecha? –sonrió.

Ella dio una palmada en el mostrador.

–Pues no –replicó. Pero no era culpa de Joe–. Lo siento, pero, por favor, ponga mi nombre en la lista de espera o como quiera que lo hagan habitualmente, y si alguna habitación individual se queda libre, hágamelo saber.

–De acuerdo, señorita Reed.

–Bien.

Joe reparó en el anillo que llevaba en la mano izquierda.

–Lleva usted un anillo precioso.

–Gracias –murmuró.

–Siempre he sabido que el señor Mackenzie tenía buen gusto. Es mi ídolo, ¿sabe? Me gustaría aprender todo lo que pueda de él sobre la dirección de un hotel y después...

Sam se quedó bloqueada y no pudo oír más.

–Joe –le interrumpió–. ¿Ha dicho señor Mackenzie? –¿y qué? Seguramente habría un montón de Mackenzie en Arizona. Era un estado muy grande. No significaba nada–. No será Ryan Mackenzie, ¿verdad?

Joe sonrió.

–Ya me dijo él que tenía un gran sentido del humor. Claro que es Ryan Mackenzie. El jefe me dijo que me ocupara de usted hasta que él volviera, pero lo que no me dijo fue que iba a pedirla en ese tiempo. Ya veo que ha sido así –añadió, señalando el anillo.

–¿El... jefe?

Jos parpadeó y no contestó. No sabía muy bien qué estaba pasando, pero ella necesitaba saber la verdad.

–Tranquilo, Joe. Era una broma. Conozco tan bien como usted el estatus del señor Mackenzie en este hotel.

–Sí, ya lo sabía –suspiró–. Puede que no sea tan listo como él y que nunca pueda permitirme comprar un lugar como éste, pero pienso trabajar duro para ir subiendo y...

Sam le dio unas palmadas en la mano.

–Estoy segura de que será así –en cuanto aprendiese el valor de la discreción y el silencio. Una sensación de vacío se apoderó de su estómago–. En cuanto a la habitación, ya hablaré de ello directamente con el señor Mackenzie –dijo, y se alejó.

Atravesó el vestíbulo como sonámbula y se sentó en el primer sillón que encontró.

Le había mentido. No era camarero. Aunque ella también le había ocultado unas cuantas cosas, se sentía furiosa y traicionada. Era más, no podía culparlo por ello, teniendo en cuenta que él estaba dispuesto a perdonarla, pero ella le quería para siempre, mientras que él no.

Sus verdades a medias habían tenido un

fin, que ahora se le presentaba nítidamente: aquella semana había sido una fantasía, nada más. Mientras que ella se le había entregado en cuerpo y alma, él le ocultaba su verdadera naturaleza.

Mientras ella esperaba poder tener un futuro juntos, él disfrutaba de su libertad sexual recién descubierta. Qué ironía. Mac había obtenido de aquella semana lo que ella creía querer al llegar.

¿Y ahora? Pues para Mac, tenerla en su hotel era una forma estupenda de seguir disfrutando de un sexo sin complicaciones hasta que se volviera a casa. No quería creerlo, pero ¿qué otra cosa había sido aquella semana, sino un festival de sexo?

¿Y qué pasaba con los sentimientos? ¿De verdad habían sido sólo por una parte? ¿Y el anillo, Sammy Jo? Menuda carcajada debía haberse echado a sus expensas, ante su temor a que le costase demasiado. ¿Y sus sueños? ¿Y la fantasía de tener un hogar y unos hijos? Pues no había sido más que eso, fantasías con un final.

Así que no sólo iba a poner fin a su compromiso de matrimonio, sino que iba a tener que seguir adelante sola.

Ocultó la cara entre las manos. Había conseguido lo que había ido a buscar. Y ni un ápice más.

Mac avanzó por el vestíbulo. No quería correr el riesgo de tropezarse con Sam, así que se había afeitado y cambiado de ropa antes de salir del bar pero ahora, que eran poco más de las cuatro de la tarde, no había tenido más remedio que presentarse allí para asegurarse de que todo iba como estaba previsto.

–¿Todo preparado, Joe? –preguntó, colocándose de modo que pudiera ver los ascensores del fondo, en caso de que Samantha pudiese aparecer en uno de ellos.

–Tal y como usted me dijo por teléfono, señor Mackenzie.

Tras una semana de ser sólo Mac, oír que le llamaban señor Mackenzie le resultaba extraño. Y no era lo único. Su ropa, un pantalón negro, camisa blanca de lino y americana, le resultaba casi incómoda.

Mac envidiaba la comodidad de la vida de Bear por primera vez. ¿Sería porque su mejor amigo había encontrado un alma gemela, una mujer dispuesta a renunciar a muchas prioridades para encajar en la vida de él? ¿O sería porque le había llegado el momento de dejar de vivir en un hotel y tener una casa de verdad? Seguramente un poco de ambas cosas. El problema era que no podía estar seguro de conseguir ninguna de las dos.

Pero su amigo sí había tenido esa suerte. Como en el caso de Samantha, la mujer que había elegido Bear pasaba por su vida fruto de la casualidad.

Ella había decidido ser la que se sacrificase por su pareja, pero él, con un hotel de aquel tamaño, su hermana a dos horas de distancia y su madre ya envejeciendo e incapaz de hacerse cargo de una responsabilidad como aquélla, no podía ser el que renunciase. De modo que tenía que ser Samantha, una mujer con un padre también mayor y sus propias responsabilidades.

Se volvió a mirar a Joe. El pobre había doblado su turno y parecía agotado.

–¿Las flores? –le preguntó.

–Dispuestas. La habitación se llenará en cuanto salga para asistir al cóctel.

–¿La cena?

–Todo listo.

–¿Champán?

–Listo.

Mac nunca había sido un hombre romántico, y seguía sin serlo, y conociendo a Samantha no tenía más que explicarle por qué había tenido que ocultarle la verdad. No necesitaba impresionarla, pero quería hacerlo. Más que nada, quería ocuparse de ella, saber que estaba bien instalada en su habitación y que era suya para poder volver a su lado cada noche. Quería demostrarle que la quería.

Precisamente porque no esperaba nada de él, quería darle todo lo que tenía, y además, siguiendo el consejo de Zee, había decidido que un poco de romanticismo allanaría el camino a la verdad.

Y al futuro.

–El anillo. ¿Lo han traído?

Le había pedido el favor a un joyero amigo.

–Es precioso, y le sienta de maravilla. Si me permite decírselo, tiene usted un gusto exquisito, señor Mackenzie.

Joe era un chico entusiasta y muy trabajador, pero si se había imaginado que dándole coba por un anillo de plata y turquesas podría subir más rápido, se equivocaba.

–Hablaré con Jim yo mismo.

Si Jim le había asegurado que el paquete estaría allí a tiempo, lo estaría, pero no pasaba nada por asegurarse porque, ¿qué era una proposición de matrimonio sin un anillo?

–Eh... señor Mackenzie.

–¿Sí?

–La señorita Reed a la una –dijo Joe, haciendo un gesto con la cabeza. Debía haber visto demasiadas películas de James Bond, pero afortunadamente había estado alerta.

Rápidamente se ocultó tras un pilar de mármol. No podía echar a perder la sorpresa de aquella noche. Desde allí, podía ver perfectamente a Samantha cuando se acercó al mostrador.

Debería haber estado preparado para lo que se iba a encontrar, pero aun así, no dejó de sorprenderse. La mujer que se aproximaba a recepción no se parecía a su Samantha. Tras una semana de verla con minifaldas, vestidos informales y sobre todo, totalmente desnuda, verla de aquel modo le dejó perplejo.

El vestido que llevaba realzaba sus pechos y la curva de sus caderas, pero cubría mucho más de lo que revelaba con su cuello alto y mangas largas, y se había recogido el pelo en lo alto de la cabeza dejándose algunos mechones sueltos. Parecía fría y distante, como muchas de las mujeres que frecuentaban el hotel.

–Disculpe.

Un hombre de más edad se había acercado al mostrador al mismo tiempo que Samantha.

–¿Sí, señor? –preguntó Joe.

–Mi prometida está esperando una llamada de su padre. Por favor, localícela en el cóctel del salón Oeste si le llegara esa llamada.

–Será un placer, señor.

Mac contuvo la risa. Al menos Joe trataba a todos los huéspedes con la misma obsequiosidad que a él.

–¿Y el nombre de su prometida es?

El hombre se echó a reír.

–Pues esta joven que está a mi lado –dijo con orgullo.

Mac esperaba que presentase a una mujer que él no había visto desde su posición, pero lo que vio fue que tomaba la mano de Samantha y la apoyaba en el mostrador.

Mac sintió un terrible dolor en el estómago. Había estado en alguna que otra pelea de bar en su juventud, pero aquel dolor fue mucho más brutal y más severo que el producido por un puñetazo.

–Pero...

Joe miró a su jefe, confuso, pero Mac se llevó un dedo a los labios para pedirle que guardara silencio. Entonces reparó en un detalle: su Samantha llevaba un enorme diamante en la mano izquierda, en el mismo dedo que antes llevara el anillo de turquesas.

Ahora comprendía por qué había evitado las preguntas personales y sus intentos de acercamiento. Mac estudió a su acompañante deseando poder criticarlo, pero el tipo iba bien vestido y no tenía la pinta de *gigoló* que solían tener otros que veía por el hotel. Lo único que podía objetar era la edad, lo cual abría dos posibilidades: que Samantha se hubiese estado divirtiendo con Mac, el camarero, disfrutando de una semana de sexo antes de darle el sí a aquel hombre, o que supiera que él era Ryan Mackenzie desde el principio y que le hubiera estado engañando. ¿Cuál de ambas posibilidades era peor?

Iban a alejarse del mostrador cuando Samantha se volvió.

–Joe, ¿ha venido ya el señor Mackenzie?

El joven tardó un instante en responder durante el cual, Mac contuvo la respiración.

–No, todavía no –dijo al fin.

«Este chico acaba de ganarse un aumento».

–Gracias.

Al verlos alejarse, apretó los puños. Ya tenía la respuesta.

La semana anterior se le apareció ante los ojos a fogonazos. Había acudido a él aquella primera noche en el almacén y había jugado con él hasta que había conseguido que le pidiera que se quedase. No se había metido en su cama directamente, pero lo había provocado hasta que él había perdido el control. El sexo entre ellos había sido increíble, más allá de lo imaginable, pero cada intento de intimidad había sido contestado con una distracción, con una vuelta a su relación física. Incluso el día en que habían compartido sus sueños, ella había intentado distanciarse, aunque al final le había desnudado su alma. O eso creía él.

Pero una mujer que está comprometida con otro hombre no es capaz de compartir nada. Y mucho menos el corazón. Simplemente le había considerado un mejor partido y había decidido ir por él. Además, ¿por qué casarse con un tipo conservador y aburrido, pudiendo elegir todo lo contrario? Así que le había dicho lo que él quería oír. Te quiero.

Si sólo buscase sexo, no le habría susurrado esas palabras antes de marcharse, pero por otro lado, siendo una mujer que sabía desde el principio quién era, que despertaba su apetito y su curiosidad día tras día, se habría dado cuenta de que estaba despierto y le había susurrado aquellas palabras al oído para que reaccionase como ella esperaba.

Y así había sido.

Ignoró las palpitaciones de su corazón. Ignoró una voz que le decía que algo no iba bien. Que su Samantha no era capaz de hacerle daño deliberadamente. Tras tantos años huyendo, había caído precisamente en lo que intentaba evitar.

Samantha era el epítome de las mujeres que iban a aquel hotel; la única diferencia era su capacidad para engañarle. No quería creerlo, pero tampoco podía negar lo que había visto y oído.

–¿Joe?

–¿Sí, señor?

El pobre parecía debatirse entre el deseo de desaparecer y de consolarlo, y esa idea le revolvió el estómago, además de ponerse absolutamente furioso. No necesitaba la compasión de nadie.

–Mientras hablabas con Sam... con la señorita Reed, ¿habéis hablado en algún momento del hotel?

El recepcionista se quedó pensando.

–Sí, señor.

La esperanza floreció.

–¿Y le has dicho que yo era el dueño?

Joe frunció el ceño.

–Déjeme pensar... no. Ella bromeó un poco y yo no sabía muy bien si hablaba en serio o no, pero creo que sus palabras exactas fueron conozco tan bien como usted el estatus del señor Mackenzie en este hotel.

–Ya.

–Eh... ¿quiere que cancele sus planes?

–No –Mac dio una palmada en el mostrador–. Déjalo todo como estaba previsto.

Y pensar que había estado toda la semana sintiéndose culpable cuando su omisión palidecía frente a la de ella. No, no iba a cambiar sus planes. Quería darse la satisfacción de verle la cara cuando entrase en una habitación llena de flores y pensara que había conseguido todo lo que tan bien había calculado y planeado.

Y sobre todo quería ver su expresión cuando le arrebatase el suelo de debajo de los pies. Y es que en el fondo, una pequeña parte de sí mismo quería oír su explicación. Aunque ya diera lo mismo.

Los pies le dolían de estar de pie con aquellos tacones tan altos. En cuento llegase a la habitación, iba a tirarlos a la basura. Y lo mismo haría con aquel vestido, que parecía sacado del guardarropa de su madre.

Y en parte, así era. Tom prefería que vistiese con clase y recato. Quería que los demás hombres lo envidiasen no porque hubiera elegido a alguien que se vistiera para llamar la atención, sino por haber elegido lo mejor. La belleza habla por sí sola, solía decir, y la mitad de su vestuario había sido adquirido durante los últimos seis meses para acomodarse a su papel en el trato.

Un trato al que había puesto fin.

Salió del ascensor se quitó los zapatos y avanzó por el corredor descalza. Qué bien se sentía, casi tanto como se había sentido al dejar a Tom en el bar del hotel.

Se había tomado la noticia con serenidad. Ya sabía que iba a ser así. Tom era un hombre muy civilizado y jamás habría montado una escena, pero le había recordado que la reputación de su padre estaba en juego. Ella le había preguntado por qué estaba dispuesto a pagar por tener una esposa cuando muchas otras mujeres estarían encantadas de hacerle los honores. Aquella pregunta le había mantenido en silencio durante un rato, y al final no la había contestado.

En cuanto a su padre, ya lo sabía también puesto que le había devuelto la llamada, y lo curioso era que había parecido incluso aliviado. Quizás le había subestimado. Le había prometido encontrar otra solución y que ya hablarían cuando volviera a casa, pero su padre no había colgado el teléfono sin decirle que la quería. La emoción le cerró la garganta. No tenía que sacrificar su vida para ganar su amor.

Estaba deseando quitarse aquel vestido tan horrible, y con los zapatos en una mano, abrió la puerta de la habitación. Estaba a oscuras, a excepción de una pequeña luz que brillaba en el dormitorio. No recordaba haber apagado la luz del salón, pero quizás hubiese entrado alguien del servicio.

Tiró al suelo los zapatos y mientras caminaba hacia el dormitorio, se fue quitando el vestido, que quedó hecho un montón de seda a sus pies y ella lo apartó de una patada. Aquella libertad era maravillosa. Al entrar en el dormitorio, encendió la luz.

Alguien contuvo la respiración y el sonido la sobresaltó. No tenía nada con qué defenderse de un intruso.

–Que me aspen si vuelvo a subestimarte.

–Mac –suspiró. Verlo le hizo olvidar todo excepto el latido acelerado de su corazón y la más absoluta alegría de estar en la misma habitación con él. Fue a echarse en sus brazos, pero su mirada la detuvo.

De pronto se sintió vulnerable y sola, dos sentimientos que no había experimentado nunca en su presencia.

–¿Esperabas a otra persona? –le preguntó.

Ella lo miró fijamente, sorprendida por su tono áspero, y dijo lo primero que se le ocurrió:

–Te has afeitado.

Él se llevó la mano al lugar que antes ocupaba su bigote.

–Tenía mis razones.

–Comprendo.

Pero no comprendía nada en absoluto. No reconocía al extraño que estaba de pie frente a ella. Su olor era el mismo, al igual que el efecto que provocaba en su cuerpo. Al parecer, el sexo era lo único que habían compartido.

El latido de su corazón lo desmintió.

–Es que esta lencería de encaje que apenas cubre nada, el pelo suelto y revuelto... estaba preparado –dijo, rozando la piel al lado de la hombrera de su sujetador.

–¿Preparado para qué?

–Para una seducción. Eres buena en eso.

–¿Seducir a quién?

–Eso es lo que me gustaría saber.

Y caminó hasta la ventana que daba a un hermoso jardín.

Entonces miró a su alrededor por primera vez. Ramos de flores exóticas de todos los colores decoraban la habitación, junto con globos rojos, rosas, blancos y de muchos otros colores. La esperanza floreció como aquellas flores.

Se sentía al borde de un precipicio. Quizás. ¿Estaría enfadado porque no se había dado cuenta de su esfuerzo por agradarla? ¿Se avergonzaría de parecer un romántico? Quizás aquella fuese su forma de pedirle perdón por el engaño, y si era así, lo perdonaría inmediatamente. Una vez le hubiese contado ella toda la historia, quizás podrían volver a empezar.

–Mac –dijo, acerándose a él y rozando la rígida línea de su espalda.

Él se quedó inmóvil.

–Siento no haberme dado cuenta antes. Traía muchas cosas en la cabeza, pero... es tan bonito. ¿Lo has hecho por mí?

–Sí.

–Gracias –susurró, y le rodeó por la cintura. Pero él se apartó inmediatamente.

–No.

–No comprendo.

El miedo se fue apoderando de ella.

–Supongo que no. También te he comprado esto.

Y abrió una caja de joyería.

Un diamante brillaba sobre su cama de terciopelo negro.

–Mac, es precioso...

–Y aun más grande que éste –añadió, tirando con brusquedad de su mano. Su anillo de turquesas y plata quedó entre ellos.

La confusión se adueñó de su mirada. La confusión y la ira.

No entendía su reacción. Había vuelto a ponerse el anillo nada más salir del bar.

–Me encanta este anillo –dijo–. Creía que a ti también.

–Eres buena, Sammy Jo. Mejor de lo que yo creía –cerró la caja y se la guardó en el bolsillo–. Contéstame: ¿habrías dicho que sí?

–Por supuesto, pero...

–Por supuesto. Una pregunta más: ¿qué habrías hecho con tu prometido número uno?

XI

Sam perdió la fuerza en las rodillas y tuvo que sentarse en la silla más próxima.

–Quería decírtelo –le explicó, retorciéndose las manos–. Había pensado hacerlo esta noche, después de...

–¿Después de qué?

–Después de haber terminado con Tom. Y ya lo he hecho. Todo ha terminado, y no es que hubiese mucho entre nosotros, pero era... necesario.

–Y ahora, ya no lo es.

–No.

Mac avanzó hasta su silla y apoyó los brazos en el respaldo. Una vena se le marcaba en la sien y tenía los dientes apretados. Nunca le había visto así de enfadado, y Sam temió haber esperado demasiado, haber llegado a un punto sin retorno.

Pero él también le había ocultado unas cuantas cosas, así que debería comprender.

–Debería habértelo dicho, pero Tom... ya no tengo que seguir adelante con él porque...

–Porque yo también soy rico –espetó–. Y conmigo, no sólo te llevas el mismo dinero sino a alguien más de tu edad y con quien funcionas de maravilla en la cama. Lo has hecho muy bien, Sammy Jo. Casi lo consigues.

Y aplaudió lentamente.

Sam lo miró sin parpadear. Sus palabras eran como saetas que le atravesaban el corazón. Pero la furia no tardó en aparecer. ¿Cómo podía juzgarla así habiéndole dado todo de sí misma, y habiendo demostrado él una falta de honestidad similar a la suya?

Lo miró a los ojos, pero la ira había desaparecido. Sólo quedaba dolor, y Sam se aferró a él como una tabla de salvación, porque si le dolía quería decir que seguía sintiendo algo por ella.

Fue a tocarlo, pero él se apartó.

–¿De verdad crees que yo sabía con antelación que eras dueño de este lugar?

Él asintió.

–Desde el principio, poco más o menos.

–¿Quieres decir que me crees capaz de esa clase de engaño?

Él la miró fijamente y Sam tuvo que admitir que, en ese sentido, tenía razón: lo había engañado desde el primer día, y aunque él había hecho lo mismo, parecía haberse olvidado de ello.

–Estoy seguro de que Zee o cualquiera de los chicos no pretendían ningún mal con decírtelo.

–La palabra lealtad no tiene ningún significado para ti, ¿verdad? –espetó, cruzándose de brazos–. Zee te trata como a un hijo, pero tú lo crees capaz de traicionarte. Y después de lo que hemos compartido... crees que yo también soy capaz de hacerlo. Supongo que lo que hemos tenido no era tan bueno como yo creía. Claro que no podía serlo, teniendo en cuenta que los dos estábamos mintiendo.

Estaba empezando a sentir una especie de sudor frío en la nuca, y temiendo desmayarse delante de él, dio media vuelta y abrió el armario. Necesitaba cubrirse con algo.

Sus palabras la siguieron a la otra habitación.

–He subestimado tu capacidad para los negocios, Samantha. Pero nunca se debe rechazar una oferta hasta que no se tiene otra encima de la mesa.

Sin esperar a encontrar la bata, volvió a la otra habitación.

–¿Cómo puedes ser tan arrogante, tan odioso, tan incapaz de ver más allá de tus narices...

–Buena elección de palabras, pero si yo estuviera en tu lugar, saldría corriendo a intentar recuperar tu primera elección antes de que encuentre a alguien con quien reemplazarte.

–Puede que... –el resto de sus palabras se perdió porque Sam le cerró la puerta en las narices–... lo haga.

Sam no esperó. Con el sonido de la puerta al cerrarse aún reverberando en sus oídos, abrió de par en par el armario, sacó la maleta y metió en ella de cualquier manera lo poco que había sacado. No podía quedarse allí. No cuando el hombre al que amaba la creía capaz de... de... de venderse al mejor postor.

Dios... y eso era precisamente lo que iba a

hacer, antes de recuperar la cordura. Antes de conocer a Mac y que él la enseñase... ¿qué? ¿El verdadero amor?

Se echó a reír hasta que las lágrimas se lo impidieron. Ella se había enamorado de Mac, pero para él no había sido más que alguien que le proporcionaba un sexo fantástico.

La cremallera se atascó y tiró con todas sus fuerzas para cerrarla. Sin pausa, bajó la maleta al suelo, abrió la puerta de par en par... y volvió a cerrarla.

¿Dónde quería ir en ropa interior? Se sentó en el suelo, con el equipaje a los pies. «Piensa, Sammy Jo», se dijo.

–Y deja de usar ese ridículo nombre –murmuró en voz alta. Tenía que alejarse de Mac y de su hotel.

Y mientras se vestía, tuvo que admitir lo evidente: todo había terminado. El dolor era casi insoportable. Vestida con unos vaqueros y una camiseta, miró a su alrededor por última vez. Jamás podría olvidar la sensación que había producido en ella aquella habitación al verla por primera vez, y quería recordarla llena de flores, con el carro de la comida en un rincón y la cubitera con champán a su lado.

De uno de los jarrones sacó una rosa roja

con la intención de dejarla sobre la almohada, pero al acercarse a la cama, recordó el anillo. Era un símbolo que hablaba por sí solo, al igual que el esfuerzo de preparar todo aquel decorado.

–Dios...

Sam cerró los ojos, y lo único que acudió a su memoria fue la imagen de Mac y del dolor que había visto en sus ojos.

Mac no era un hombre vengativo, y seguro que no se había tomado todas aquellas molestias antes de saber lo de su compromiso, sino después. Le había comprado un anillo y lo había dispuesto todo para que el romanticismo rodease su petición. Después se había enterado de la verdad.

Le había hecho daño y él había intentado hacérselo a ella. Y lo había conseguido. Vaya si lo había conseguido.

Pero, a pesar de las cosas que le había dicho, lo comprendía, aunque nada podía cambiarse por comprenderlo. Una relación que desde el principio se basa en la mentira, tiene muy pocas posibilidades de sobrevivir.

Se secó una lágrima furtiva. Al menos iba a marcharse sabiendo que había significado algo para él.

En uno de los pequeños cuadernos de notas del hotel, escribió un mensaje para Mac, lo dobló y, junto con la rosa, lo dejó sobre la almohada.

Quizás algún día fuese capaz de mirar hacia atrás y contemplar aquella semana con agrado y no con amargura. Con amor, y no con dolor.

Quizás algún día ella lo lograse también.

Mac se sentó en uno de los muchos taburetes vacíos del Hungry Bear. Había un montón de botellas de todos los colores en las estanterías de la pared y se preguntó con cuál de ellas se emborracharía antes.

–Tequila es lo mejor para matar el dolor.

Mac miró hacia un lado para ver a Zee saliendo del almacén.

–¿Dónde está Bear?

–¿Dónde va a estar? Ocupándose de instalar a su nueva familia en mi casa. El apartamento del bar es demasiado pequeño para dos chicos y su futura mujer. Por cierto, no me habías dicho que fuese a tener nietos tan pronto –sonrió.

Mac se encogió de hombros.

–Había prometido no hacerlo.

–Vaya... menos mal que eres bueno en algo. Bear volverá esta noche para abrir –Zee se volvió de espaldas y sirvió dos copas–. Ten, te vendrá bien.

–De maravilla –murmuró Mac.

–Si le has hecho daño a Sammy Jo, te arrancaré el corazón.

Así que la conocía de una semana y ya la quería. Qué bien comprendía ese sentimiento...

–No pongas caras –le advirtió Zee–. Es una buena chica que no se merece que le mientas.

–Ya.

Mac se sonrió amargamente y apuró el licor.

–Así que cuando la broma es a tu costa, la cosa ya no tiene tanta gracia, ¿eh?

–¿Lo sabías?

–Soy viejo, pero no idiota. Y no necesitas emborracharte, sino hablar, o no estarías aquí.

¿Para qué negarlo?

–¿Qué dirías si te dijera que Sammy Jo tenía un novio rico esperándola en The Resort?

Zee no pestañeó.

–Pues que tiene que haber una explicación.

Mac gruñó.

–¿Cuál era? –preguntó Zee.

–¿El qué?

–No te hagas el tonto conmigo. La explicación.

Mac se sintió como un adolescente que hubiese roto una ventana y tuviera que enfrentarse a las consecuencias.

–No me quedé para escucharla.

Zee salió de detrás de la barra y le dio un golpe en la cabeza.

–Eso es porque tu padre no está aquí para haberte dado él –murmuró, mientras se sentaba en el taburete de al lado–. Normalmente la gente tiene buenas razones para mentir. ¿Ya le has dicho que eres el dueño de The Resort?

–Ella ya lo sabía.

No necesitaba preguntarle si había sido él quien se lo había dicho. A pesar de lo que dijera ella, Mac comprendía bien la lealtad, y sabía que Zee no lo había traicionado.

Igual que, nada más cerrarle la puerta a Samantha, supo que se había pasado de la raya. Pero es que uno no veía todos los días a la mujer con la que quería compartir su vida llevando el anillo de otro hombre. Además, después de tanto preparativo, saber la verdad le había resultado humillante en extremo.

–Y crees que lo había preparado todo para cazarte.

–No. Ya no.

Al conocer la noticia había reaccionado con el corazón y no con la cabeza, pero ahora que había tenido tiempo para pensar, lo veía de otro modo. ¿No le había mentido él también?

–Pero eso pensaste al principio, ¿no? –los dos sabían cuál era la respuesta–. No irás a decirme que se lo dijiste a ella, ¿verdad?

–Pues no te lo digo, así que ponme una copa. Pero una copa de verdad, si quieres que sigamos manteniendo esta conversación.

Porque sabía que había actuado como un imbécil. ¿Cómo demonios había sido capaz de llamar fulana a la mujer de la que estaba enamorado?

Mac vació el vaso de un trago. El whisky le quemó al bajar.

–Buena elección –murmuró–. Otra más.

Porque ésa era la única forma de olvidar el dolor que había visto en el rostro de Sam al acusarla.

–Tú tenías tus razones. ¿No crees que ella también debía tener las suyas?

Mac alcanzó la botella y se sirvió otra copa que apuró antes de contestar.

–Seguro que sí.

–Y seguro que has tenido pistas de ello delante de las narices.

–Sí, pero sólo de que no quería intimar demasiado, no de que perteneciese a otro hombre.

–Entonces, concéntrate en esas razones, y no vas a poder hacerlo si sigues bebiendo –Zee le arrebató la botella y la colocó en su sitio–. Considéralo como pago por las copas aguadas que Bear y tú me hacéis beber cada noche.

Y echó a andar.

–¿Adónde vas?

–Si te dejo solo, puede que recuperes el seso y vayas a buscarla.

Y desapareció.

Mac supo, sin que nadie se lo dijera, que se había equivocado. Sabía que su Samantha no podía haber dispuesto deliberadamente una trampa para echarle el lazo y herirle. Simplemente era imposible.

–Busca las posibles razones –dijo Zee desde el almacén–. Y lárgate de aquí.

Razones. Samantha había llegado del desierto. ¿Qué más sabía de ella? Que venía del este y que tenía unos ojos en los que uno podía ahogarse. Que su madre había muerto hacía tres años y que tendía a hablar demasiado cuando estaba nerviosa. Que era analista financiero y que hacía el amor como si no pudiera saciarse jamás de él. Su única familia era su padre cuyo amor buscaba desesperadamente; un padre que estaba seriamente endeudado porque...

¡Eso era! El padre necesitaba dinero. ¿Qué era lo que Samantha le había dicho al hablar de su compromiso? «No es que hubiese mucho entre nosotros, pero era... necesario».

Y Zee tenía razón. Había habido signos. Le había prometido a su madre cuidar de su padre. «Además, yo siempre he hecho lo que se esperaba de mí». Y porque quería que la quisieran.

–Maldita sea...

Iba a casarse con aquel viejo rico para ayudar a su padre. Seguro. Y también estaba seguro de que no había pretendido engañarlo, sino que haciendo acopio de valor, le había dado la espalda a su palabra creyéndolo nada más que un camarero. No sabía quién podía habérselo dicho, pero sí sabía que se había enterado después de dejarle en casa de Bear.

Sabía todo aquello porque conocía a Samantha. La pena era que se hubiera dado cuenta demasiado tarde.

–Qué bien lo has hecho, Mackenzie –murmuró. Ella se había pasado la semana rompiendo viejas costumbres e inseguridades, y justo cuando más lo necesitaba, dejaba de tener confianza en ella. Había recompensado su valor con acusaciones horribles. Gracias a su comportamiento, podía haberla perdido para siempre.

Mac murmuró un juramento entre dientes, se subió al coche y llegó a The Resort en tiempo récord. Tenía que encontrar a Samantha.

No sabía qué podía pasar cuando la encontrase, pero tenía que intentarlo. Ahora que la rabia y la ceguera habían pasado, necesitaba por lo menos verla una última vez.

Al llegar a la suite no llamó, sino que insertó la tarjeta y entró directamente.

–¿Sam?

Silencio.

Se había marchado.

Una llamada a recepción y tuvo la confirmación que necesitaba. En aquella misma habitación lo había tenido todo al alcance de la mano y lo había tirado por la ventana. Con el corazón en la garganta, entró en el dormitorio y se sentó en la cama. Qué estúpido había sido. Y si con sus acusaciones no hubiera sido suficiente, había concluido sugiriéndole a Samantha que volviera con su primera elección.

Quizás... quizás estuviera aún en el hotel con él. Volvió a llamar a recepción. Joe era la única persona que podía identificarla, pero su turno había concluido ya. Entonces algo le llamó la atención.

Había una nota y una flor.

Mac, me habría gustado que hubiera un «para siempre» entre nosotros, aunque hubiera sido en un pequeño apartamento sobre un bar.

No podía habérselo dejado más claro. Quería al hombre que ella creía que era, y no al propietario de The Resort, o al imbécil en que se había convertido.

–No tiene usted buen aspecto, señor Mackenzie. Tiene cara de cansado.

Mac miró a su empleado, siempre entusiasta, pero aquella mañana más apesadumbrado.

–No poder dormir te deja con esta cara, Joe.

–Ah.

–¿Has visto al hombre aquél que acompañaba anoche a la señorita Reed?

–Esta mañana. Iba a desayunar al restaurante.

Esperó. Joe guardó silencio. Había elegido un momento estupendo para volverse discreto.

–¿Iba solo?

–No, señor. Llevaba a una preciosa joven del brazo.

¿Rubia y preciosa? ¿Morena y preciosa? ¿Preciosa Samantha? ¿Qué? Mac hubiera querido retorcerle el pescuezo.

–Están todavía en el comedor si quiere usted... pasarse por allí.

Mac caminó hacia el restaurante con el corazón en la garganta, pero antes de que hubiera podido entrar, le llamaron por megafonía y se dirigió al teléfono más cercano.

–Mackenzie.

–Hola, Mac.

Su hermana sólo quería hablar un momento con él tras haber cancelado los planes que tenían para el fin de semana y Mac intentó tranquilizarla sin dejar de otear el restaurante.

Poco después de colgar, encontró lo que andaba buscando. El tipo salía del restaurante con una preciosa... Mac estiró el cuello. Con una preciosa pelirroja del brazo. Suspiró. No era Samantha.

Pero de aquel modo, no tenía ni idea de dónde encontrarla. En su casa, seguramente.

Mac volvió a recepción en un instante. Ser el jefe acarreaba muchos dolores de cabeza, pero también alguna que otra compensación, que se cobró en aquel momento al abrir el registro de reservas y buscar los datos personales de una preciosa morena de ojos violeta.

XII

Sam dejó la caja con sus cosas personales y material de oficina en un rincón de su apartamento. Menos mal que la conferencia seguía celebrándose. Así había podido recoger sus cosas y marcharse de la oficina sin otra confrontación con Tom.

El borboteo de la cafetera llamó su atención y se sirvió una taza de humeante cafeína. Necesitaba contar con toda su energía para tomar unas cuantas decisiones que afectaban directamente a su vida, y quería tomarlas aquella misma noche. Tomó la sección de ofertas de empleo del periódico sin demasiado entusiasmo por buscar en Nueva York, ya que su corazón seguía en Arizona, con Mac.

A pesar de lo que había ocurrido en su último encuentro, todo lo que deseaba de la vida la conducía a la semana que habían pasado juntos. Pero lo había echado todo a perder por no ser honesta desde el principio, o al menos tan pronto como se había dado cuenta de sus verdaderos sentimientos. ¿Qué habría ocurrido de haberlo sido?

El timbre la sobresaltó tanto que derramó parte del café en el plato y sobre su mesa blanca. Seguramente era su padre. Le había hecho varias sugerencias y él le había prometido considerarlas y pasarse después por su casa para discutirlas.

Presionó el botón que abría la puerta de abajo y dijo a través del interfono:

–Sube, papá.

Y dejó abierta la puerta.

Unos segundos más tarde, llamaban con los nudillos.

–No tienes por qué ser tan formal –protestó mientras la puerta se abría.

–Hola, Sammy Jo.

Aquella voz le disparó el corazón, y levantó la mirada. Como no estaba dormida, no podía estar soñando, así que tenía que ser Mac quien estaba en el umbral de su puerta... y menuda aparición. Vestido con pantalones tostados y camisa de lino blanco, resultaba imponente, refinado y extremadamente sexy, como siempre.

Se alegraba tanto de verlo que hubiera querido echarse en sus brazos, pero aquella apariencia fue precisamente un recordatorio de por qué debía guardar las distancias. Aquel no era su Mac. El hombre que la miraba desde la puerta parecía tan fuera de sitio en su pequeño apartamento como en su vida.

–¿Cómo me has encontrado? –le preguntó.

Él se encogió de hombros.

–Ser el jefe tiene sus ventajas.

Sam parecía confusa y él sonrió.

–He buscado tu dirección en el registro del hotel.

–Ya. ¿Y para qué has venido?

–Para explicarme.

–¿Del mismo modo que me permitiste explicarme a mí?

Mac hizo una mueca.

–Sé que me lo merezco, pero no he venido hasta aquí para marcharme con las manos vacías, Sammy Jo.

El sonido de su voz le provocaba una terrible angustia, pero no por eso pudo dejar de preguntarle:

–¿Y qué has venido a buscar?

–A ti.

Se acercó a ella, tanto que todo lo demás se le borró. Los pitidos de los coches, el ronroneo de su aire acondicionado... lo único que percibía por sus sentidos era su imagen y su perfume.

–Me hice una promesa y no la he mantenido.

–¿Qué promesa?

–Me dije que usaríamos todo el paquete, pero aún nos quedan unos cuantos.

Y le dedicó una sonrisa con la intención de desarmarla. Pero desgraciadamente ya no estaban en disposición de que una insinuación sexual pudiese aliviar la tensión.

–Resulta interesante que elijas hacer un comentario así, Mac. Yo tenía razón: el sexo ha sido lo único honesto que hemos compartido. Todo lo demás ha sido una mentira.

Aquello le dolió.

–Puede que te hayas convencido de ello, pero no es cierto.

–¿Ah, no? Ni siquiera te reconozco vestido así –rozó el cuello de su camisa de diseño–. Y sin el bigote, eres un extraño.

–Eso no son más que signos externos, Sammy Jo, y una excusa que puedes utilizar para protegerte de mí –y le rodeó la cintura con tanta suavidad que Sam sintió ganas de llorar–. Pero tú sabes que no necesitas hacerlo.

¿Tendría razón? ¿Estaría protegiéndose de aquel hombre que, hasta descubrir su engaño, no había hecho más que darle placer y hacerla feliz? Pues sí. Porque tenía miedo. ¿Cómo podía distinguir lo que había sido real entre ellos de lo que no? ¿Cómo distinguir la verdad de las fachadas que los dos habían presentado para suplantarla?

Mac le colocó un mechón de pelo detrás de la oreja que debía haberse soltado de su cola de caballo. Sus dedos le rozaron el cuello y Sam tembló y cerró los ojos. Aquella reacción hizo renacer la esperanza en Mac.

Había tardado más de lo que quería en arreglar las cosas en casa, y tres días habían pasado antes de que pudiera ir en su busca.

–Has venido a buscarme –repitió al fin, mirándolo sorprendida.

Cómo quería a aquella mujer, y le debía

mucho más de lo que le había dado hasta aquel momento. Le debía una explicación, y lo que pasase después sería cosa suya.

Tomó su mano y entrelazó sus dedos.

–The Resort empezó siendo un pequeño hostal.

–¿Ah, sí?

Mac asintió.

–Era de mi padre, junto con un montón de terreno alrededor de él. The Resort es un sueño suyo, pero por culpa de un infarto, no vivió para verlo. Crecimos siendo una familia que vivía con holgura. El dinero llegó después, cuando vendí parte de la tierra para construir el hotel y transformarlo en algo grande. Por supuesto, los tiempos y la bonanza de la economía han tenido mucho que ver con su éxito.

–Estoy segura de que estás siendo modesto, lo mismo que estoy segura de que tu padre se habría sentido muy orgulloso.

–Del negocio, seguramente sí. De cómo me dediqué a pavonear por ahí mi dinero, no.

Era humillante reconocer cómo se había dejado llevar por el dinero y lo rápidamente que había olvidado sus raíces.

Ella siguió guardando silencio y él continuó.

–Yo soy el único culpable de que muchas de las clientas del hotel comenzasen a echarse en mis brazos, y supongo que eso se me subió a la cabeza. Para cuando me di cuenta de que no era yo quien las atraía sino mi posición social y mi cuenta corriente, el daño ya estaba hecho.

Sam lo miró a los ojos.

–¿Quién te hizo daño, Mac?

–Eso es lo más raro. No fue ninguna mujer en particular, porque ninguna ha significado lo suficiente para mí como para hacerme daño–. «Hasta que apareciste tú»–. Fue la vida en sí misma y el hecho de que esas mujeres pudieran estar corriendo una aventura estando sus maridos en el mismo hotel lo que me puso el estómago patas arriba. Entonces te conocí a ti, y como te gusté siendo lo que tú creías que era, no quise sacarte del error. Y cuando quise sincerarme contigo, tú te replegaste sobre ti misma.

Ella siguió en silencio, esperando a que terminase de explicarse, pero se acercó su mano a la mejilla.

–Supongo que mi visión estaba distorsionada, y no me había dado cuenta de cuánto hasta que te conocí. Has pagado por algo que no has hecho, Samantha.

Soltó su mano y se acercó a la ventana. Ya había dicho todo lo que tenía que decir. El resto dependía de ella. Como en la primera ocasión, tendría que ir a él.

Mac estaba mirando por la ventana que daba al parque. Se equivocaba. Él no era el único culpable. Ella había sido egoísta e injusta. Al llegar a él con un plan predeterminado, no había tenido en cuenta el equipaje que él podía aportar a aquella relación.

Porque sí, había sido una relación. A pesar de lo que le había dicho, no había conseguido convencerse de que lo único que habían tenido era un sexo apasionado.

–Yo también soy culpable, Mac.

Él se volvió a mirarla, apoyado en la ventana.

–Y ahora que lo comprendo todo mejor, supongo que eso también te absuelve a ti.

–¿Y ahora qué, Sammy Jo?

La distancia entre ellos no podía ser más de un metro, pero para Sam era el Gran Cañón. Aquello no era propio de ellos, que siempre se habían sentido muy cómodos el uno con el otro.

Había ido hasta allí a buscarla. Ella tenía que recorrer la otra mitad del camino, y tendió los brazos hacia él.

–Podríamos recorrer el resto del camino –susurró.

Si la abrazaba, sabría que todo estaba bien, pero se limitó a mirarla con seriedad.

–Una pregunta.

Sam se cruzó de brazos, clavándose las uñas en la carne.

–¿Sí?

–¿Confías en mí?

Era una pregunta que se habían hecho muchas veces durante aquella semana, pero nunca había tenido tanto significado como en aquel momento, porque lo que le estaba preguntando era si, a pesar de las mentiras y las omisiones, a pesar de las cosas horribles que le había dicho, confiaba en él.

–¿Que si confío en ti? –repitió–. Te confiaría mi propia vida.

En cuanto oyó su respuesta, Mac abrió los brazos y ella acudió a él inmediatamente.

Aquél era el lugar al que pertenecía.

Así era como estaban bien, juntos.

Sellaron las palabras con un beso que ambos prodigaron con una urgencia absoluta.

–¿Significa esto que me has perdonado? –preguntó él un momento después.

Ella lo miró a los ojos.

–Creo que los dos tenemos cosas que perdonar.

–¿Quieres decir que nuestras mentiras se compensan?

–Quiero decir que no eran mentiras, que eran omisiones.

–Que cobraron vida propia por lo que sentíamos el uno por el otro.

–¿Y qué es lo que tú sientes? –le preguntó, porque todavía no le había oído pronunciar las palabras.

–Te quiero –sus palabras le llenaron por completo el corazón–. Te quiero, Sammy Jo. Y si por ello he de ayudar a tu padre a recuperarse económicamente, lo haré.

–Mi padre...

–Era la razón por la que ibas a casarte con un hombre al que no querías.

–¿Cómo lo sabes?

Él sonrió.

–Pues porque te conozco, preciosa –replicó, y al tomar su mano notó el anillo que seguía llevando en la mano izquierda. Su anillo–. Lo que pasa es que me ha costado un poco recuperarme de la sorpresa y empezar a pensar como un ser racional.

–Gracias –susurró. Teniendo en cuenta lo que pensaba de las mujeres y su dinero, aquello demostraba lo mucho que la quería–, pero mi padre y yo hemos llegado a un acuerdo. He conseguido que le viera un médico y físicamente está bien. Además, ha admitido la magnitud de lo que ha hecho y está dispuesto a hacer lo que sea por recuperarse.

–Me parece que has hecho muchos progresos en muy poco tiempo.

–Gracias a ti. Me hiciste ver que no podía renunciar a mi vida por él... y, por otro lado, después de reconocerlo, yo tampoco quería hacerlo.

–Puedo ayudar a tu padre a pagar sus deudas, si tú me lo permites.

Ella negó con la cabeza,

–No estarás diciendo que no porque temes que piense que andas detrás de mi dinero.

–Te estoy diciendo que no porque nuestra vida y nuestro amor no tienen nada que ver con sus problemas, pero para que conste te diré que no pienso meterle mano a tu cartera.

–¿No?

–No, pero se me ocurren unos cuantos sitios en los que sí te metería mano –y sonrió mientras le bajaba a cremallera de los pantalones–. Y para que conste, otra cosa más: yo también te conozco a ti.

–Lo sé.

–Y me equivocaba al pensar lo contrario –musitó, y el sonido de la cremallera se oyó en la pequeña habitación.

Mac experimentó un escalofrío.

–Lo que importa no es lo que uno lleva puesto, sino lo que hay dentro de esa ropa.

Y al parecer, quería llegar dentro lo antes posible, porque tiró de sus pantalones y, en un abrir y cerrar de ojos, estaban hechos un montón en el suelo.

–Nada de ropa interior –murmuró, mientras sus manos tomaban la dirección de su mirada–. Me gusta.

Mac exhaló un gemido. Ya habría tiempo para juegos preliminares. El resto de su vida, si todo salía bien, pero en aquel momento necesitaba estar dentro de ella.

–Casi tanto como me gusta a mí que lleves estas cosas –contestó, metiendo la mano bajo su falda–, porque son tan fáciles de quitar.

Y de un tirón, rasgó sus bragas de seda.

–¡Eh! –exclamó, abriendo los ojos de par en par.

–¿Te ha gustado?

–Me ha impresionado.

–Supongo que querrás decir teniendo en cuenta que soy un buen chico, ¿no? ¿O has cambiado de opinión?

–Sigues siendo un buen chico, Mac.

–Me dijiste que te gustaría que estuviéramos juntos para siempre, aunque fuese en un pequeño apartamento sobre un bar. ¿Y qué te parecería si fuese en tu casa soñada? ¿Te vendrías a vivir a Arizona, Sam? En estos últimos días he confeccionado una lista de empresas que estarían encantadas de contar con tu talento entre sus filas, y conozco a unas cuantas personas que podrían ayudar a tu padre a empezar de nuevo. ¿Qué me dices?

Sam suspiró y sonrió.

–¿Qué te voy a decir? ¡Pues que sí!

Mac la levantó por la cintura y con un solo movimiento, la penetró.

Por fin volvían a estar juntos, y su cuerpo húmedo le aceptó como si le perteneciera. Y era así.

–Mírame –le pidió él, y Sam clavó su mirada en aquellos ojos oscuros, aún más oscurecidos por la pasión y otras emociones más profundas que ahora ya podía atreverse a nombrar.

–Para tu información, Sammy Jo, esto no tiene nada que ver con el sexo y todo con el amor.

–Lo sé –gimió ella–. Pero no me irás a negar que, como sexo, es increíble.

Mac sonrió.

–Nunca lo he hecho.

–Y para tu información, Mac... yo también te quiero.

FANTASÍA SECRETA

CARLY PHILLIPS

PRÓLOGO

Merrilee Schaefer-Weston examinó el expediente que le acababan de poner encima de la mesa. La carpeta que tenía en la mano contenía información sobre Juliette Stanton. Sus preferencias, su talla e incluso su número de pie. Todo lo necesario para preparar y hacer que la fantasía de una mujer se hiciera realidad.

Juliette Stanton, conocida también como la «Novia a la fuga de Chicago», era una figura pública gracias al escándalo que rodeó su boda, que nunca se llevó a cabo, y la ilustre reputación de su padre, que era senador. En la actualidad, Juliette era cliente de Fantasías, Inc.

Merrilee leyó la primera pregunta que les hacía a todos sus clientes, aunque conocía las palabras de memoria. *¿Cuál es su fantasía?*

La respuesta siempre era algo vaga. En el caso de Juliette Stanton había sido:

Experimentar el lujo de que me atienda y me mime un hombre muy especial. Sentirme deseada, ser el centro de su universo y así poder olvidar el dolor de un compromiso roto.

Efectivamente, de aquello era de lo que se ocupaba Fantasías, Inc. Los cuatro lujosos complejos turísticos de Merrilee, situados en cuatro islas de los cayos de Florida, habían sido creados con el propósito de hacer que los sueños, los deseos y los anhelos de sus clientes se hicieran realidad.

Aunque Merrilee podría darle a Juliette simplemente lo que deseara, siempre trataba de ir un paso más allá y darles a sus clientes un final más feliz del que ella misma había podido disfrutar.

De repente, alguien llamó a la puerta. Su cita de las diez había llegado.

–Entre.

La puerta se abrió y un hombre, alto e imponente, entró en el despacho.

–¿Señor Houston? –preguntó Merrilee. Cuando el recién llegado asintió, ella lo invitó a pasar con una inclinación de la cabeza–. Me llamo Merrilee Schaefer-Weston. Bienvenido a Fantasía secreta. ¿Ha tenido un buen vuelo?

–Perfecto –respondió él mientras se acomodaba en la butaca que había frente al escritorio. Entonces, le dedicó una encantadora sonrisa–. Llámeme Doug.

–Supongo que tienes una fantasía que quieres ver hecha realidad, ¿no?

–¿Acaso no la tiene todo el mundo?

–Gracias a este negocio, he descubierto que así es. ¿Preferirías ver primero la isla antes de contarme la tuya? –sugirió Merrilee. Había notado cierta timidez en su cliente.

–No –dijo él, rebulléndose en el asiento. Parecía incómodo–. Soy reportero del *Chicago Tribune*.

–Prosigue, por favor –dijo Merrilee, para animarlo.

–Acabo de salir de una relación que acabó muy mal. Durante los dos últimos años, estuve con una mujer, pero no estaba listo para comprometerme. Por supuesto, no se lo dije –explicó mientras se alisaba sus negros cabellos con la mano–. Yo creía que las cosas iban bien... pero las apariencias pueden ser engañosas.

–Y las relaciones pueden ser complicadas y algunas veces desagradables.

–Veo que lo comprende.

Merrilee asintió. Lo comprendía mucho más de lo que Doug podía llegar a imaginar. Se miró el delicado anillo de oro y rubíes que llevaba en el dedo anular de la mano derecha, un símbolo del amor del que había disfrutado demasiado brevemente y que había perdido como resultado de la guerra de Vietnam. Su vida no había salido tal y como había planeado, sino que, como en la mayoría de los casos, el destino había tomado las riendas.

–¿Cómo se relaciona tu pasado reciente con tu deseo presente?

–Mi ex y yo compartíamos negocios y placer. Nos divertíamos y, como ella estaba bien relacionada en ciertos círculos sociales, yo confiaba en la información que ella me proporcionaba.

–Me parece deducir que ella no era de fiar.

–Lo fue hasta que me preguntó de repente cuándo estaría listo para casarme con ella. Yo no lo estaba. Ella pareció aceptarlo bien, o por lo menos eso fue lo que yo creía. Decidió que la estaba utilizando y me dio información que, inexplicablemente, yo ya no pude confirmar. La típica mujer afrentada.

–¿Y es cierto que la estabas utilizando?

Él hizo una pausa, pensándose la respuesta. Por fin respondió.

–Por aquel entonces, yo hubiera dicho que no, pero ahora, pensándolo bien, supongo que la mitad de la emoción de la relación era el acceso personal, más que el profesional, que ella me dio a ciertos círculos sociales y a las personas a las que yo quería dejar al descubierto.

Merrilee apreció aquella muestra de sinceridad y asintió.

–Y ahora estás aquí. Entonces, dime, ¿cuál es tu fantasía?

–Compensar por lo que he hecho. Necesito ser capaz de mirarme en el espejo. Necesito saber anteponer las necesidades de una mujer a las mías.

–Entonces, me estás pidiendo que...

–Que me emparejes con Juliette Stanton, la Novia a la fuga de Chicago. Sé que ella ha hecho una reserva para venir aquí.

–¿Y cómo sabes eso? –preguntó Merrilee, entornando la mirada. Si se había tomado las molestias de vigilar a Juliette Stanton y descubrir información que otros reporteros no habían podido averiguar, los motivos de Doug sólo podían acarrearle problemas a Juliette y a ella.

–Un soplo de alguien que sentía que necesitaba saberlo. Mira, esa historia que te acabo de mencionar implicaba al prometido de Juliette Stanton. Me cuesta mucho creer que fuera una coincidencia que ella lo dejara plantado en el altar. En los círculos de cotilleo están intentando dejarla en ridículo y en las emisoras de radio se están haciendo concursos sobre por qué huyó. Mi instinto me dice que esa mujer está sufriendo y que yo soy la causa. Quiero ayudarla a superarlo.

–¿Y tus instintos periodísticos? ¿Cómo sé yo que no estás buscando descubrir su historia como el resto de los reporteros que lo están intentando? ¿Cómo sé que no utilizarías la información que descubrieras?

–No puedes saberlo –respondió él, encogiéndose de hombros–. Cualquier hombre con el que tú la emparejes puede descubrir la misma información y utilizarla contra ella, tanto si es periodista como si no.

Merrilee asintió, sabiendo que tenía razón. Cualquiera podría descubrir las razones que Juliette había tenido para dejar plantado a su novio y revelarlas por dinero, un riesgo que Juliette, la hija del senador, tenía que conocer. No había puesto restricción alguna sobre qué clase de hombre quería para llevar a cabo su fantasía.

–Mira, estoy aquí, sincerándome contigo y dándote mi palabra –prosiguió–. No estoy buscando hacerle daño. Esto es lo único que puedo asegurarte.

–Dime algo más, Doug. ¿Crees en los finales felices? –preguntó Merrilee. Tenía que saber algo más sobre él y sus intenciones antes de acceder a aquel emparejamiento.

Él frunció las cejas y apretó ligeramente la mandíbula. Entonces, suspiró.

–Sí, claro que sí. Mis padres van a celebrar su cuarenta aniversario de bodas este año.

–Eso es maravilloso, pero algo evasivo. No es que me sorprenda, dado que eres reportero. ¿Crees en que pueda haber un final feliz para ti?

–Si encontrara a la mujer adecuada, y si ella pudiera soportarme, sí, claro que creo –respondió Doug, sin permitir que sus ojos azules dejaran de mirar los de Merrilee. Entonces, se puso de pie–. No te robaré más tiempo, pero te agradecería mucho que tomaras en cuenta mi petición y que luego me comuniques lo que has decidido.

–Lo haré –le aseguró Merrilee, levantándose para estrechar la mano que él le extendía.

Cuando Doug se hubo marchado, Merrilee cruzó las manos delante de ella, encima del expediente de Juliette Stanton, y se puso a pensar. Llevaba mucho tiempo en aquel negocio y basaba sus decisiones en la experiencia, en el instinto y en la fe. Podía denegar a Doug Houston su petición, un riesgo que él había corrido al dejar todas sus cartas encima de la mesa, o podía dejar que el destino tomara las riendas.

Juliette necesitaba curar sus heridas. Doug necesitaba corregir sus errores. Si Merrilee cedía a la petición que él le había hecho, al tiempo que Juliette Stanton se sentía mimada y especial, Doug podría descubrir que era un ser humano, podría llegar a darse cuenta de que las personas son más importantes que una carrera.

Y que el amor era lo más importante de todo.

I

–Arréglate la falda. La tienes subida.

Juliette se sacudió el arrugado bajo de la minifalda vaquera que había tomado prestada de su ecléctica hermana y se colocó la camiseta de algodón, que le dejaba al descubierto un hombro.

–Esto es locura en su grado máximo –dijo, mientras cerraba la cremallera de su maleta. Entonces, se volvió a mirar a Gillian, su hermana gemela–. Explícame por qué te has gastado todos tus ahorros para que yo me pueda tomar unas vacaciones. Por mucho que aprecie tu gesto, no quiero unas vacaciones. No necesito unas vacaciones. Simplemente tengo que volver a hacer mi vida.

Gillian se echó a reír.

–Exactamente de eso se trata. Necesitas una vida, y por eso vas a hacer este viaje –replicó Gillian, colocándose las manos en las caderas y arrugando el traje pantalón que había tomado prestado a Juliette.

Las gemelas se habían cambiado la ropa como parte de un elaborado plan para eludir a los periodistas y conseguir que Juliette llegara al aeropuerto sin que nadie la molestara. Aunque Juliette comprendía que aquella farsa era necesaria, detestaba el engaño.

–Te aseguro que sólo voy a hacer este viaje porque tú te has tomado las molestias de organizármelo –dijo con voz más dulce.

–Y tú tienes que admitir que escapar de los periodistas y de los rumores tiene cierto atractivo –replicó Gillian.

Como sabía que su hermana tenía razón, Juliette dio un paso al frente y la estrechó fuertemente entre sus brazos.

–Ya sabes que yo también te quiero –añadió Gillian.

Juliette lo sabía. Si no hubiera sido por el apoyo de su hermana gemela, le habría resultado imposible soportar aquellas semanas. Desde el día en que Juliette había salido huyendo de la iglesia, los periodistas habían sido implacables. Habían asediado tanto la casa de Juliette como el apartamento de Gillian con la esperanza de conseguir la exclusiva de la Novia a la fuga. Sin embargo, nadie aparte de Gillian o del novio sabía por qué Juliette había cancelado la boda.

Nadie lo sabría nunca, al menos no hasta que Juliette hubiera decidido cómo podía proteger a su padre para que él pudiera retirarse del senado, con su reputación y su orgullo intactos. Entonces, la prensa podría cebarse con Stuart Barnes y sus trapicheos.

–¿Has tenido noticias de ese piojo? –le preguntó Gillian mientras se sentaba.

Juliette negó con la cabeza. Aunque no podía decir que había estado enamorada de Stuart, lo que habían compartido había sido cómodo y seguro. En esos momentos, tenía que reconocer que había sido demasiado cómodo.

La perspectiva del tiempo le había hecho poder ver las razones por las que se habían comprometido. Eran dos y muy simples. Juliette adoraba a sus padres y tenía idealizada su relación. Eran unos padres maravillosos que se las habían arreglado para mantener a la familia intacta a pesar de la pecera en la que vivían. Juliette quería una familia estable y un matrimonio cómodo como el de sus padres. Había creído que podría compartir todas aquellas cosas con Stuart, un amigo de la infancia al que había creído conocer bien.

Además, estaba la otra razón por la que se había comprometido con él, la que le molestaba admitir. Aunque ni su madre ni su padre le habían pedido que se sacrificara, siempre había tomado el camino que se esperaba de ella. Tal vez porque Gillian siempre había sido la rebelde de la familia, ella, la hermana mayor por cuestión de minutos, siempre había sido considerada como la buena chica. Por eso, cuando Stuart puso los ojos en ella, se había dejado llevar por la relación sin cuestionarla. Como anteriormente se había visto herida por un hombre más interesado en el nombre de su padre y en sus contactos que en ella misma, Stuart, que siempre había formado parte de su vida, había sido la apuesta segura. Sus padres lo querían y confiaban en él, por lo que se habían sentido encantados con su relación, ya que les parecía que «Juliette y Stuart estaban hechos el uno para el otro».

Sin embargo, no había sido así en absoluto y, si Juliette se hubiera esforzado lo suficiente, habría visto las señales. Nunca había cuestionado su relación, ni siquiera su poco intensa vida sexual, algo por lo que, en el fondo, siempre se había culpado. Ciertamente, su anterior relación sentimental no había potenciado su confianza. Tal vez, desde el principio, había sabido que, si cuestionaba su decisión, descubriría que había vuelto a repetir su error. Stuart sólo quería alcanzar el escaño que el padre de Juliette iba a dejar muy pronto vacante en el senado. Nada más. Desde luego, no quería a Juliette Stanton, la mujer.

–Juliette, vuelve a la Tierra –dijo Gillian, chasqueando los dedos.

–Lo siento. Tengo demasiadas cosas en las que pensar. No, no he sabido nada de él desde que lo dejé en el altar, pero, ¿qué iba a decir?: ¿«Gracias por quitarme a la prensa de encima para que pueda quedarme con el escaño de tu padre en noviembre»?

–Mejor podría decir «soy un estúpido». Eso sería un comienzo.

–Estoy completamente de acuerdo. Y considerando que lo único que le faltó fue amenazar con arrastrar con él a papá, tiene suerte de que yo mantenga la boca cerrada sobre por qué me marché corriendo de aquella iglesia.

Stuart era el protegido de su padre, el elegido para sucederle. Si los sucios negocios de Stuart salían a la luz, el padre de Juliette y sus decisiones estarían bajo sospecha, viciando así todo lo bueno que había conseguido durante su cargo.

–Él confía en el amor que tienes por papá –dijo Gillian, apretando los dientes.

–Efectivamente, no confía en el amor que tengo por él –replicó Juliette, soltando una amarga carcajada.

Había pensado que habían compartido cariño y consideración basados en sus años de amistad. Incluso después de que el escándalo hubiera saltado a las primeras páginas de los periódicos, en el que se acusaba al socio en los negocios de Stuart, el congresista Haywood, de blanquear dinero de la Mafia a través de Coffee Connections, su negocio de importación y exportación, Juliette había creído las afirmaciones de su prometido. No era que hubiera cerrado los ojos a la verdad, sino que, como su padre, había creído en la integridad de Stuart. Dado que Stuart no había aparecido implicado en aquel escándalo y que luego la historia sobre el congresista Haywood no se había corroborado, Juliette había confiado en sus instintos.

¡Qué equivocada había estado! Una vez más. Había sorprendido a Stuart, a su socio y a un famoso capo de la Mafia teniendo un tête-à-tête en la iglesia minutos antes de que Stuart y ella se casaran.

Por fin había afrontado su vida y las mentiras, se había enfrentado a él y se había marchado. Aunque sus padres la apoyaron en su decisión y en su necesidad de intimidad, Juliette sabía muy bien que ellos también estaban esperando una respuesta.

–Las dos estamos de acuerdo en que esto debe mantenerse en secreto hasta que a ti se te ocurra un plan –dijo Gillian–, pero no me gusta que Stuart esté dejando que la prensa te cuelgue el sambenito de «Novia a la fuga» –añadió, mostrándole la caja del vídeo de la película del mismo nombre–. Tenéis el cabello muy parecido. Por cierto, ¿te he mencionado que me encantas con esos rizos? Estoy muy agradecida de que ésta sea la última vez que tengo que sentarme durante horas con el secador para copiar el modo en que te alisas el pelo con el fin de engañar a esos periodistas.

–Gracias –comentó Juliette, riendo. A ella también le gustaba su nuevo aspecto.

En secreto, siempre había envidiado la habilidad de su hermana para romper las convenciones y ser ella misma, sin importarle lo que dijeran las cámaras o la prensa. Juliette esperaba que su nueva permanente, como la de su rebelde hermana, cambiara tanto su apariencia como las perspectivas que tenía para su viaje. Si había un momento en el que dejarse llevar, tendrían que serlo aquellas vacaciones.

–¿Recogiste esas cosas en el centro comercial? –preguntó Juliette.

Si su prometido hubiera estado interesado en planear una luna de miel en vez de una campaña política, ya habría tenido preparado el guardarropa básico para poder marcharse. Sin embargo, Stuart había insistido en que no podían marcharse. Después de todo lo que había pasado, Juliette sabía por qué.

–Claro. Te las puse en la maleta vacía

mientras tú hablabas por teléfono. Te sentirías orgullosa de cómo lo hice sin que me siguieran.

–No creo que me apetezca saberlo. Parece que todo el mundo ha estado haciendo sacrificios por mí últimamente –susurró Juliette.

Primero, su estilista había accedido a hacerle la permanente en su propia casa, ya que no quería que la peluquería se le llenara de periodistas. Después, su hermana había estado comportándose como una espía en misión secreta, y disfrutando con ello.

–No son sacrificios sino favores –le aseguró Gillian–. Y como te queremos mucho, no nos importa. Sin embargo, no me gusta que estés metida en la casa, prácticamente sin salir, ¿sabes? Maldita sea, ojalá pudiéramos filtrar esta historia, pero no podemos.

–Todavía no. Papá lleva muchos años sirviendo a este país. Se le aprecia y se le respeta mucho. Tiene un lugar en la historia, que se ha ganado con todo merecimiento. No pienso permitir que se manche esa trayectoria. No se lo merece –afirmó Juliette. Sabía que, por el bien de su padre, aquel asunto tendría que permanecer en secreto durante un poco más de tiempo.

–Estoy de acuerdo.

–Bueno, ya estoy lista.

–Bien –dijo Gillian. Entonces, se levantó y agarró su bolso.

–A ver, repasemos un poco el plan. Yo voy conduciendo tu coche, vestida como tú, mientras tú te sientas en el asiento del copiloto, fingiendo ser yo –dijo Juliette.

–Hasta ahí, vas bien.

–Entonces, pasamos por delante de los periodistas y vamos a tu apartamento, donde están esperando el resto de los buitres, y entramos en el aparcamiento subterráneo.

–Eso es, porque ahí ellos no tienen acceso –confirmó Gillian, riendo–. Así se creerán que vienes a mi casa y, para reforzar la impresión, yo, vestida como tú, saldré a comprar a la tienda de la esquina y luego volveré a entrar. No nos estarán buscando en ninguna parte mientras crean que estamos allí juntas.

–Mientras tanto, yo me meto en el asiento trasero del coche de papá, que irá conduciendo su chófer, y me tapo con una manta para que me pueda llevar al aeropuerto.

–Exactamente. Y si alguien te ve, creerán que eres yo –comentó Gillian–. Nadie se va a molestar en seguirme una vez que yo no tenga acceso a ti. *Voilà*! Tú estás libre y de camino hacia tus vacaciones.

–Libre para comenzar una gloriosa semana llena de sol, diversión y soledad –dijo Juliette, extendiendo los brazos.

–Has acertado en las dos primeras –musitó Gillian.

Juliette entornó los ojos. Había crecido a la sombra de su osada y más aventurera hermana. Conocía a Gillian mucho mejor de lo que se conocía a sí misma. La actitud que tenía su gemela le decía que estaba tramando algo.

–¿Qué es lo que no me has dicho?

–Nada –respondió Gillian mientras consultaba el reloj–. Supongo que no querrás perder el avión, así que es mejor que nos marchemos.

–De acuerdo –contestó Juliette antes de agarrar su maleta–. Y si no te lo he dicho antes porque estaba demasiado ocupada quejándome, me ha conmovido mucho que te hayas gastado tus ahorros en mí, y quiero pagarte por ello.

Aunque las dos jóvenes tenían una pequeña fortuna a su nombre por el testamento de su abuela, ninguna de ellas vivía de ese dinero. Las dos habían elegido abrirse paso en el mundo con su propio esfuerzo, Juliette como asesora de relaciones públicas para una empresa farmacéutica y Gillian como profesora.

–Si me pagas, no será un regalo. Considéralo mi regalo por haber roto tu compromiso.

–Tengo tanta suerte por tenerte a mi lado –susurró Juliette mientras apretaba la mano de su hermana.

–Ya lo sé –replicó Gillian con una sonrisa.

Se dirigieron al garaje que había anexo a la vieja casita de campo que Juliette tenía alquilada y en el que Gillian había aparcado el coche.

–¿Me prometes una cosa? –le preguntó de repente Gillian–. Esa isla es un lugar privado y, si hemos hecho esto bien, no habrá allí ninguna cámara que te haya seguido ni nadie que te haga preguntas, así que suéltate el pelo y sé tú misma, ¿de acuerdo?

–Parece que me has leído la mente.

Juliette no se sorprendió de que la telepatía que existía entre las dos hermanas estuviera de nuevo en funcionamiento. Se echó a reír, sabiendo que ya había decidido aprovecharse de aquella oportunidad para ser libre y experimentar quién era realmente Juliette Stanton. Nunca debería haberse enfrentado al esfuerzo que Gillian había hecho para que se tomara aquellas vacaciones. Se acomodó en el asiento del conductor, metió la llave en el contacto y la hizo girar.

–Bueno –dijo, sobre el rugido del motor del coche–, dejemos que empiece la aventura.

Una semana después de su visita inicial, Doug Houston estaba en el lujoso vestíbulo del edificio principal de Fantasía secreta, esperando al objeto de su fantasía. Su fantasía...

Un sentimiento de culpabilidad se cernió sobre él al pensar en aquel viaje y en la farsa que tendría que representar para conseguir su historia. La culpabilidad no era una sensación con la que Doug estuviera muy familiarizado, especialmente cuando tenía que ver con la realización de su trabajo. Sin embargo, aquel reportaje era demasiado importante como para permitir que sentimientos inesperados se metieran en su camino.

Estaba en aquel complejo turístico para localizar a Juliette Stanton, la Novia a la fuga de Chicago, y así poder descubrir los trapos sucios de su antiguo prometido. Y ahí precisamente estaba la fuente de aquel sentimiento de culpabilidad. Podría consolarse diciéndose que no estaba allí para sacar a la luz los trapos sucios de ella y que, al menos, no le había mentido a Merrilee.

Sin embargo, Doug tenía la sensación de que las razones para que Juliette hubiera salido corriendo el día de su boda estaban muy relacionadas con sus propios problemas. Su padre, también periodista, le había enseñado que nunca había que dejar de prestar atención a lo que le decía el instinto a uno y mucho menos después de su último fiasco.

Doug tenía mucha experiencia y sabía que había que tener cuidado por si la fuente no era de fiar. El problema era que él nunca había pensado que debiera desconfiar de alguien tan cercano a él, por eso, cuando su última historia se había venido abajo, le había pillado desprevenido. Su padre adoptivo, periodista y hombre respetado por todos, le había preparado para que fuera el mejor. No obstante, su caída había sido tan rápida y tan pública como su maldito titular, en el que anunciaba la reunión del congresista Haywood con un famoso capo de la Mafia y el blanqueo de dinero a través de un negocio de café, supuestamente legítimo.

El congresista era el socio del prometido de Juliette Stanton, un hombre que aspiraba al escaño de senador del padre de la joven, un hombre que, en opinión de Doug, era tan corrupto como su socio. Doug seguía creyendo que su historia era cierta, el problema era que no tenía las pruebas que necesitaba para respaldar sus afirmaciones. Y estaba seguro de que Juliette Stanton poseía aquellas pruebas.

Doug se pasó la mano por el cabello, que le llegaba casi hasta el cuello de la camisa, lo que suponía otra parte de aquella farsa. No se cortaría el pelo ni se afeitaría hasta que hubiera terminado su estancia en la isla, para asegurarse de que la hija del senador Stanton no le asociara con la fotografía, en la que aparecía con pelo corto y bien afeitado, de su columna del *Tribune*.

Una semana en aquella isla tropical no sería nada si su padre no siguiera en el hospital. A pesar de que le gustaban los lugares exóticos, Doug tendría que hacer lo posible por conseguir la información que podría proporcionarle Juliette y salir corriendo. No creía que nadie supiera que la joven estuviera allí. Como había puesto una generosa cantidad de dinero en las manos adecuadas, esperaba ser el único que conociera el hecho de que la joven había salido de la ciudad, el único que se pasara una semana completa a solas con la Novia a la fuga, una vez que Merrilee le diera el visto bueno. La directora del complejo turístico no lo había echado de la isla cuando se había presentado a tiempo de coincidir con la visita de Juliette, pero sabía que su estancia estaba condicionada.

Había pagado mucho dinero a un viejo amigo militar de su padre para que investigara hasta romper el sistema de seguridad de Merrilee y poder conseguir la información que Doug necesitaba: la fantasía de Juliette Stanton. En el proceso, había descubierto que aquella mujer estaba sufriendo y se había obligado a aceptar su parte de culpa.

No importaba cómo se consolara con un hecho verdadero, es decir, que su fantasía ayudaría a Juliette a olvidar su dolor y que, además, él no quería hacerle daño. El fondo de aquel asunto seguía siendo el mismo: estaba utilizando a otra mujer para conseguir información. De nuevo.

Doug no tenía elección. Aquella historia volvería a situarlo como el mejor reportero político del *Tribune*, el periódico para el que quería desesperadamente trabajar, no sólo porque había trabajado mucho para conseguir su reputación profesional o porque tuviera un enorme ego. Podía enfrentarse a la patada en el trasero, pero no podía aceptar la desilusión de su padre adoptivo, un hombre al que Doug le debía la vida. Tenía sólo diez años cuando su madre murió. Estaba tratando de escapar de los servicios sociales cuando Ted Houston le sorprendió tratando de robarle la cartera. Había pensado que necesitaba comida en el estómago más que aquel tipo tan preguntón el dinero en su cartera. Una hora después, había conseguido que le contara su historia y se lo había llevado a su casa, abriéndole las puertas de su corazón.

En la actualidad, aquel mismo corazón estaba enfermo. El estrés de sus problemas profesionales le había pasado factura al corazón de Ted Houston y también a su madre, la mujer que lo había criado como si fuera su propio hijo. Aquello significaba que tenía que descubrir todo lo que la Novia a la fuga supiera sobre su prometido y sus sucios negocios. Si conseguía la exclusiva, volvería a ser el primero de su categoría. No era ningún estúpido y sabía que limpiar su nombre no arreglaría el corazón de su padre, pero las buenas noticias le darían un impulso emocional, algo que lo ayudara a recuperarse. Así lo habían asegurado los médicos y tenían razón. Sólo saber que estaba tratando de demostrar su afirmación había hecho maravillas en la mejora de su padre. Aquello había sido suficiente para darle el empujón que necesitaba para permanecer en la isla y esforzarse con aquella historia. Además, le debía a su periódico y a su director conseguir pruebas fidedignas que ayudaran a demostrar su historia.

Por eso, en aquellos momentos, estaba esperando a su presa. Sabía el aspecto que Juliette tenía gracias a las fotos que habían salido publicadas en todos los periódicos y a las que había visto a lo largo de su investigación. Le resultaría imposible confundir su cabello castaño rojizo, liso y brillante, su esculpido perfil o los elegantes gestos que le venían de la cuna. Hasta el momento en el que había salido corriendo de la iglesia, Juliette había sido la perfección personificada. Para Doug, un hombre que pretendía embarcarse en el romance y en el descubrimiento, ella resultaba agradable para los ojos y para su libido.

Sin previo aviso, Merrilee, su ayudante y una mujer a la que Doug nunca había visto antes, pero a la que no le importaría volver a ver, entraron en el vestíbulo. Sobre la espalda de aquella última caían unos rizos algo revueltos por la acción de la brisa y de la humedad. Aquella melena tenía un aspecto algo alborotado, como el de una mujer que se acaba de despertar después de una noche de pasión, el momento en el que una mujer está más cálida y resulta más fácil excitarla... Tan excitado como él estaba entonces, con solo mirarla...

El pequeño volante blanco de su minifalda vaquera se meneaba provocativamente con la húmeda brisa y la camiseta, también blanca, dejaba al descubierto un hombro, de piel cremosa y blanca, que suponía un profundo contraste con el fuego de su cabello, que parecía gritar que lo acariciaran. Y aquello era precisamente lo que deseaba hacer.

Cuando se acercó un poco más, descubrió aquel esculpido perfil, los hermosos pómulos, los jugosos labios...

Era la Novia a la fuga.

Estaba completamente seguro. Aunque se parecía mucho a su gemela, Juliette era demasiado característica como para ser completamente idéntica a otra mujer. No era sólo aquella gloriosa cabellera lo que había cambiado, sino también el sentimiento de liberación que veía tanto en su rostro como en sus gestos. Las manos se movían sin parar mientras hablaba con Merrilee, los ojos le brillaban de sorpresa y de admiración al escuchar lo que le decía la directora del complejo...

Ya no parecía la conservadora novia de Stuart Barnes ni la solicitada hija del senador Stanton. Aquella mujer tenía chispa e intensidad. La excitación ardía en su interior.

Desde el día de lo que hubiera sido su boda, aquella mujer había sufrido una transformación, y las razones de la misma lo intrigaban casi tanto como la historia que buscaba, lo que decía mucho para un hombre en busca de las pruebas que limpiarían su nombre.

Fantasía secreta. Juliette debería haberse imaginado, por el nombre de aquel complejo turístico, que aquél no era un hotel cualquiera. Más aún, debería haberse imaginado que aquello no iba a llevarla a nada bueno cuando su hermana Gillian le dijo que debía dejarse llevar. Con toda seguridad, una semana de decadencia y pecado, que era lo que iba a suponer verse emparejada con un atractivo desconocido, no iba a reportarle nada bueno.

¿Y si estaba equivocada? Juliette se mordió el labio inferior. Aquello representaba una oportunidad para resarcirse por todo lo que se había perdido en la vida al tomar el camino seguro.

–Evidentemente, tú no hiciste la reserva. Si decides marcharte, te reembolsaré completamente las cantidades que se han abonado –le decía Merrilee Schaefer-Weston. Entonces, sacudió la cabeza y se echó a reír–. ¿O acaso debería decir que le reembolsaré a tu hermana todo lo que ha pagado? Debo decir que es la primera vez que esto ocurre en Fantasías, Inc. De todos modos –añadió, tocándole suavemente el brazo–, te ruego que te quedes al menos esta noche como mi invitada. Tal vez la magia de la isla te haga cambiar de opinión.

–¿Magia? –preguntó Juliette, mirando a la madura, pero todavía hermosa, Merrilee.

–¿Y cómo si no describirías estar una semana lejos de los ojos que quieren saberlo todo sobre ti? ¿Una semana sólo para ti misma, donde nadie sabrá lo que dices o haces?

–Nadie excepto ese desconocido –contestó Juliette, temblando al imaginarse con un extraño para pasar unas vacaciones eróticas. Sin Stuart, sin escándalos...

Sin periodistas.

–Me quedaré una semana.

Así, simplemente, tomó la decisión.

–¡Maravilloso! Te aseguro que no lo lamentarás.

Eso precisamente esperaba Juliette, porque tal espontaneidad no formaba parte de su naturaleza. Sin embargo, ¿adónde la había llevado su comportamiento de buena chica? Utilizada y engañada, por así decirlo. Nadie creería que la conservadora Juliette Stanton, una mujer que pensaba de antemano todos y cada uno de sus movimientos, pudiera actuar siguiendo un impulso. Sin embargo, como Merrilee había dicho y como su hermana le había asegurado, tenía la oportunidad de hacerlo.

–Dame un momento y me encargaré de que te registren en el hotel –dijo Merrilee, antes de marcharse y dejarla, sola, en el centro del vestíbulo.

Juliette miró a su alrededor. El hotel estaba lleno de plantas tropicales. Entonces, inclinó la cabeza y miró a su izquierda, ya que algo parecía indicarle que la estaban observando. Vio a un misterioso desconocido que la estudiaba intensamente a través de unas gafas tan oscuras como su cabello. Era un hombre atlético, vestido solamente con un bañador. Juliette tuvo que tragar saliva.

De repente, el hombre se levantó las gafas y la miró a los ojos. El cuerpo de Juliette aumentó en varios grados su temperatura, y aquello no tenía nada que ver con la humedad que la rodeaba.

–Ya está –exclamó de repente la alegre voz de Merrilee–. Tenemos una serie de bungalós muy retirados que estoy segura de que te gustarán.

Muy a su pesar, Juliette apartó la mirada de la del desconocido.

–Estoy segura de ello y aprecio mucho tus esfuerzos por mantenerme alejada de los ojos demasiado curiosos.

Juliette volvió a mirar hacia el lugar donde estaba el desconocido, pero él ya se había marchado. Una cierta desilusión se apoderó de ella.

–No te preocupes. Tengo el presentimiento de que volverás a verlo –dijo Merrilee.

–¿A quién?

Como única respuesta, Merrilee se echó a reír.

–Permíteme que te muestre tu bungaló. Te llevarán tu equipaje inmediatamente.

Acompañó a Merrilee hacia el jardín. Juntas, bajaron por un sendero bordeado por un seto verde y unas flores de color rosa que encantaron a Juliette. Mientras recorrían la piscina y los diferentes restaurantes, Juliette no hacía más que buscar a aquel desconocido con la mirada.

Su hermana creía que necesitaba vivir la vida. Aparentemente, estaba a punto de conseguirlo.

II

Después de una breve siesta y de deshacer las maletas rápidamente, Juliette se cambió y se marchó a la playa. De camino, se detuvo para poder admirar la vista. Delante de ella, se divisaba arena blanca e interminables kilómetros de agua azul que se extendían hasta el horizonte, hasta que el azul del cielo se confundía con el del mar. A su izquierda, vio unos exuberantes jardines y a su derecha una piscina con una cascada en el centro.

–Un auténtico jardín del Edén –murmuró.

–Esto te hace pensar que el hombre debió de ser un estúpido por marcharse.

Aquella profunda voz masculina resonó en sus oídos e, inmediatamente, Juliette supo de quién se trataba. El corazón empezó a latirle tres veces más rápidamente de lo normal y la excitación se adueñó de ella.

–Si no recuerdo mal, el hombre no se marchó porque quiso. Lo desterraron.

–Por probar la fruta prohibida.

Al oír aquellas palabras, Juliette no pudo resistirlo más y decidió darse la vuelta.

Si resultaba atractivo desde lejos, en la cercanía era devastador. Sin gafas de sol, se apreciaban unos ojos profundamente azules, unos rasgos tremendamente atractivos. Al contrario del físico rubio y típicamente norteamericano de su ex prometido, aquel hombre iba rodeado del aura de misterio y exotismo que creaban su cabello oscuro, su piel bronceada, su barba de varios días...

Su fantasía se había hecho realidad. En sus sueños, aquél era el tipo de hombre que acudiría a ella en la oscuridad de la noche, el que la tomaría entre sus brazos y la convertiría en el centro de su universo, sin nada más en mente...

–Doug –dijo él, extendiendo la mano–. ¿Tú eres...?

–Encantada de conocerte –susurró ella con una dubitativa sonrisa–. Me llamo Juliette.

No mencionó el apellido, igual que él no había dicho el suyo. Entonces, colocó la mano en la de él. El calor que sintió fue inmediato e intenso y, por el brillo que vio en los ojos de Doug, estaba segura de que él también lo había sentido. Atónita por la repentina atracción, Juliette trató de retirar la mano, pero él la aferró con fuerza.

–Encantado de conocerte, Juliette.

El pulgar de él le acarició brevemente el lugar de la muñeca donde late el pulso antes de soltarla. El placer se apoderó de ella, envolviéndole el corazón y caldeándola por dentro de un modo que no creía haber experimentado nunca.

Le gustaba lo que estaba sintiendo. Cada sensación que experimentaba su cuerpo, cada temblor... Después del dolor y el sufrimiento de las últimas semanas, se había dado cuenta de que necesitaba desesperadamente sentirse atractiva y deseable. Anhelaba una profusa atención que le asegurara que no era plato de segunda mesa. Aquel hombre podría proporcionarle la prueba de ello y ser la distracción que tanto necesitaba.

Sin embargo, quedaba un miedo real, que no dejaba de acuciarla. Aunque había escapado a aquella isla, no podía estar segura de que hubiera conseguido dejar atrás a la prensa. Lo último que quería era causar otro escándalo.

La fantasía secreta de la hija del senador sería un titular mucho peor que el de *Novia a la fuga*. Gracias a su magnífica reputación, el senador había capeado bien aquel temporal de rumores y había negado que hubiera sido avergonzado públicamente o que se preocupara por nada excepto por el bienestar de su hija. A pesar de todo, Juliette no tenía deseo alguno de ocasionarle más publicidad negativa durante los últimos meses de su cargo.

En aquellos momentos, estaba en la isla y se merecía cierto tiempo para ella sola. Al mirar a los ojos de Doug, vio sinceridad en ellos. La atracción era real, su atención singular y genuina. A menos que quisiera perder la oportunidad de toda una vida, no le quedaba más remedio que apartar sus temores y confiar.

Al contrario de Stuart, Doug la miraba como si fuera alguien especial. Juliette deseaba aferrarse a lo que su hermana le había dicho. No quería preguntarse cómo Gillian habría sabido lo que necesitaba. Como gemelas, compartían un vínculo que era mucho más fuerte que nada que fuera tangible o comprensible.

–¿Adónde ibas? –le preguntó él, sacándola así de sus pensamientos.

–Estaba pensando en ir a la playa.

–Y yo estaba pensando en acompañarte donde fueras. Es decir, si no te importa.

Juliette lo miró a los ojos. Cuando decidió quedarse en Fantasía secreta, había decidido confiar. También había decidido dejar atrás todas sus inhibiciones. Al deshacer la maleta, había descubierto que su hermana había saqueado su equipaje y había sustituido todas sus sensatas prendas por cosas poco prácticas y las que eran más conservadoras por las más atrevidas. En su atuendo, la había liberado de sus ataduras. Sólo le faltaba completar aquel cambio con su actitud. Sin embargo, aquello era algo que resultaba más fácil de decir que de hacer; para conseguirlo sería mejor que no mirara el escote de su minúsculo biquini.

–De hecho –dijo ella, aclarándose la garganta–, me encantaría tener compañía.

Se recordó que aquel hombre no la conocía, que podría ser cualquiera que quisiera ser, actuar de modos nuevos y excitantes.

Extendió la mano y él deslizó la suya contra su piel. El contacto fue cálido y eléctrico y, como dos piezas de un rompecabezas, encajaban perfectamente.

Juliette no sabía si aquél era el hombre que Merrilee había escogido para su fantasía, pero después de su aburrida relación con Stuart, no podía ignorar una atracción tan fuerte y tan abrasadora. Su ex presentaba un aspecto civilizado, quizá demasiado, pero aquel hombre irradiaba un poder salvaje y masculino, lo que la tentaba profundamente.

Nunca antes se había sentido de aquel modo y probablemente nunca volvería a sentirlo. ¿Por qué esperar que se le acercara otro hombre? No quería al hombre que Merrilee hubiera elegido para ella, sino a aquél. Fuera lo que fuera lo que aquella semana fuera a depararle, pensaba dejarse llevar.

Doug le agarró la mano y se acercaron a la playa. Surgían preguntas por todas partes. ¿Quién era aquella mujer que lo había dejado tan impresionado desde el primer momento? Investigación, fotografías e incluso verla a distancia cuando había acompañado a su ex a actos sociales no le habían preparado para la realidad. Aquella seductora y vibrante mujer tenía la dosis justa de encanto y de ingenuidad para seducir a un curtido reportero.

Sabía que todavía no podía comenzar su misión. Merrilee todavía no lo había autorizado. Le había dado veinticuatro horas para que pudiera observar y decidir. Doug respetaba el cuidado que había puesto en el caso y admiraba su dedicación. Si la situación fuera la contraria, tal vez él no estuviera confiando en sí mismo en aquellos momentos.

Por ello, por delante tenía unas horas valiosísimas para convencer a las dos mujeres de que él era el hombre adecuado para Juliette. Persuadirlas no sería ningún problema. Había tenido mucha experiencia en seducir a las mujeres para conseguir lo que necesitaba.

–¿De dónde eres? –le preguntó Juliette.

Doug se sorprendió por la calidez y la dulzura de su voz. Habría creído que sería más distante y cultivada. Sospechaba que la personalidad de la joven sería igual de amable. Aquello podría causarle problemas. Le habría resultado más fácil mantener una distancia emocional si ella hubiera sido la típica mujer rica, fría y distante.

–Soy de Michigan.

Técnicamente así era. Había nacido en

Detroit y había vivido allí hasta los tres años. Entonces, su padre los abandonó y su madre decidió mudarse a Chicago. Sin embargo, no podía decir que vivía en Chicago por si ella se volvía más cautelosa. Tampoco podía darle su apellido por si ella recordaba sus artículos en el *Tribune*. Cuantos menos detalles, mejor.

–Yo nací en Chicago. Esto parece irreal –añadió ella mientras admiraba la blanca arena y la profundidad del océano.

Doug se volvió a mirarla para contemplar el traje de baño que ella llevaba puesto, un biquini con un generoso escote, que revelaba un vientre muy liso y unas piernas muy largas.

–Sí –respondió a duras penas.

Al ver que Juliette se sonrojaba, se dio cuenta de que había cometido un error. Había sido demasiado directo. Necesitaba información, no sexo. Bueno, si era sincero consigo mismo, también necesitaba sexo, pero, por muy tentadora que le resultara, no estaba en su agenda. Estaba allí para hacer que la fantasía de Juliette se convirtiera en realidad y conseguir al mismo tiempo que ella confiara en él y le contara todo lo referente a su ex. Aunque el efecto que estaba teniendo en él era poderoso, no podía utilizarla para satisfacer motivos egoístas. No podía volver a tomar ese camino.

Aquel pensamiento lo sorprendió. El Doug Houston que conocía habría hecho cualquier cosa para conseguir material para una historia. ¿Por qué Juliette tenía que hacer que las cosas fueran diferentes?

Porque ella misma era diferente. No sabía por qué, pero Juliette y su encantadora ingenuidad hacían que pudiera analizar de otro modo su poco estelar pasado. No sólo había causado a Erin un inmenso dolor, sino que la venganza de ella había sido algo que no olvidaría jamás. Era la razón por la que estaba en aquella maldita isla.

A pesar de todo, no podía culparla. Ella no había podido sospechar que él no buscaba un futuro en común. Se había acostado con ella porque había estado interesado en ella, se había quedado a su lado porque ella era conveniente, tanto personal como profesionalmente, pero nunca la había amado.

Al mirar a la mujer que tenía a su lado, se dio cuenta de que Juliette Stanton era una mujer muy hermosa. Demasiado. Debía tener cuidado si se implicaba con ella de aquella manera, porque sería él el que se llevaría la patada aquella vez.

–¿Puedo traerte algo de beber? –le preguntó, tras ayudarla a colocar una hamaca y a poner una toalla encima.

–Creo que por ahora contemplaré el paisaje.

–Me encantaría hacer lo mismo –dijo él sin poder evitar fijarse en el escote de ella. Decidió inmediatamente que no debía excederse. Ya había sido suficiente para el primer día.

–Merrilee mencionó que hay una fiesta en la playa esta noche...

–Por favor, no me digas que vas a participar en el concurso de camisetas mojadas.

–Creo que eso haría que todos los hombres le suplicaran a Merrilee que les devolviera el dinero –musitó ella, sonriendo ligeramente.

–Me parece que subestimas el impacto que causas en el sexo opuesto –susurró Doug. Entonces, sin poder evitarlo, admiró de nuevo su espléndida figura.

–Oh, creo que sé muy bien el impacto que les causo a los hombres –replicó Juliette, cerrando los ojos. Parecía como si quisiera ocultar de aquel modo sus pensamientos y sus sentimientos.

Doug se sentó en el borde de la hamaca, junto a ella.

–No estoy seguro de ello.

Aquella actitud le reveló que, seguramente, Stuart Barnes le había hecho dudar de su atractivo. Por eso había acudido a aquella isla, en busca de su fantasía. Recordó todo lo que había leído en su expediente, pero sobre todo que quería sentirse deseada. Doug quiso borrar la duda y las sombras de sus ojos y, por primera vez en su vida, sus motivos no fueron puramente egoístas.

–¿Por qué me parece que estás viéndote influida por los puntos de vista de otra persona?

–¿Porque has estado demasiado tiempo al sol? –bromeó ella, mirándolo con sus enormes ojos verdes.

–No llevo al sol el tiempo suficiente como para delirar. Por otro lado, he estado a tu lado lo suficiente como para saber que tú me afectas –susurró, acariciándole suavemente la piel con el pulgar.

–Aquí hace mucho calor.

–Sí...

Doug sabía que, si no apartaba la mano, los dos se acalorarían más y más.

–Creo que te he entendido.

–Me alegro. No te conozco muy bien, pero te aseguro que puedes afectar a cualquier hombre.

–Gracias por decírmelo. En cuanto a lo de no conocerme, eso es algo que se puede remediar –musitó. Luego, sacudió la cabeza. Evidentemente, estaba avergonzada.

–¿Me estás invitando?

–Creo que sí –contestó ella, sonrojándose–. A la fiesta de la playa, para que podamos conocernos mejor...

La actitud que ella estaba desplegando ante él demostraba perfectamente que aquellas insinuaciones no le salían fácilmente, lo que sugería lo mucho que había sufrido su orgullo y la confianza en sí misma. Aunque había sido ella la que había dejado plantado a Stuart en el altar, aquello le había pasado factura.

Doug le acarició suavemente un muslo y luego le tomó la mano.

–Bueno, Juliette, me encantaría disfrutar de tu compañía esta noche, por lo que acepto encantado tu invitación.

–Gracias –susurró ella, antes de humedecerse ligeramente los labios, en una intrigante combinación de sensualidad y de inocencia.

–¿Quieres que pase a recogerte o nos reunimos allí?

–Tengo algunas cosas de las que ocuparme primero, así que nos reuniremos allí, ¿te parece?

Doug asintió. Alejarse de su lado fue mucho más difícil de lo que hubiera imaginado cuando sabía que iba a volver a encontrarse con ella a las pocas horas. Nunca hubiera esperado que la conservadora Juliette Stanton fuera la que diera el primer paso, pero debía reconocer que aquello lo acercaba a su meta. Le había dado oportunidad de conocer su historia y de dejar al descubierto los trapicheos de su ex, y la relación de éste con Haywood y con la Mafia. Juliette le había proporcionado la oportunidad. El resto dependía de él.

Merrilee estaba sentada en su escritorio, contemplando el enorme ramo de rosas rojas que le habían mandado. La tarjeta que acompañaba las flores no iba firmada. El remitente era anónimo.

Entonces, alguien llamó a la puerta de su despacho.

–Entre.

Cuando la puerta se abrió, entró Juliette Stanton, vestida como si acabara de regresar de la playa.

–Hola. Siento molestarte, pero me preguntaba si tendrías un minuto... ¡Oh! ¡Qué bonitas flores!

–Gracias. A mí también me lo parecen, aunque me gustaría saber quién me las ha enviado.

–¿Se trata de un admirador secreto? ¡Qué romántico!

–Más que nada es misterioso.

–¿Había alguna tarjeta? ¡Oh! Lo siento. Sé que no es asunto mío.

–En realidad, siempre he creído que cuando una persona me cuenta sus fantasías, es como si se creara un vínculo entre nosotros. No me importa responder. Sí, había una nota –respondió Merrilee, leyéndole la tarjeta–. «Rosas, rojas como rubíes. Porque son tus favoritas».

–¿Y es eso cierto?

Merrilee asintió. Los rubíes rojos le recordaban a Charlie. Sin poder evitarlo, miró el anillo. Sin embargo, sabía bien que hacía mucho tiempo que había perdido a Charlie. Dejarse llevar por el sentimentalismo no se lo devolvería. Aunque se preguntaba quién conocía tan bien sus secretos, aquél no era el momento de hacerse preguntas al respecto.

–Bueno, ¿qué puedo hacer por ti? –le preguntó a Juliette, tras sacar un pañuelo de papel de una caja y enjugarse los ojos.

–Tal vez éste no sea el momento más adecuado. Puedo volver más tarde...

–Estoy bien. Cuéntame, por favor.

–Bueno, no conozco muy bien cómo funciona esto de las fantasías, pero tengo una petición que puede resultar... poco ortodoxa.

–Confía en mí –dijo Merrilee con una sonrisa–. No hay mucho que no haya visto ni oído en mi trabajo de hacer que las fantasías de la gente se hagan realidad.

–En ese caso, de acuerdo. Deseo a Doug... Lo siento, no conozco su apellido, pero quiero que sea el hombre de mis fantasías.

Doug. Merrilee sabía que Juliette se refería a Doug Houston y comprendió que él había escogido el anonimato. Tras la visita que Doug le había hecho hacía una semana, Merrilee había investigado un poco y conocía muy bien los entresijos de aquella fantasía. Había descubierto, antes de que llegara, que él le había dicho la verdad. Era un punto a su favor, pero su estancia en la isla seguía estando condicionada. Merrilee comprendió que si Juliette sabía que había elegido al hombre que había escrito el artículo sobre el socio de su ex, se asustaría. Sin embargo, también sabía que la atracción era más fuerte que el miedo.

–¿Te refieres al hombre que vimos antes en el vestíbulo?

–Sí. Sé que dijiste que lo vería más y quiero que sea así. Quiero asegurarme que él es el hombre que has elegido para mí, a menos que ya esté con otra mujer.

–Evidentemente, hay una fuerte atracción entre vosotros.

–No estoy segura de haber sentido algo parecido antes –confesó Juliette, sonrojándose y desviando la mirada–. Es como algo que te golpea entre los ojos y te deja sin saber qué hacer a continuación.

–¿Excepto no dejarlo marchar?

–Exactamente.

La joven acababa de hacer que la decisión de Merrilee fuera mucho más simple. Por la ética de su profesión, no podía revelar nada sobre la vida de Doug Houston ni la relación que pudiera tener con el pasado de Juliette. Aquello era algo que tendrían que solucionar los dos cuando llegara el momento y si este llegaba a producirse. Después de observar a Doug toda la tarde, su instinto le decía que no estaba allí para hacer daño a Juliette.

–Bueno, no veo ningún problema. Sea cual sea la fantasía de Doug, y creo que entenderás que no puedo revelarla, no implica a ninguna otra mujer.

–Entonces, está... –comentó Juliette, aliviada.

–Disponible.

–Yo iba a decir que a mi disposición –replicó la joven, riendo.

–Algo me dice que ese hombre no sabe lo que se le viene encima –dijo Merrilee, riendo.

–Creo que estoy jugando limpiamente. Mientras yo le ayude a cumplir su fantasía, ¿por qué no he de ir tras el hombre que más me interesa?

–Entonces, supongo que él también está cumpliendo tu fantasía.

–¿Te refieres a lo de si me está haciendo

sentir como si nada ni nadie fuera más importante? Sí, se le da muy bien... Bueno, supongo que debo darle a mi hermana las gracias en cuando la vea por regalarme esta semana para disfrutar y escaparme de los problemas que me esperan en casa.

–Mi esperanza es que mis huéspedes se marchen de aquí con una nueva perspectiva de vida.

–Estoy esperando marcharme de aquí con una nueva perspectiva sobre muchas cosas.

–Bueno, si hay algo que pueda hacer, te ruego que no dejes de venir a comunicármelo.

–Sí. Muchas gracias, Merrilee. Por todo. Y hasta que descubras quién es tu admirador secreto, espero que disfrutes con la atención.

Merrilee sonrió.

–Y yo espero que tú disfrutes de tu estancia entre nosotros y que dejes que empiece tu fantasía.

–Lo haré –afirmó Juliette. Entonces, se levantó y salió del despacho.

Se puso a recordar los momentos que había pasado con Doug. Se acordó de que había pensado que sería imposible que un hombre tan atractivo se sintiera atraído por ella. Rápidamente, al sentir el contacto de sus manos, se había dado cuenta de que era Stuart el que hablaba dentro de ella y la llenaba de dudas. Doug había sabido convertirla de nuevo en la mujer segura y confiada que había sido.

Juliette pensó en la semana que la esperaba. Doug sabría distraerla de su dilema de cómo y cuándo revelar el engaño de su ex novio. Era un hombre con el que podría retirar la red tras la cual se había protegido toda su vida y así descubrir el lado más sensual de sí misma, el lado que siempre había creído inexistente. Además, era un hombre al que no volvería a ver después de pasar aquellos días juntos. Y lo más importante era que se trataba de un hombre que no la estaba utilizando por sus contactos en la sociedad o en la política.

Juliette salió de su bungaló y aspiró el húmedo y fragante aire de la noche. Siguió el estrecho sendero que conducía hacia la playa en la que se iba a celebrar la fiesta de aquella noche, la playa en la que esperaba que Doug la estuviera esperando.

Las llamas de unas antorchas iluminaban el

camino. Desde lo alto de las empinadas escaleras que conducían a la playa, se detuvo. Había una fogata y una orquesta estaba tocando sobre un improvisado escenario. La gente se mezclaba, algunos en parejas, otros en grupos y unos cuantos estaban solos. Juliette centró más su atención y buscó a la única persona que despertaba su interés.

–¿Estás buscando a alguien? –le dijo de repente su voz a sus espaldas.

–Sólo estaba admirando las vistas –mintió ella.

–Si tú lo dices... –susurró él, echándose a reír inmediatamente–. Sin embargo, yo sé que te estaba buscando a ti.

–Pues ya me has encontrado. Estaba a punto de bajar a dar una vuelta.

–Suena bien –le dijo Doug. Entonces, con un gesto, le indicó que bajara primero. Al llegar a la arena, Juliette se dispuso a seguir andando, pero él le agarró la mano–, pero antes, una cosa.

–¿De qué se trata?

Doug le había colocado las manos sobre los hombros. Estaba estrechándola suavemente contra su pecho. Juliette vio que una barba de pocos días le cubría las mejillas y que sus ojos, tan azules como el mar, la miraban muy fijamente.

–Gracias por invitarme a pasar la noche contigo.

–¿No te parece que estás siendo algo presuntuoso?

Al comprender la extensión de lo que había dicho, Doug abrió mucho los ojos, muy sorprendido. Juliette se echó a reír.

–Bueno, algo me dice que es mejor no profundizar en esa frase.

–Todavía no, pero hay tiempo...

Juliette se echó a reír. Estaba muy nerviosa, porque quería darle luz verde, pero no sabía exactamente cómo proceder. Sin embargo, la intensidad y el interés que notaba en él la hizo ser valiente.

–No pienso irme a ninguna parte. ¿Te apetece tomar algo? –le sugirió Doug cuando un camarero se detuvo delante de ellos con una bandeja llena de bebidas multicolores–. ¿Una piña colada? ¿Un tequila sunrise? ¿O quieres que vaya a la barra y te pida otra cosa?

–Elige tú por mí.

Doug tomó dos vasos altos de la bandeja y le entregó uno a Juliette. Entonces, el camarero se marchó y los dejó solos.

–Es una piña colada.

–Mmm –dijo Juliette, tras dar un sorbo–. Está muy dulce –añadió, sorprendida, mientras se lamía los labios con la lengua.

–Pensé que era mejor iniciarte en los cócteles con algo suavecito.

–¿Qué me delató?

–Tus enormes ojos, llenos de curiosidad. Miraste esa bandeja como si no hubieras visto nada parecido antes.

–Estoy más familiarizada con los vinos y el champán.

–Algo me dice que has llevado una vida muy protegida.

–Yo diría más bien que muy conservadora, pero mi gemela lo ha experimentado todo.

–Bueno, espero que después de esta semana tú puedas afirmar lo mismo.

–Me alegro de ver que pensamos del mismo modo –susurró ella con una sonrisa–. Efectivamente, estoy aquí para experimentarlo todo. Bueno, ¿a qué otras cosas me vas a introducir?

Un temblor sacudió el cuerpo de Doug. No se atrevía a contarle las experiencias que le gustaría tener con ella. Se recordó que era mejor que no hubiera sexo entre ellos.

Necesitaba algo que lo distrajera de las miradas veladas que ella le estaba lanzando. A pesar de aquel comportamiento tan provocativo, el ligero temblor de su voz y la mirada que había en sus ojos revelaban su verdadera naturaleza. Como hija de un senador, había crecido delante de las cámaras, por lo que sabía muy bien guardar las apariencias. Sin embargo, en aquella isla, al verse enfrentada al verdadero deseo, irradiaba una ingenuidad que nunca hubiera esperado. No creía que supiera el efecto que estaba teniendo en él. Cada vez que la miraba y contemplaba el atuendo que había elegido, la boca se le quedaba seca. La falda a modo de pareo que llevaba puesta mostraba gran parte de su pierna, mientras que la camiseta, que imitaba la parte superior de un biquini, mostraba un liso vientre y acentuaba sus redondeados pechos. No difería del atuendo que llevaban el resto de las mujeres aquella noche, pero las demás no eran Juliette, ni ejercían sobre él el mismo efecto devastador.

—Vamos a ver qué hay en las cabañas de bambú —sugirió él, señalando los improvisados restaurantes—. ¿Qué te apetece? ¿Una hamburguesa, un perrito caliente o prefieres pescado?

–Creo que tomaré una hamburguesa –respondió ella, arrugando la nariz al notar el fuerte aroma del pescado.

–Supongo que las chicas tan conservadoras como tú no aprecian el arte de atrapar, descamar y destripar un pez.

–Yo no he dicho que fuera conservadora –replicó ella con una sonrisa en los labios–, sino que había llevado una vida muy conservadora. Hay una diferencia muy grande entre los dos conceptos. En cuanto a ti, te veo tan relajado que no veo ni una onza de convencionalismo ni en ti ni en tu educación, ¿me equivoco?

–Tienes razón. Me adoptaron y ni mis padres biológicos ni los adoptivos eran conservadores.

–Yo diría que no, especialmente si has heredado el estilo para vestir de alguno de ellos –dijo ella, señalando los pantalones cortos, con motivos hawaianos, que él llevaba puestos, y que no conjuntaban con la camisa de manga corta y de estampado también tropical.

–¿Te molesta?

–No, es diferente.

–¿Diferente en qué sentido?

–En el mundo del que yo vengo, los hombres llevan trajes y corbatas y polos con pantalones de pinzas.

–Bueno, si alguien de mi familia lleva traje y corbata, nunca lo he visto –replicó él, agradeciendo aquel breve, aunque prometedor, inciso sobre su vida privada.

Efectivamente, Ted Houston no se había puesto nunca un traje. Doug, por el contrario, sabía muy bien cómo debía vestirse para cada ocasión, aunque en la isla había dejado que dominara su lado más rebelde.

–Ademas, mi padre adoptivo tiene un problema congénito y no puede distinguir los colores, y yo creo que heredado su habilidad para combinar los colores.

Juliette se echó a reír con aquella broma.

–¡Eh! No me interpretes mal. Tu estilo es un cambio muy agradable. Tú eres un cambio agradable...

Juliette dio un nuevo sorbo a su cóctel. Doug, que había sentido un soplo de aire fresco con su risa, se dio cuenta entonces de que el camarero se había olvidado de darles unas pajitas, pero no le importó. Así tuvo oportunidad de limpiarle la espuma de la bebida del labio superior con la yema del pulgar.

Juliette se quedó muy quieta, con aquellos enormes ojos verdes llenos de sorpresa. El mismo Doug reconoció el sentimiento, porque él mismo lo estaba sintiendo. Su mente le decía que utilizara la sorprendente corriente eléctrica que había surgido entre ellos para su propio beneficio. Sin embargo, el corazón, que le latía velozmente en el pecho, lo animaba simplemente a disfrutar.

Cuando apartó la mano, se la llevó a la boca para quitarse la espuma del dedo con la lengua. Juliette suspiró, casi como si fuera de placer, por lo que el cuerpo de Doug se tensó inmediatamente.

Justo entonces, anunciaron la cena e indicaron a los invitados que se dirigieran al buffet, lo que ayudó a Doug a recuperar la razón. Había perdido una oportunidad perfecta de sacarle información con el pretexto de conocerla mejor. No sólo no comprendía por qué no lo había hecho, sino que se sentía completamente descentrado.

–Salvada por la campana –musitó.

–¿Cómo dices?

–Nada. ¿Qué te parece si vamos por algo de comer?

–Vamos.

Efectivamente, Doug necesitaba poner distancia con aquel momento. ¿En cuántos líos podía meterse durante el transcurso de una cena? En demasiados.

Con los platos llenos de comida, se dirigieron a las mesas que se habían colocado para la cena. A sugerencia de Juliette, se sentaron en una que estaba en un lugar más reservado.

Doug se estaba empezando a dar cuenta de que no podía negarle nada cuando tenía aquel brillo de excitación en los ojos, el brillo que indicaba que estaba experimentando algo por primera vez. Él había crecido rápidamente, primero en las calles y luego al lado de Ted Houston. Había aprendido cómo engatusar al diablo para conseguir la información que deseaba, por lo que le sorprendía mucho alegrarse por estar dándole buenos recuerdos que la ayudaran a olvidar los más dolorosos que, sin querer, él le había causado.

Verla comer estaba resultando ser una experiencia muy sensual. Era una delicia cómo se lamía los dedos antes de secárselos ligeramente en la servilleta. Entonces, dejó la servilleta a un lado y bostezó.

–Juro que no es la compañía.

–Es el viaje. Lo sé. Me sorprende que hayas aguantado hasta tan tarde. ¿Quieres marcharte ya a tu bungaló?

–Por mucho que me cueste decirlo, creo que eso sería lo mejor.

–Lo entiendo.

–Tras depositar sus envoltorios de papel y las sobras en los cubos de la basura, Juliette se volvió de nuevo hacia él.

–Me he divertido mucho esta noche.

–Yo también, pero hasta que no te haya acompañado hasta tu puerta, no se ha terminado.

–No tienes por qué hacerlo, aunque me gustaría que lo hicieras.

Mientras la acompañaba hasta la puerta de su bungaló, Doug se sintió como un muchacho en su primera cita, en vez de un experimentado reportero que luchaba por conseguir una historia. Sin embargo, sabía que todas las tareas requerían tiempo y que eso era lo que necesitaba para conseguir lo que esperaba.

–Bueno, ya estamos aquí –dijo ella, apoyándose contra la puerta del bungaló.

Por el brillo que vio en sus ojos, Doug comprendió que ella no escaparía rápidamente tras darle atropelladamente las buenas noches, aunque, por la respuesta que estaba experimentando su cuerpo, no era eso lo que deseaba.

La fantasía de Juliette. Se había esforzado tanto por descubrirla, aunque sólo hubiera sido por sus egoístas propósitos... Sin embargo, poco a poco, estaba dándose cuenta de que aquélla no era la única razón de que quisiera hacer realidad sus sueños. Disfrutaba dándole la atención que ella deseaba y gozaba con el brillo que veía en sus ojos.

Dio un paso al frente y le acarició suavemente la mejilla. Juliette suspiró y, sin poder evitar el impulso, Doug enredó un dedo en uno de los rizos de su cabello. Era tan sedoso como había imaginado, pero su piel lo era aún más.

Suavemente, la tomó entre sus brazos. Los labios de la joven estaban tan cerca que casi estaban besando los de él. ¿Serían tan deliciosos como su piel? ¿Se escaparía a su control el breve beso de buenas noches que iba a darle, convirtiéndose en un fuego imposible de apagar? Se prometió guardar las distancias y se juró una vez más que el sexo no pasaría jamás a formar parte de la ecuación.

Cuando la besó, supo que aquello no tenía nada que ver con sus propósitos y todo con el deseo que ella le hacía sentir. Entonces, lo descubrió. Los labios de Juliette eran suaves, pero decididos. Sabían a la dulzura de la piña colada y recibieron sus caricias con un ansia que no debió tomarlo por sorpresa, pero así fue.

A pesar de que aquel beso iba destinado a dejarla deseando más, era él el que anhelaba un contacto más íntimo. Como si Juliette le hubiera leído los pensamientos, separó los labios y dejó que su lengua se deslizara al interior de la boca y la hiciera suspirar de placer. Sin pensarlo, la aprisionó entre su cuerpo y la puerta del bungaló. Juliette le rodeó la cintura con las manos.

Durante un momento, Doug dejó que su cuerpo se moldeara al de ella, le permitió que sintiera lo que le hacía. Entonces, en lo que debió de ser el movimiento más difícil de su vida, dio un paso atrás y rompió el beso. Sin embargo, no interrumpió el contacto entre sus cuerpos. Apoyó la frente sobre la de ella y escuchó la atribulada respiración de Juliette, que armonizaba perfectamente con los rápidos latidos de su corazón.

–Eres muy hábil –murmuró ella.

–Tú tampoco lo haces mal –replicó Doug, riendo. Entonces, levantó el rostro.

–Me lo tomaré como un cumplido –dijo Juliette mientras llevaba un dedo a los labios de él, lo que volvió a despertar su deseo.

–Ésa era mi intención. Ahora, deberías dormir.

Le quitó la llave de la mano y abrió la puerta del bungaló. Sin embargo, no hizo ademán por entrar tras ella cuando Juliette cruzó el umbral y le deseó buenas noches.

Cuando la puerta se cerró, Doug se echó a temblar.

–Maldita sea...

Necesitaba una estrategia, y la necesitaba muy pronto. Si no, corría el peligro de perderse en Juliette Stanton sin cumplir el propósito que lo había llevado allí. Un propósito que ella le hacía olvidar demasiado fácilmente.

III

Juliette se desperezó en la cama. Al ver que ya había amanecido, se sorprendió. Había dormido estupendamente.

La cama, que era muy cómoda, ofrecía espacio más que suficiente para dos personas. La noche anterior, se había desvelado deseando no estar sola. Deseando haber tenido el valor de invitar a Doug a pasar.

Sin embargo, no lo había hecho y él no lo había sugerido. Era un caballero, algo que le gustaba mucho de él. Se estaba tomando las cosas muy lentamente, algo que producía en ella sentimientos encontrados.

Se obligó a levantarse y se dirigió al cuarto de baño. Sabía que había sido la traición de Stuart la que la había hecho dudar de que fuera deseable para los hombres, pero no podía negar la necesidad que tenía de que Doug demostrara que estaba tan interesado por ella como ella por él.

En lo que se refería a aquel hombre, sus deseos estaban lejos de sentirse satisfechos, y no estaba hablando sólo de la parte física. Deseaba también conocerlo mejor. Quería saber cuál era su fantasía y si ella era una parte integral para su realización. Dado que las aventuras de una noche no eran su estilo, apreciaba la oportunidad de poder conocerlo antes de pasar a una intimidad para la que, emocionalmente, no estaba preparada.

Terminaba de lavarse la cara y de cepillarse los dientes cuando alguien llamó a la puerta. El sonido de unos nudillos sobre la madera la sobresaltó. Entonces, recordó que la noche anterior había colgado en su puerta la tarjeta por la que se requería servicio de habitaciones.

–¡Ya voy! –exclamó. Con un estómago lleno y su dosis de cafeína se sentiría mucho mejor para enfrentarse con la playa, con los biquinis y con Doug, aunque no necesariamente en ese orden.

Rápidamente, se dirigió al armario para encontrar algo con lo que cubrir el ligero camisón que llevaba puesto. El albornoz de algodón que había metido en la maleta había sido sustituido por una bata corta de seda, cortesía de Gillian. Aquella prenda no resultaba muy adecuada para abrir la puerta. Juliette revolvió entre su ropa, esperando encontrar algo más adecuado, pero su hermana se había asegurado de que lo cómodo se viera sustituido por lo sensual.

La persona que esperaba al otro lado de la puerta volvió a llamar.

–¡He dicho que ya voy!

Suspiró y tomó la bata de seda. Era aquello o el camisón. Rápidamente se envolvió en la prenda y se anudó el cinturón mientras caminaba hacia la puerta.

Abrió la puerta para que el camarero pudiera entrar con la comida. Sin embargo, el hombre que esperaba, no era un camarero. Era Doug. Al verlo, el corazón le dio un vuelco. Llevaba puestas las gafas que tenía la primera vez que lo vio. Con una ligera barba y una sensual sonrisa en los labios, daba un nuevo significado a la palabra sexy. Al recordar que ella misma había besado aquellos mismos labios, se echó a temblar y, sin pensar, se cerró un poco más la bata, como si aquello pudiera protegerla de él.

«Como si quisiera protección», pensó, sin poder evitarlo. Por el modo en que Doug inclinó la cabeza, supo que había notado su intento por cubrirse. Al notar la calidez de su mirada sobre la piel, sintió como si fuera a abrasarse.

–¿Pediste servicio de habitaciones?

Había estado tan absorta, mirándole el rostro, que no se había dado cuenta de que llevaba una bandeja de desayuno en las manos y un ramo de flores bajo el brazo. Entonces, le entregó las flores.

–Gracias –susurró ella, tras inhalar su delicado aroma.

–De nada. Puedo poner la bandeja en la terraza para que podamos comer allí o podemos comer dentro. O la puedo dejar sobre la mesa y dejarte en paz, pero te ruego que te apiades de mí porque esta cosa es bastante pesada.

Juliette dudaba que supiera exactamente la naturaleza de su fantasía, pero no podía negar que la estaba cumpliendo hasta el último detalle. Sabía cómo ocuparse de ella y hacer que se sintiera especial. Estaba segura de que no le preocupaba lo más mínimo que ella le pidiera que se marchara. ¿Por qué iba a hacerlo? Ella quería que se quedara tanto como, aparentemente, él deseaba hacerlo.

–Si voy a desayunar bajo este cálido sol, admirando un hermoso jardín de plantas tropicales, no me gustaría hacerlo sola. La puerta de la terraza está abierta. ¿Por qué no colocas la bandeja allí? –le sugirió.

Sin darse cuenta, dejó caer la mano. La bata se le entreabrió, dejando a la vista parte del encaje del camisón. No obstante, aunque los ojos de Doug se oscurecieron, ella supo que no había revelado mucho.

Él suspiró. Había pensado que dormir bien a lo largo de aquella noche le daría objetividad, distancia y una renovada cautela para poder sacarle la información que necesitaba. Era un profesional y tenía muchas razones para centrarse plenamente en su objetivo. Incluso había descartado la posibilidad de que Merrilee no le permitiera quedarse en el complejo.

Sin embargo, al admirar a Juliette vestida

con aquella sensual bata, supo que permanecer indiferente a ella no era algo que pudiera conseguir fácilmente. Su plan para aquel día los mantendría ocupados y le daría la oportunidad de entablar conversación con ella para que, posiblemente, Juliette tuviera ocasión de revelar algo de lo que andaba buscando. No obstante, era del presente de lo que debía ocuparse en primer lugar. Ver el aspecto que ella tenía por la mañana había provocado que hablar quedara en un segundo plano y que el deseo se hubiera apoderado de él.

Ya había reconocido su debilidad por las mujeres atractivas. Y Juliette, recién levantada de la cama, tan hermosa, lo tentaba de un modo que hacía que sus instintos más básicos estuvieran a punto de anteponerse a los más urgentes.

Como pudo, entró en la cabaña, y, tratando de no prestar atención a las revueltas sábanas de la cama, se dirigió directamente a la terraza.

–He tenido fantasías sobre esto –dijo ella, con voz profunda, a sus espaldas.

–¿Sobre los pastelitos de mantequilla? –le preguntó él, mostrándole la selección que llevaba en la bandeja. Aquello era mejor que dejarse llevar por las fantasías reales con una mujer a medio vestir a la que deseaba.

–Sobre desayunar en una isla tropical, con un hombre muy atractivo a mi lado –replicó Juliette, saliendo también a la terraza–. ¿Y cómo puedes hablar como si sólo hubiera pastelitos de mantequilla? –añadió, mientras se sentaba en una de las sillas, cruzando las piernas y revelando una piel tan suave que hizo que Doug babeara más por ella que por la comida que había en la bandeja.

–Porque prefiero los dulces.

–¿Dulces como éste? –preguntó Juliette, tomando una fresa entre los dedos–. ¿O más como esto? –añadió, mostrándole uno de los pastelitos.

–No –respondió Doug, inclinándose sobre ella, muy cerca de su cabello revuelto y de su fresca piel–. Más como esto.

Entonces, le acarició suavemente los labios con los suyos. Tenía la intención de no dejarse llevar por la pasión y lo consiguió hasta que ella suspiró. En aquel momento, sintió que las rodillas le cedían. Si no hubiera sido porque estaba agarrado a la silla, se habría caído a sus pies.

Lentamente, levantó la cabeza y encontró que ella lo estaba estudiando, con una dulce sonrisa en los labios.

–¿Ha sido lo suficientemente dulce? –preguntó.

–Por ahora –respondió él. Decidió que, tras aquel pequeño aperitivo, era hora de ponerse manos a la obra, por lo que fue rápidamente a sentarse al otro lado de la mesa–. Bueno, ¿estás disfrutando de tus vacaciones?

–Más a cada momento que pasa. ¿Café?

–Sí, pero permite que sea yo el que lo sirva. Yo hago de camarero aquí, ¿te acuerdas?

–Tú trajiste el desayuno, pero eso no significa que no pueda ayudarte a servirlo. No soy una inútil.

–En ese caso –susurró él, colocándose las manos detrás de la cabeza–, me encantaría tomar una taza. Solo. Bueno –añadió, mientras Juliette le servía el café–, sé que no eres una inútil y tampoco una feminista...

–¿Y cómo has sabido eso?

–Porque anoche te quité la llave, te abrí la puerta y todavía vivo para contarlo.

–Piensa lo que quieras –comentó ella, riendo–, pero si alguna vez pisas mis derechos, ya verás quién soy yo.

–No me cabe ninguna duda de que sabes defenderte muy bien, pero volvamos a lo que iba a decir antes. No eres inútil y tampoco una feminista radical, entonces, ¿qué es lo que eres?

–¿En la vida real? –preguntó Juliette mientras se tomaba un trozo de donut.

–Sí, en la vida real. No pienso dejar que el mundo exterior se entrometa aquí, pero me gustaría conocerte un poco. Y también que tú me conocieras.

Sabía que le encantaría compartir con ella todo lo que pudiera. Se había pasado su juventud cuidando de sí mismo e incluso después de que los Houston se lo llevaran a su casa, había tenido miedo de contarles demasiado sobre sí. Sus padres adoptivos habían necesitado mucha paciencia para poder ganarse su corazón. Sin embargo, con Juliette, una mujer a la que acababa de conocer, estaba deseando abrirse tanto como quería escuchar todo lo que ella tuviera que decirle. Sabía que aquello era muy peligroso, porque significaba que ella lo estaba afectando de un modo que podía poner en peligro su historia. Y su corazón.

–Te lo pondré fácil y, primero, te contaré

algo sobre mí. Soy escritor –comentó él antes de tomar un sorbo de café.

–Yo soy asesora de relaciones públicas para una empresa farmacéutica. Y estoy soltera –añadió, haciendo que Doug se atragantara–. Pensé que te gustaría saberlo.

–Yo también. Me refiero a lo de estar soltero.

–¿Has estado casado alguna vez?

–No –respondió él, dándose cuenta de que aquel interrogatorio le abría la puerta para preguntas propias.

–¿Has estado alguna vez a punto de hacerlo?

–¿Es posible estar a punto de hacerlo si nunca has tenido la intención de hacerlo?

–Lo es si te ves arrastrada por las circunstancias...

–En mi caso, podríamos decir más bien que me impliqué en una relación en la que los dos queríamos cosas diferentes. Ninguno de los dos nos dimos cuenta hasta que fue demasiado tarde.

–¿Demasiado tarde para qué? –quiso saber Juliette.

–Demasiado tarde para evitar que alguien sufriera.

–Yo sé muy bien de lo que estás hablando.

–Supongo que al menos tenemos eso en común.

–Mmm...

Juliette no sabía lo que la había empujado a hacerle todas aquellas preguntas sobre asuntos que ella misma quería evitar, pero, como Doug, se alegraba de que tuvieran eso en común. Sin embargo, no estaba lista para divulgar nada más, por muy estrecha que fuera la relación que quisiera tener con él.

–Bueno –comentó ella, tratando de cambiar de tema–. ¿Qué tienes planeado para hoy?

–Pensé que podríamos probar algunas de las actividades que ofrece el complejo.

–¿Huyendo del peligro?

–¿Te ha dicho alguna vez alguien que eres demasiado perspicaz? –le preguntó él, riendo, aunque evitó mirarla a los ojos.

–No recientemente.

–Bueno, pues no dejes que las opiniones de la gente te hagan subestimar tu valía.

–Necesito darme una ducha y cambiarme antes de salir –dijo ella, recordando que siempre se había medido por el estándar de Stuart.

–Y yo tengo algunas cosas de las que ocuparme con Merrilee.

¿Sería referente a su fantasía o sólo en relación con su estancia en la isla? Juliette entornó los ojos. Se moría por preguntarle, pero no lo hizo. Sabía que si él respetaba los detalles de su fantasía, ella debía hacer lo mismo con los de la de él. Aquello era algo de lo que no tenían por qué hablar, a menos que ella quisiera confiar en él. Una posibilidad muy remota.

–Déjame acompañarte.

–Tú relájate. Me reuniré contigo más tarde, en la piscina.

–Eso espero.

–Cuenta con ello –dijo él, poniéndose de pie.

Antes de marcharse, le dedicó un guiño que hizo que el estómago le diera un vuelco. Mientras se dirigía a la puerta, Juliette miró los pantalones vaqueros cortados, que se moldeaban a su firme trasero y la sudadera de manga corta, que revelaba unos brazos fuertes y bronceados. Era tan atractivo...

Fuera o no lo acertado, fuera o no una estupidez, quería todo lo que Doug pudiera ofrecerle. Quería conseguir su más profundo deseo con él. Quería que la tomara entre sus brazos, que la hiciera sentir no sólo deseada, sino también segura, algo que sabía que él conseguiría sin ningún esfuerzo. Quería admitir el dolor que había habido en su vida y dejar que fuera Doug quien la ayudara a subsanarlo.

Él mismo le había dado una breve perspectiva sobre su alma, algo que Stuart nunca había hecho. En todo el tiempo que habían pasado juntos, nunca la había mirado de aquel modo ni había hablado de nada emocional con ella, a excepción de su campaña.

Doug era diferente. No podía estar fingiendo el calor que se reflejaba en sus ojos ni en su expresión. Aunque sólo estuviera allí para hacer que su fantasía se convirtiera en realidad, sentía que también estaba aprendiendo algo sobre él. Su instinto le gritaba que confiara en él de un modo como nunca había sentido con Stuart.

Después de haber cometido un grave error, Juliette no estaba dispuesta a precipitarse. Tendría tiempo suficiente para aprenderlo todo sobre Doug y aprender también a confiar en sí misma. Mientras tanto, pondría sus armas de mujer a prueba. Cuando finalmente hiciera el amor con él, algo que deseaba de todo corazón, la experiencia sería la respuesta a sus sueños.

Mientras tanto, la anticipación era la mitad de la diversión, algo que, evidentemente, Doug comprendía bien. Estaba construyendo su relación muy lentamente, con suaves besos e íntimos gestos, como las flores y el desayuno.

Sin embargo, ella esperaba mucho, mucho más.

Doug necesitaba un respiro. Se dirigió hacia la playa y se sentó en una de las tumbonas, dejando que las olas y que la suave brisa de la mañana le calmaran los nervios y la conciencia.

Después de dejar a Juliette, había llamado a su casa para preguntar por su padre. No le habían dado el alta y le estaban haciendo más pruebas. Su madre había insistido en que Doug siguiera con su trabajo, dado que el estado del padre había mejorado muchísimo desde que se había marchado después de prometerle que regresaría con nuevas noticias. Así que, por el momento, su padre estaba descansando cómodamente. Él, por el contrario, no.

Había visto cómo se le encendían los ojos a Juliette cuando apareció en el umbral de su bungaló, con el desayuno y las flores. Él mismo había sentido que se alegraba mucho de verla, a pesar de que sólo habían pasado una noche separados. Sus sentimientos habían sido muy reales, no parte de una fantasía.

–Buenos días, Doug –dijo Merrilee, de repente, antes de sentarse en otra hamaca a su lado–. ¿Estás disfrutando de la paz y de la tranquilidad?

–Estoy disfrutando de todo lo que ofrece este lugar.

–Gracias. Estoy segura de que te has estado preguntando cuál ha sido es mi decisión.

–Confío en tu buen juicio. Espero que hayas podido conseguir confiar en mí.

–Me parece muy interesante que seas tan astuto como para darte cuenta del hecho de que la confianza debe ir por ambas partes. Cuento con que recuerdes ese detalle cuando estés con Juliette.

–Juliette es muy lista, lo suficiente como para sacarme información sin que yo le haga las mismas preguntas que ella me ha hecho a mí.

Se dio cuenta de que aquello nunca le había ocurrido. La inocencia y la ingenuidad de la joven le atraían de un modo que no comprendía. Si no tenía cuidado, podría terminar deseando más que confiara en él que el que le diera información, algo que no podía permitirse.

–¿Estás diciendo que has encontrado a tu pareja? –le preguntó Merrilee, riendo.

–¿Me estás diciendo que me puedo quedar? –replicó él sin contestar.

–Doug, no me perdería esto por nada del mundo, pero no te equivoques. Si le haces daño a Juliette Stanton en vez de hacerla feliz durante el tiempo que pase en mi isla, responderás delante de mí y de mis abogados.

–Te doy mi palabra de que no quiero hacerle daño a Juliette Stanton –prometió él, extendiendo la mano y agarrando la de Merrilee con firmeza.

–De acuerdo. Ven a mi despacho para que puedas firmar los papeles que documentan tu fantasía.

–Encantado. Por cierto, he visto a varias personas que desembarcaban del hidroavión. ¿Está la isla completa esta semana?

–Soy muy afortunada porque, desde que

abrí mis complejos turísticos, no he tenido vacantes ninguna semana. Les he hecho un hueco a algunas personas al final de esta semana porque parecen estar más desesperados que la mayoría. Lo hago algunas veces, si la persona me toca un punto sensible.

–Algo me dice que eso ocurre con la mayoría de la gente. Eres una mujer como las que ya no hay, Merrilee. Sincera, cariñosa...

–Y tú eres un seductor –replicó ella, riendo–. En realidad, soy una mujer madura. He vivido y he visto lo suficiente como para comprender la alegría de otras personas... y también el dolor. Lo suficiente como para hacer que este negocio sea un éxito.

–Perdóname por preguntarte esto, pero la primera vez que nos vimos noté cierta tristeza en tus ojos.

–Eres periodista –dijo Merrilee, con una tierna sonrisa–. No espero que pasen muchas cosas desapercibidas a esos ojos de águila, pero tienes razón. Perdí a mi prometido en la guerra de Vietnam. Me casé después, pero no fue lo mismo. Me pasé la vida preocupándome de las necesidades de otra persona a costa de las mías.

–Me parece que el hecho de que hayas

abierto estos complejos turísticos supone lo mismo.

–Sí, pero me alegra ver cómo las fantasías de otras personas se hacen realidad. Nueve de cada diez veces el resultado no es lo que habían imaginado, pero, a menudo, es mucho mejor de lo que habían esperado.

–Parece un jeroglífico.

–Vuelve a hablar conmigo cuando haya acabado la semana –dijo Merrilee, mientras se ponía de pie y Doug hacía lo mismo–, pero no dudes en pasar por mi despacho cuando sientas la necesidad. Siento mucha simpatía por ti, Doug Houston.

–El sentimiento es mutuo.

–Entonces, no me desilusiones.

Con eso, Merrilee se marchó, caminando lentamente por la playa. Doug soltó un gruñido. No le había pedido más de lo que tenía derecho a esperar. De hecho, no había requerido más de lo que él pedía para sí mismo. Sin embargo, no podía evitar tener la sensación de que estaba caminando por un terreno muy personal. Y Merrilee lo sabía.

Cuando salía por el edificio principal, se detuvo en recepción para organizar todos los detalles necesarios para una velada muy especial. Cuando tuvo acceso al informe de Juliette en Fantasías Inc., había descubierto más sobre ella de lo que habría soñado nunca. No sólo sabía las cosas de las que tenía miedo, como el esquí acuático, sino también las cosas que le gustaría experimentar, lo que iba desde un viaje en globo a montar a caballo a orillas del mar. Las preguntas de Merrilee siempre eran muy extensas, por lo que Doug contaba con la información necesaria como para asegurarse de que Juliette nunca olvidara aquella experiencia. Estaba seguro de que él mismo no olvidaría ni un segundo.

Después de preparar la velada, se dirigió a la piscina. Había muchas personas allí, pero no le costó ningún trabajo ver a Juliette sobre una de las tumbonas. Ninguna otra mujer tenía su mismo color de cabello ni lo atraía tan intensamente.

Cuando llegó a su lado, se dio cuenta de que estaba dormida. Colocó una silla enfrente de ella y apoyó los pies en su tumbona. Por primera vez en su vida, Doug se sintió satisfecho con contemplar cómo dormía una mujer.

El pecho subía y bajaba lentamente. Sus rotundos senos se ceñían bajo la tela del biquini, que aprisionaba sus pezones con fuerza. En contraste con su sensual cuerpo cubierto con aquel minúsculo traje de baño, el rostro, libre de maquillaje, relucía con el aceite de bronceado. Su rostro, completamente relajado, tenía una inocente apariencia que conmovió su alma más de lo que hubiera querido.

Cruzó las manos sobre el vientre y se preguntó por qué lo atraía tanto. Sin embargo, antes de que pudiera encontrar una respuesta, ella entreabrió los ojos y se rebulló en la hamaca. Se preguntó si estaría soñando o sobre qué lo estaría haciendo. Y con quién.

Minutos más tarde, Juliette se despertó, sobresaltada. Doug la contempló, absorto, mientras ella iba comprendiendo poco a poco dónde estaba.

–Por fin te despiertas.

–¿Cómo...? ¿Cuándo...? –preguntó ella, todavía algo azorada, con un ligero rubor en sus ya bronceadas mejillas–. No importa. Estoy segura de que no lo quiero saber.

–Sólo llevo aquí unos minutos y, por si es eso lo que te estás preguntando, no roncas.

–Vaya, gracias.

–¿Has descansado bien? –preguntó él. Ella

asintió y luego apartó rápidamente la mirada, lo que hizo que Doug se preguntara una vez más por los sueños que habría tenido–. ¿Sigues interesada en las actividades que ofrece este complejo?

–Claro. Después de nadar un poco y de tomarme una bebida fría. ¿Qué se te había ocurrido?

–Voley playa y luego una sorpresa.

–Me encantan las sorpresas –dijo Juliette con una amplia sonrisa.

–Entonces, dispongámonos a comenzar. Te echo una carrera hasta la piscina –sugirió Doug mientras se quitaba la camisa y la tiraba encima de la bolsa de playa de Juliette. Entonces, al ver cómo ella admiraba su torso desnudo, sonrió–. Si sigues mirándome de ese modo, ni siquiera la piscina logrará enfriarme.

–Hay muchas otras maneras aparte de la piscina para ocuparse de tu problema –ronroneó ella, con los ojos oscurecidos por una pasión que resultaba imposible de confundir.

Por primera vez desde que se conocían, Juliette no apartó la mirada tras lanzar un comentario provocativo. Aunque se ruborizó ligeramente, en sus ojos brillaba una decisión que no había visto antes. Doug se dio cuenta de que estaba cómoda con él, lo suficiente como para que bajara la guardia. Los recelos iniciales habían desaparecido. A partir de aquel momento, Doug sólo podía esperar que el cielo lo ayudara.

IV

Juliette se zambulló en la piscina. El agua estaba lo suficientemente fresca como para devolverla a la realidad y hacer que se olvidara del sensual sopor en el que su sueño la había sumido. Se había quedado dormida pensando en él, en sus talentos eróticos, y todos sus sentidos se habían despertado por ello. En su imaginación, Doug la había llevado a un febril e insatisfecho estado de deseo. Cuando se había despertado, sin haber logrado cumplir sus anhelos, había descubierto que él la estaba observando.

Cuando salió de debajo del agua, Doug surgió también a su lado.

–¿Qué hay de esa bebida? –le dijo Doug, señalando la cascada que había en el centro de la piscina y el bar tropical.

–Creo que esperaré un rato –respondió ella, poniéndose a flotar en el agua. No quería ni imaginarse cómo reaccionaría su cuerpo ante una combinación de alcohol, sol y Doug.

–¿Qué te parece entonces si compartimos una colchoneta?

Juliette se agarró al lado que él le ofrecía y juntos flotaron en la parte más profunda de la piscina, a la deriva y solos.

–Hay que admitir que esto es vida.

–Con toda seguridad es mucho mejor que la rutina diaria...

–Dijiste que eras escritor.

–Sí, sigo los pasos de mi padre.

–¿Te importa si te pregunto de cuál de ellos?

–Ted Hou... mi padre adoptivo. En realidad, es el único padre que tengo. Mi padre biológico se marchó, así que no hay razón alguna para acordarse de él.

–¿Tienes buena relación con tus padres adoptivos?

–Son los mejores que podría tener.

–Eso mismo pienso yo de los míos. Creo que es un regalo maravilloso cuando puedes mirar tu infancia y saber que ha sido muy buena. ¿Sientes alguna vez que debes algo a tus padres por darte mucho más que un simple techo bajo el que cobijarte? Claro, me refiero a tus padres adoptivos... –dijo Juliette.

–Sé que les debo mucho. En mi caso, me sacaron de la calle.

–¿Cómo fue eso?

–Yo tenía diez años. Hacía días que no había dormido, si no se cuenta descansar sobre el banco de un parque, y no había comido desde hacía el doble de tiempo. Estaba a punto de que me llevaran a una familia de acogida y también a punto de que me arrestaran –dijo Doug. Al oír aquellas palabras, Juliette colocó la mano sobre el brazo de Doug, para así transmitirle que comprendía lo que estaba contando. Entonces, con la mano que le quedaba libre, él cubrió la de ella–. Algunas veces, en medio de la noche, me despierto hambriento y tengo que pellizcarme para recordar que tengo un frigorífico repleto en la planta de abajo y que ya no soy un muchacho de diez años, que se ha quedado sin opciones y que tiene que recurrir a robar carteras para poder comer.

–Lo siento. Cuando te hice esa pregunta estaba pensando en mi padre y en cómo puedo ayudarlo ahora. Nunca imaginé...

Juliette sacudió la cabeza, sin saber qué decir. Había hablado de su padre, aunque sin mencionar el nombre, pero no le importó compartir aquella información con Doug. No cuando él le había contado una etapa tan dura de su pasado.

–Cuando uno sabe lo afortunado que es por tener buenos padres y, créeme, yo sé lo que es, no hay nada que uno no hiciera a cambio de todo lo que se le ha dado. Eso es algo que yo comprendo muy bien.

Juliette asintió. Evidentemente, Doug podía entender perfectamente su deseo de cuidar y de proteger a las personas que la habían criado.

–Me parece que estás aquí para solucionar algo. ¿Se trata de algo relacionado con tu padre? –le preguntó Doug, apretándole ligeramente la mano.

–Podríamos decir eso.

Se peguntó lo que Doug le aconsejaría si supiera la verdad sobre quién era y todo lo que había pasado. Se preguntó si podría abrirle su corazón y confiar en él. Después de todo, había cometido muchos errores como para confiar en su buen juicio, pero algo le decía que Doug era diferente, que no la utilizaría del modo en que lo había hecho Stuart. Ya había decidido confiar en él físicamente. Sus sentimientos no podrían andar muy a la zaga.

De repente, una mujer anunció que comenzaba el partido de voley playa, lo que rompió la oportunidad de compartir más profundamente lo que había entre ellos en aquellos momentos.

–Actividades organizadas –dijo Juliette con una sonrisa–. Son para las personas que no pueden permanecer ociosas.

–Y para las personas a las que les gustan las multitudes –musitó Doug, antes de zambullirse de nuevo en el agua.

Juliette lo había vuelto a hacer. Nunca había revelado su doloroso pasado a nadie, y menos a una mujer. Erin se habría postrado a sus pies para que le suministrara aquella información. No había tenido deseos de compartirlo con ella, que había sido su novia durante dos años y, sin embargo, en un día,

Juliette conocía sus más íntimos secretos. Sólo esperaba que su deseo por conocer más datos sobre el ex novio de la joven hubiera sido la causa por la que se había sincerado de aquella manera. Temía perder su propio corazón y odiaba cada vez más el constante sentimiento de culpabilidad que lo acompañaba a cada paso.

Doug volvió a salir a la superficie y se sacudió el agua del cabello antes de agarrarse a la colchoneta.

–¿Te interesa el voley playa?

–Sé que dijiste que querías probar algunas de las actividades que se organizan, pero creo que voy a pasar del voley playa. Prefiero la compañía de alguien muy especial a la de un grupo grande –añadió, mirándolo intensamente a los ojos.

–¿Recuerdas que tengo algo muy especial planeado para nosotros? –dijo él, que, a pesar del riesgo que suponía, también prefería estar con ella a solas.

–¿Me vas a contar de qué se trata?

–Lo haré muy ponto. Por ahora, lo único que necesitas hacer es regresar a tu bungaló. Todo lo que necesitas para esta noche te está esperando allí.

–Si no tengo cuidado, me podría acostumbrar a tantas atenciones.

–No hay razón alguna por la que no debieras hacerlo. Una mujer como tú se merece lo mejor –susurró. Entonces, extendió hacia delante las piernas por debajo del agua y las entrelazó con las de ella. Juliette le recompensó con una enorme sonrisa.

El corazón de Doug empezó a latir rápidamente. En aquel momento, supo que estaba perdido. Debería haberse dado cuenta cuando le contó todos los detalles de su infancia. Sólo con aquella sonrisa, había comprendido que estaba empezando a tener unos sentimientos muy fuertes por aquella mujer.

Cuando le dijo a Merrilee que creía en los finales felices, no había mentido. Lo único que ocurría era que nunca habría pensado que una mujer pudiera inspirar aquella clase de sentimientos en él, y mucho menos Juliette Stanton, la mujer a la que sólo necesitaba por unas razones egoístas. Sólo quería la información que ella tenía y que él tanto necesitaba. Acababa de admitir que había ido a la isla para solucionar algo que estaba relacionado con su padre. Se preguntó si el senador Stanton estaría implicado con su protegido en aquellos negocios tan sucios, aunque dudaba que fuera así. En la información de la que disponía, nunca se había mencionado al senador y su reputación estaba por encima de toda duda.

Aquellos pensamientos hicieron que Doug volviera a pensar de nuevo en Juliette y en su relación con Stuart Barnes. Aquella mañana, ella le había preguntado si había estado comprometido. Juliette había hablado de verse arrastrada por las circunstancias y de que así, una persona podría terminar hasta contrayendo matrimonio. Sin duda alguna, había estado hablando tanto sobre sí misma como sobre él.

Así que Juliette sería capaz de comprender lo que significaba anteponer a un padre a sí mismo. Desgraciadamente, no apreciaría ser la que resultara sacrificada por dicha causa. Pensó entonces en su padre, que estaba en la unidad de cuidados intensivos, y en la sonrisa que había visto en su cansado rostro cuando había ido para decirle que se marchaba a buscar su historia. Sólo sabía una cosa. No le había quedado elección.

¿Cómo lo sabía? Juliette estaba delante de la puerta del armario, que era también un espejo de cuerpo entero, mirando los vaqueros, la camisa blanca con la camiseta debajo y un par de sencillas botas negras. Todo era de su talla, todo resultaba cómodo y fácil de llevar. Se preguntaba una y otra vez cómo Doug había podido saber lo mucho que necesitaba aquellas prendas que simbolizaban una vida corriente.

No se había puesto algo tan simple desde la universidad. Ya no había un par de vaqueros en su guardarropa. Siempre, y especialmente desde que había empezado a salir con Stuart, había sido muy consciente de ser el foco de atención, por lo que siempre había salido de la casa muy bien vestida y con aspecto muy conservador.

Cuando oyó el timbre, echó a correr hacia la puerta, con la intención de darle las gracias a Doug en cuanto lo viera. Sin embargo, cuando le rodeó el cuello con los brazos y sintió que él le acariciaba la cintura, sintió que la simple gratitud se convertía en algo más, algo básico y elemental, salvaje y libre.

Echó la cabeza hacia atrás, tan sólo con la intención de mirarlo, pero aquel movimiento tuvo como resultado un contacto más íntimo entre ellos. Su firme pecho, cubierto por una camisa vaquera, se apretaba contra el de ella, acrecentando las sensaciones de sus sensibles senos. La hebilla del pantalón se le apretaba contra el vientre, pero aquella presión no era nada comparado con la firme columna de su erección, que se frotaba contra su feminidad y agrandaba aún más su deseo.

–¿A qué debo una recepción tan entusiasta? –preguntó Doug sin soltarla.

–Has anticipado mis necesidades.

–¿Cómo puedes estar tan segura de eso, cuando ni siquiera conoces lo que tengo planeado para esta noche?

–Con los vaqueros será más que suficiente.

Doug la retiró lo justo y la hizo girar sobre sí misma para poder admirarla.

–Veo que te sientan muy bien –dijo. Al oír aquellas palabras, Juliette se sonrojó. Él lo vio enseguida y le acarició suavemente las mejillas con un dedo–. ¿Es que no has oído nunca antes un cumplido?

–Claro que sí, pero nunca dirigido a mí

–En ese caso, los hombres de Chicago deben de ser ciegos. No me digas que una hermosa mujer como tú nunca ha tenido una relación seria.

Juliette suspiró. De repente, sintió deseos de compartir la verdad sobre su pasado, que se estaba convirtiendo en una carga demasiado pesada. Quería contárselo todo a Doug.

–Probablemente estuve más cerca de casarme que tú.

–¿Cómo de cerca?

–Lo suficiente como para llevar puesto el vestido de novia.

Doug se quedó sorprendido. Nunca había esperado que ella le contara tanto en tan poco tiempo. Los remordimientos volvieron a apoderarse de él.

Estaba utilizando su fantasía y todo lo que sabía que ella necesitaba de un hombre para conseguir la información que ayudara a su causa y, sin embargo, todavía no había hecho nada por ella. Todo era falso. Juliette era hermosa por dentro y por fuera y también muy deseable. Más que nada, quería que ella también lo creyera.

–¿Qué clase de estúpido fue capaz de estar a punto de casarse contigo y de dejarte escapar?

–De la clase que tiene aspiraciones más altas de las que se merece –dijo Juliette mientras se soltaba de él y se recogía el cabello en una coleta–. Bueno, ¿qué tienes planeado para esta noche?

El cambio de tema había resultado más que evidente. Doug sabía que tenía que aceptarlo. Después de todo, ella había confiado mucho más en él de lo que habría imaginado nunca en un solo día.

–¿Te da esto una pista? –respondió él, sacándose un pañuelo rojo del bolsillo.

–Nada.

–Me desilusionas. Si unes esas ropas a este pañuelo...

–Nada de nada –dijo Juliette entre risas.

–Parece que vas a tener que seguirme la corriente. Y confiar en mí –añadió, mientras plegaba el pañuelo y, tras colocarse detrás de ella, le vendaba los ojos–. Ahora sí que es una verdadera sorpresa.

–No veo nada –se quejó ella, extendiendo las manos.

–De eso se trata precisamente. Dame la mano.

Así salieron al exterior del bungaló, en dirección al coche eléctrico que él tenía esperando. La ayudó a sentarse y le colocó el cinturón de seguridad. Al inclinarse sobre ella y aspirar su olor, el deseo se apoderó de él, por lo que tuvo que rezar para tener fuerza de voluntad para contenerse.

–Bueno, ya está. ¿Te encuentras bien?

–Me muero de curiosidad, pero sí.

–Estupendo. La anticipación es la mitad de la diversión. Ahora, agárrate.

Rápidamente dio la vuelta al coche para ponerse al volante. Arrancó el vehículo y lo hizo bajar por un sendero apartado, hacia un lugar del que el personal de Merrilee le había hablado anteriormente.

–Bueno, ya hemos llegado –dijo, tras detener el coche–. ¿Tienes ya alguna pista? –añadió, al ver que ella olisqueaba el aire.

–Huele a...

Antes de que Juliette pudiera terminar la frase, Doug le quitó el pañuelo para que pudiera ver. La joven parpadeó mientras sus ojos se adaptaban a la luz y conseguía ver dónde estaban.

–¡Caballos! Huele a estiércol de caballo. ¡Estamos en un establo! –exclamó, encantada–. ¡Qué sorprendente! Siempre he querido montar a caballo –añadió mientras bajaba del vehículo–. Cuando era pequeña, le supliqué a mi padre que me comprara un caballo. Él se echó a reír y, en vez de eso, me compró un perrito. Él no hacía más que ir y venir de Washington DC. Lo hacía con tanta frecuencia que no habría podido cargar, ni cargarnos, con la responsabilidad de un poni, pero nunca dejé de desear uno.

Otro dato más. Doug sabía que aquél era un buen momento para preguntarle por su padre, pero no quiso destruir el momento. Además, estaba disfrutando demasiado con la alegría y la excitación que ella demostraba.

–No sabía que tuvieran caballos aquí.

–No hay mucho que Merrilee haya pasado por alto –contestó él.

–Entonces, ¿cuál es el plan?

–Vamos a ir a dar un paseo nocturno por la playa.

–No se me puede ocurrir nada mejor.

Al mirarla, Doug pensó que a él tampoco. El mozo del establo les advirtió sobre una tormenta tropical que se estaba acercando, algo muy común para aquella época del año. Doug le prometió que regresarían pronto o que utilizarían los refugios que había en la ruta. Lo más sabio sería dar un paseo rápido y regresar rápidamente, pero en lo que se refería a Juliette, no reaccionaba con sensatez alguna.

Después de recorrer los establos, se marcharon. Cuanto más se alejaban del complejo turístico, más hermosa era la playa. Como Doug tenía experiencia con los caballos, el que había elegido para Juliette era muy manso, por lo que el hecho de que el mar estuviera algo bravo por la próxima tormenta no le hacía encabritarse.

Aunque Doug había planeado aquel viaje para Juliette, él también se quedó atónito por la belleza que los rodeaba. Además, el hecho de que ella hubiera reaccionado como una niña ante los vaqueros o el paseo a caballo, la inocencia que Juliette tenía, en contraposición con su atribulada vida, lo sorprendía. De hecho, tanto lo afectaba que, a su lado, le parecía estar viendo el mundo por primera vez.

Gracias al sonido del océano y al ruido que hacían los caballos, no podían hacer otra cosa que no fuera centrarse en la belleza de lo que los rodeaba, por lo que Doug estaba muy agradecido. De hecho, aunque hubiera querido hablar, no habría podido. El nudo que tenía en la garganta era demasiado grande.

Se recordó que sus planes se centraban en una cena, algunas preguntas, y un rápido retorno a casa. Aquella velada estaba destinada a cumplir sus propósitos minimizando todo lo que fuera posible el riesgo para su corazón, algo que sospechaba que había sido más de lo que había esperado.

Finalmente, llegaron a su destino al otro lado de la isla. Doug le entregó los caballos al mozo del establo.

–¿Dónde estamos? –preguntó Juliette

Como respuesta, Doug extendió la mano y la condujo a través de los establos. Entonces, la llevó hacia una casa pintada de color amarillo, rodeada de unos frondosos jardines tropicales.

–Esta casa es propiedad de una pareja que trabajaba en un restaurante de Nueva York y que se cansaron de la vida que llevaban allí. Se asociaron con Merrilee, se mudaron aquí y ahora preparan fiestas privadas.

–Así que, ¿estamos sólo nosotros? –dijo ella con una ligera nota de pánico en la voz.

–Podría llamar a la caballería si prefieres no estar sola –bromeó Doug, aunque comprendía la sensación que ella había expresado porque él mismo la sentía. El corazón le latía mucho más fuerte siempre que Juliette estaba cerca.

–No hay otro lugar en el que prefiriera estar...

De pequeña, había soñado con montar a caballo, pero nunca se había imaginado los sentimientos que aquella poderosa bestia podía despertar en ella. Sentada en el caballo y admirando el paisaje, había descubierto que nada de aquello tenía que ver con el pulso que le latía entre las piernas. El paseo parecía haber tenido cualidades afrodisiacas, y su efecto no había disminuido cuando se había bajado del caballo con la ayuda de los fuertes brazos de Doug. Esperaba con impaciencia aquella velada en la intimidad.

Dos horas más tarde, satisfecha gracias a una deliciosa langosta y algo afectada por el vino, seguía sintiéndose de la misma manera. No había habido un momento de aburrimiento en la conversación. Habían hablando de una amplia variedad de temas, de preferencias, igual que ocurre en una primera cita.

Estaba más relajada de lo que debería estarlo, considerando el modo en el que Doug la estaba mirando. Sin embargo, no tenía dudas sobre quién era la persona con la que deseaba estar ni de que él fuera un buen hombre.

–¿Estás lista para regresar?

–¿Tanta prisa hay? –preguntó ella–. No querrás que me suba a ese caballo algo bebida, ¿verdad?

–Nunca habría dicho que una copa de vino en una cena que ha durado dos horas te iba a afectar tanto –comentó él riendo.

–¿Puedo contarte un secreto? –dijo Juliette, inclinándose sobre la mesa, al tiempo que con un gesto del dedo, le pedía que hiciera lo mismo.

Sin embargo, antes de que Doug pudiera responder, el camarero se les acercó.

–Perdónenme los señores.

–¿Sí? –preguntó Doug.

–Tengo un mensaje de la central. La tormenta se acerca más rápidamente de lo que se había supuesto en un principio. Los caballos están a salvo en el establo de aquí, pero ustedes tendrán que regresar en coche. Ya está esperándolos en la entrada, para cuando ustedes deseen marcharse.

–Gracias –dijo Doug. El camarero asintió y volvió a dejarlos solos.

Una tormenta. Juliette respiró profundamente. Su miedo a las tormentas era algo pueril y poco razonable. Era el resultado de una travesura de la infancia que las había dejado a Gillian y a ella, cuando sólo tenían ocho años, en una casa en un árbol. El miedo a que les regañaran había sido mucho mayor que su temor a la lluvia y, para cuando las niñas se dieron cuenta de la severidad de la tormenta, los rayos y los truenos les impidieron regresar a su casa. Su padre las encontró por fin, pero no antes de que un trueno partiera la rama de un árbol cercano. Desde entonces, el miedo que Juliette sentía de las tormentas formaba parte de su ser.

–¿Ves? Tenemos que volver en coche, así que no hay que preocuparse por que hayas bebido vino y tengas que montar a caballo.

–Es que hay otras cosas que me preocupan –dijo ella.

–Bueno, tú dirás...

–No es el vino lo que me ha afectado tanto sino...

Respiró profundamente y fortaleció la resolución que había estado desarrollando a lo largo de la cena. Había tomado una decisión y no pensaba echarse atrás. No quería que, cuando su estancia en aquella isla hubiera terminado, tuviera nada de lo que lamentarse. Estaba lista para dar el paso que, evidentemente, Doug el caballeroso había estado evitando. ¿Tal vez por miedo a ofenderla? No sabía, pero ya iba siendo hora de descubrirlo.

–¿De qué se trata? –insistió él, cubriéndole la mano con la suya.

–Eres tú. Haces que pierda la cabeza y que me sienta mareada. Produces un efecto muy importante en mí. Estaba a punto de decirte que no estaba lista para irme a casa si ello significaba que me ibas a dejar en el umbral de mi bungaló.

Doug tosió. El hombre que se sentía atraído por Juliette estaba luchando con el periodista que se había prometido que no la utilizaría sexualmente para conseguir sus fines. Sin embargo, se recordó que también estaba en aquella isla para asegurarse de que los deseos de Juliette se hacían realidad. Si la rechazaba, estaría destruyendo su fantasía y su necesidad de sentirse deseada por un hombre muy especial, el hombre que Doug había elegido ser. Además, la deseaba tanto como ella lo deseaba a él. Tras sopesar las circunstancias, supo que podía convencerse de que estar con ella, cuando la propia Juliette se lo había pedido, no sería estar utilizándola para obtener información. Se aseguraría de que ella supiera lo mucho que la deseaba y de que disfrutaba de la intimidad que compartieran. Sin embargo, como se había prometido antes, acostarse con ella no podía ni debía ocurrir.

Tras agarrarla de la mano, se puso de pie, haciendo que Juliette hiciera lo mismo.

–Deberíamos irnos ahora, pero hablaremos en el coche, cuando vayamos de camino.

Ella asintió.

Había esperado que la presencia del conductor lo ayudara a contrarrestar la tensión sexual que había entre ellos, pero no habían enviado un coche o un minibús, tal y como había esperado, sino una limusina. Aquel gesto, completamente innecesario en una isla tan pequeña, era propio de una romántica como era Merrilee. Por supuesto, la limusina tenía una pantalla que ocultaba a los pasajeros de la mirada del conductor, para que ellos pudieran comportarse como les viniera en gana. Y, por el brillo que vio en los ojos de Juliette, vio que a ella tampoco se le había pasado por alto aquella posibilidad.

Sin embargo, vio que miraba al cielo y que, al ver las negras nubes que se estaban formando, se echaba a temblar.

–Las tormentas me dan mucho miedo –susurró–. Es un miedo de la infancia. Sé que es una tontería, pero...

–Lo siento, se suponía que no iba a desatarse hasta más tarde.

–Esas cosas ocurren –comentó ella, antes de meterse en la limusina, seguida de Doug.

En el momento en el que el conductor cerró la puerta, la lluvia empezó a caer. Doug estaba a solas, con una mujer que parecía estar a punto de sentársele en el regazo en cuanto retumbaran los primeros truenos. Una mujer a la que él deseaba desesperadamente.

V

Los truenos resonaron sobre sus cabezas, Juliette apretó las manos en el regazo. Se sentía muy avergonzada. ¿Cómo podía seducir a Doug si estaba demasiado asustada para moverse?

Sin previo aviso, la mano de él cubrió las suyas.

–Relájate –susurró.

Entonces, le tomó una mano y le fue estirando los dedos poco a poco. Cuando lo hubo conseguido, se la extendió encima de su propio muslo.

Tenía la pierna firme y fuerte bajo la dura

tela vaquera. Sus poderosos músculos se flexionaron bajo sus caricias, lo que hizo que Juliette soltara lentamente el aire que tenía en los pulmones.

–Te has perdido el último relámpago.

–Tenía cosas mejores en las que pensar.

–De eso se trata precisamente –dijo él, riendo.

Entonces, el rugido de los truenos la sorprendió por completo. Juliette se puso tensa y le apretó los dedos contra el muslo.

–¿Sabías que si cuentas los segundos entre el relámpago y el trueno se puede saber a qué distancia está el centro de la tormenta? –comentó ella.

–¿Es verdad o se trata de un cuento?

–No lo sé, pero gracias a ti, yo tengo otra cosa en la que pensar, al menos durante esta tormenta –susurró ella, dándole a la voz un tono deliberado de picardía combinado con deseo.

–Sea lo que sea lo que tienes en mente, ¿evitará que tengas miedo?

Juliette asintió y se giró para quedar frente a frente con él y así poder colocarle las manos en los hombros.

–Estaré demasiado ensimismada como

para pensar en el tiempo –musitó ella, armándose de valor.

–Entonces, habrá que hacer que te distraigas –murmuró Doug, con una voz tan ronca que despertó el deseo en todos los poros de su piel.

La tormenta, los nervios y la abrumadora necesidad hicieron que se echara a temblar. Lentamente, deslizó las manos hasta llevarlas a los botones de la camisa de Doug. Ya tenía dos abiertos y, sin proponérselo, le rozó el vello del pecho con los dedos. Él contuvo el aliento y, cuando lo dejó escapar, el sonido que se produjo fue parecido a un gruñido. Aquella respuesta afectó a Juliette en lo más profundo de su vientre y, más allá, en el pulso que le latía entre las piernas.

Acababa de demostrarle que tenía el poder de afectar físicamente a un hombre, algo que había dudado seriamente. Doug podría no darse cuenta de la importancia de su descubrimiento, pero ella nunca olvidaría aquel regalo, aquel momento ni a aquel hombre.

Deslizó poco a poco el botón por el ojal y fue repitiendo el mismo movimiento con los siguientes. A lo largo de aquellos gestos, el aliento acalorado de Doug no dejaba de acariciarle la mejilla. Entonces, un pequeño gemido de necesidad se le escapó de la garganta.

Doug apoyó la cabeza contra el asiento y cerró los ojos. Poco a poco, ella lo estaba matando, con sus caricias, con la mirada de sus ojos, con su capacidad para dejar el miedo de lado y perderse en aquella delicada exploración. Doug la estaba ayudando a cumplir su fantasía, pero también estaba descubriendo que tenía necesidades propias.

Abrió los ojos cuando ella, como si le hubiera leído el pensamiento, le había apartado la camisa para dejar el tórax al descubierto. Enredó los dedos en el vello del pecho y le acarició suavemente los pezones. Sus labios recorrían dulcemente la sensibilizada carne hasta que Doug se echó a temblar de deseo.

Un relámpago cruzó el cielo e, inmediatamente, el trueno estalló encima de ellos. Si lo que ella había dicho anteriormente era cierto, estaban en el centro de la tormenta. Sin embargo, Juliette estaba demasiado presa de su deseo, de su propia tormenta, como para darse cuenta de lo que estaba ocurriendo a su alrededor.

A Doug le pasaba lo mismo. Perderse en ella no era lo que había tenido en mente cuando había decidido apaciguar sus temores y tranquilizarle los nervios. El corazón le galopaba más fuerte que el caballo que habían montado antes y el deseo tomaba cada vez más fuerza dentro de él. Estaba tan tenso que era él quien necesitaba que lo tranquilizaran. Sabía que no encontraría el alivio que tanto buscaba si Juliette continuaba con sus sensuales movimientos.

Con la humedad de la lengua, ella fue abriéndole un sendero por el pecho, hasta llegarle al cuello, y se detuvo cuando le alcanzó la oreja.

–Estoy distraída –le susurró.

–Estoy seguro de ello...

Doug decidió colocar las manos a los lados. En primer lugar, había prometido que no se implicaría de aquella manera con ella y, además, ella misma se estaba distrayendo de su miedo a las tormentas. No necesitaba sus manos, ni su boca... Al pensar en todas las posibilidades que había ante ellos, apretó los dientes.

–¿Te estoy distrayendo? –le preguntó, mientras le mordisqueaba suavemente el lóbulo de la oreja y le hacía subir a cotas inimaginables de infierno y paraíso.

–Ya hemos llegado –dijo de repente el conductor, a través del intercomunicador del coche–. La parada de Juliette es la primera.

Doug, a pesar de todo, se dio cuenta de que el conductor no había facilitado el apellido de Juliette para tratar de proteger su identidad al máximo. Aquello le recordó a Doug quién era y lo que estaba haciendo. O, más bien, lo que no debería estar haciendo. Afortunadamente, habían regresado al complejo turístico justo a tiempo.

La limusina se detuvo, pero el conductor no salió para abrirles la puerta. Evidentemente, les estaba dando una oportunidad para hablar.

–Bueno, supongo que ya está.

–No tiene por qué ser así –musitó ella mientras le ayudaba a ponerse la camisa con una pícara sonrisa en los labios–. Recuerda lo que he dicho antes. No quiero entrar en mi bungaló y dejarte de pie en el umbral de mi puerta.

–Esta vez no sería así. Yo estaría en el interior del coche...

Doug empezó a abrocharse los botones,

necesitando algo en lo que distraerse. Sin embargo, ella le apartó las manos y terminó la tarea ella misma. Cuando terminó, volvió a dejar las manos en el regazo.

–Un verdadero caballero me acompañaría a mi puerta. Y, una vez que llegara allí, ¿te parece que querría que yo entrara sola?

Sí. No. Lo que él quisiera no importaba. Además, sabía muy bien que no era un caballero.

Otro relámpago iluminó el cielo. Los enormes ojos de Juliette brillaban llenos de esperanza y parecían estar pidiéndole que no la defraudara. A los pocos segundos, estalló el trueno y, entonces, Doug supo que su destino estaba escrito. No podía enviarla al interior de su bungaló para enfrentarse al resto de la tormenta y al resto de la noche sola. Se preguntó si el destino se estaba riendo de él.

Como respuesta a su pregunta, abrió la puerta de la limusina y salió al exterior. Estaba lloviendo muy fuerte y no se sorprendió cuando el conductor prácticamente se materializó a su lado ni cuando Juliette miró el cielo desde el asiento trasero del coche.

–Te has tomado tu tiempo en decidirte.

No me importa estar sola. Soy una mujer adulta, por muy infantil que sea el modo en que me he comportado, y he sobrevivido a muchas tormentas sola.

–¿Estás esperando a que me ahogue? –le preguntó Doug, extendiendo la mano para ayudarla a salir.

–No quiero que entres a hacerme compañía porque te apiades de mí.

Él la tomó entre sus brazos y la sacó de la limusina para apretarla fuertemente contra su pecho.

–¿Te parece que esto es piedad? –susurró él. Al escuchar aquellas palabras, duras y desesperadas, Juliette abrió mucho los ojos–. No sé por qué te sorprendes. Gracias a esa distracción que necesitabas, te has pasado la última media hora excitándome.

–¿De verdad estás excitado?

–Claro. Por ti.

Al oír aquellas palabras, Juliette sonrió. Doug no pudo contenerse y la besó en los labios. Ella se echó a reír y le devolvió el beso, abrazándolo con fuerza y abriendo mucho la boca, para dejar que él accediera plenamente a su interior. Como ruido de fondo, Doug había notado que, discretamente, el conductor se había vuelto a meter en el coche y se había marchado.

La agarró de la mano y la llevó bajo el porche del bungaló, aunque era demasiado pequeño como para proporcionarles cobijo.

–Deberíamos entrar.

–Sí, deberíamos, pero si lo hiciéramos, yo nunca superaría mi miedo a las tormentas. Si consiguiéramos reemplazar mis malos recuerdos por otros más placenteros...

–Entonces, tendríamos una cura para todas las fobias. Podríamos patentarla y ganaríamos millones.

–A mí no me importaría intentarlo si tú quieres.

Doug lanzó un gruñido y reconoció su derrota. Estaba allí y, a menos que quisiera volver andando a su alojamiento, no iba a moverse. Además, tampoco podía regresar dándole la impresión equivocada y dejándola confundida y vulnerable.

Sin poder resistirse, volvió a besarla. Aunque sabía que no podía justificar aquello con la noción de que estaba llevando a cabo su fantasía, en aquel momento no le importaba nada más que sentir y saborear la erótica mezcla de agua de lluvia y de Juliette. Acarició suavemente los labios de ella con los suyos e investigó cuidadosamente los pliegues de su boca, aprendiendo y dando un minuto y devorando al siguiente.

El ruido de los truenos iba siendo cada vez más débil, pero, a pesar de todo, Juliette se ponía rígida cada vez que estallaba uno.

–Tranquila...

No dejaba de acariciarla, tratando de calentarle el cuerpo con el mismo fuego que ardía en su interior. Cuando empezó a temblar de frío, Doug supo que el tiempo que iban a pasar en el exterior estaba a punto de terminar. Sin embargo, no podía entrar hasta que no hubiera conseguido reemplazar sus viejos temores con algo que ella ya no temiera ni olvidara nunca.

Con ese pensamiento, deslizó las mano entre los muslos de Juliette, agarrándola muy íntimamente, esperando una señal de rechazo o de aceptación. Cuando la mano se acomodó allí, ella asintió y entreabrió más las piernas para facilitarle el acceso.

Juliette suspiró, palpitando de excitación. Sintió cómo Doug apretaba la mano contra su parte más íntima, a pesar de la pesada barrera de la tela vaquera, y empezaba a despertar en ella emociones que nunca había experimentado antes. Juliette tembló y se aferró a él, segura de que, si no lo hacía, se desplomaría.

Aquello era el deseo real, las sensaciones que siempre había deseado sentir. Los incansables movimientos de la mano de Doug hacían que el corazón le palpitara, que la garganta se le cerrara...

–¿Dónde estás ahora? –le preguntó él, apartándole el cabello húmedo de la cara.

–Estoy ahogándome... de deseo.

Había estado a punto de decir «emoción». Decidió no precipitar las cosas, pero sabía que sus sentimientos andaban desbocados.

–¿No tienes miedo?

–¿Y de qué podría tenerlo?

Como si quisieran ponerla a prueba, los elementos decidieron manifestarse en aquel momento. Aunque el cielo no se iluminó de luz, los truenos rugieron por encima de sus cabezas. Sin embargo, Juliette se sentía segura.

–De mí nunca. No tienes que tener miedo de mí.

Al mirar aquellos ojos azules, ella creyó sus palabras. Tras aquella breve interrupción,

Doug volvió a centrarse en el lugar que estaba excitando con sus expertas caricias. Unas cálidas e intensas sensaciones se abrieron paso dentro de ella, llevándola hacia la consecución del placer.

–¿Dónde estás? –volvió a preguntarle sin dejar de presionar, de rotar, de juguetear con ella.

Al ver que no contestaba, él interrumpió inmediatamente los movimientos de la mano.

–Doug, por favor –susurró ella. Las sensaciones eran tan exquisitas que casi le impedían hablar.

–Solo dime dónde estás. Abre los ojos y mira a tu alrededor.

¿Acaso los había cerrado? Juliette levantó muy lentamente los párpados y contempló la oscuridad de la noche.

–Estoy fuera de mi bungaló.

Doug recompensó aquella respuesta con el movimiento justo, con la rotación perfecta de la palma y de los dedos de la mano hasta que ella sintió que la liberación de su tensión estaba cerca, más fuerte de lo que la había sentido nunca.

Se aferró a Doug para apoyarse en él y le ofreció las caderas, buscando así una presión más fuerte y más profunda.

–¿Está lloviendo? –preguntó él.

Como sabía lo que ocurriría si no contestaba, Juliette parpadeó y se obligó a contestar.

–Sí.

–¿Hay relámpagos? –preguntó.

Estaba tan, tan cerca... Su cuerpo temblaba a la espera del movimiento que la catapultara a la cima de placer, y que estaba tan cerca... No quería hablar, quería sentir. Y, sin embargo,...

–No, no hay relámpagos. Ya no.

Rápidamente, Doug cambió de posición y la apoyó contra la puerta. ésta proporcionaba un apoyo más firme para la espalda de Juliette y permitía que él empujara y tocara tan profundamente como deseara, llevándola hasta los límites exteriores del deseo.

–¿Truena?

–Sí. Oh, sí –susurró ella, sintiendo que el momento estaba cada vez más cerca.

–¿Qué vas a pensar la próxima vez que llueva?

–En ti –dijo Juliette, al tiempo que su cuerpo explotaba de placer.

Doug besó sus labios y atrapó aquellas palabras en su boca. Justo entonces, un potente trueno estalló en el cielo, pero a ella no le habría importado ni aunque hubiera caído encima de ellos.

Poco a poco, las lánguidas oleadas de placer fueron siendo cada vez más débiles. Juliette fue consciente de que había alcanzado el orgasmo con Doug de un modo que le resultaba completamente extraño. Sin embargo, por mucho que hubiera gozado, se sentía mortificada con sólo pensar cómo iba a poder volver a mirarlo a la cara.

–El café está listo –dijo Juliette, entrando en el pequeño salón del bungaló con dos tazas.

Llevaba puesto un ligero conjunto de seda, que cubría más piel de lo que a Doug le habría gustado, pero que realzaba unas curvas que seguía queriendo sentir plenamente, sin la barrera de la ropa.

–Gracias. Un café caliente es justo lo que necesitaba.

–¿Sigues teniendo frío?

Aunque ella se había puesto ropa seca, a él no le había quedado más remedio que quedarse con la que llevaba puesta. Los vaqueros no estaban demasiado empapados, pero la camisa estaba chorreando, por lo que se la había quitado y se había envuelto en una toalla para no enfriarse.

–Ya me siento mejor.

Aquello no se debía al café, sino a la visión que tenía de Juliette. El cabello le caía en suaves rizos sobre los hombros y estaba sin maquillar, pero lo estaba excitando más de lo que había conseguido nunca otra mujer.

–Este lugar me sorprende. Tiene todas las comodidades de mi casa y, sin embargo, nunca me he sentido más alejada de mi vida.

–Yo tampoco me siento mucho más cercano a la mía –musitó Doug, sin poder reprimir un escalofrío.

–Ojalá tuviera algo de abrigo que poder prestarte, pero casi no reconozco las prendas que he traído en la maleta. Además, en cualquiera caso, no serían de tu talla.

Juliette no podía mirarlo a los ojos, ni a ninguna otra parte. Doug deseó que ella no se sintiera tan incómoda por la increíble experiencia que acababan de compartir. Deseó tener una camisa que ponerse y poder aliviar así aquella incomodidad. Quería que Juliette se sintiera cómoda con él, vestido o no. Anhelaba repetir la experiencia de fuera, aunque aquella vez en una cálida cama, en la que él podría entrar dentro de su cuerpo.

Se pasó una mano por los ojos. Aquello no podría ocurrir. Ya había llevado las cosas más allá de lo que nunca hubiera debido y la inquietud con la que se comportaba Juliette revelaba lo incómoda que se sentía. El único modo de distraerse era hablar.

–¿Te compraste toda la ropa para este viaje? –le preguntó él, recordando que ella había comentado que casi no reconocía la ropa que tenía en la maleta.

–No –respondió ella, riendo de una manera que le hizo pensar que aquéllas eran las prendas que se había comprado para su luna de miel.

Sin poder evitarlo, se preguntó si aquellos minúsculos trajes de baño habrían estado destinados para los ojos de otro hombre. Cuando se le ocurrió aquel pensamiento, sintió que el estómago se le hacía un nudo al pensar que otro hombre pudiera haber estado mirándola. Doug quería ser el único hombre que pudiera contemplar las varias facetas de Juliette Stanton... ¡Dios santo! ¿De dónde habían salido aquellos sentimientos de posesión?

–No –reiteró Juliette–, mi hermana me sorprendió con este viaje... y con el guardarropa.

–Tu hermana debe de ser increíble –dijo él, sintiendo una profunda sensación de alivio.

–Sí, es muy especial. En realidad, somos gemelas. ¿Y tú? ¿Tienes hermanos o hermanas?

–No. Mis padres no podían tener hijos, y por eso me aceptaron tan fácilmente. ¿Os habéis llevado siempre tan bien tu hermana y tú?

–Sí. Es mi mejor amiga. Me ayuda siempre en los momentos más difíciles.

Al oír que ella hablaba así de su más reciente pasado, sintió que se le hacía un nudo en el estómago. ¿Cuántas veces había devorado la información cada vez que alguien le había vaciado su alma? Si había sentido escrúpulos, los había acallado con el pretexto de que estaba haciendo su trabajo. Sin embargo, con Juliette todo era diferente.

–Entonces, estáis las dos. Tal vez seáis gemelas, pero tú eres demasiado única como para que alguien se te parezca. Eres demasiado especial –admitió.

–Gracias. Gillian, mi hermana, es mucho más extravertida que yo, mucho menos reservada...

Su voz se interrumpió bruscamente. Doug supo inmediatamente que estaba pensando en lo que había ocurrido durante la tormenta. Sus pensamientos se vieron confirmados cuando un ligero rubor cubrió sus mejillas.

–Eh... ¿Qué te pasa? Se suponía que debía darte buenos recuerdos para reemplazar los malos, no para hacer que te sintieras demasiado avergonzada como para poder estar conmigo.

–Es sólo que...

–Dilo.

–Es como si te lo hubiera pedido y tú me lo hubieras suministrado. Y tú no sacaste nada a cambio.

¿De verdad no lo entendía? Se había sentido tan afectado por su orgasmo que casi había tenido él uno con sólo mirarla. Nunca había tenido sentimientos tan fuertes con respecto a una mujer, nunca se había preocupado tanto por el placer de otra persona sin ver el suyo correspondido.

–No es así tal y como yo lo recuerdo...

–¿Me estás diciendo que no fui yo sola la que sintió algo?

–Los dos tenemos nuestras fantasías, Juliette...

¿Qué era lo que le había dicho a Merrilee? «Necesito saber que puedo anteponer las necesidades de una mujer a las mías». En aquellos momentos, aquello sólo habían sido palabras para sacarle del paso y conseguir que Merrilee lo emparejara con Juliette, aunque tenían algo de verdad. Sin embargo, al besarla, al acariciarla, al darle placer, Doug había aprendido que no sólo era posible anteponerla a ella físicamente, sino que quería anteponerla también emocionalmente.

Al volver a mirar a Juliette, vio que ella se había inclinado hacia delante, esperando que él siguiera hablando. Lo que más le extrañó fue que no le importaba contárselo. No había esperado tener que hacerlo, pero ella había hecho que deseara abrirse a ella y compartir.

–Recientemente, hice mucho daño a alguien a quien apreciaba mucho. Desde su punto de vista, yo la estaba utilizando y supongo que esa apreciación no estaba lejos de la realidad. Ahora, quiero demostrar que puedo anteponer las necesidades de una mujer a las mías.

–¿Y te sirve cualquier mujer para ello?

–No, claro que no. Además, tú no eres una mujer cualquiera, al menos no para mí.

–Sin embargo, no me puedes negar que lo que ocurrió entre nosotros fue sólo por mi parte. Y tengo que saber... ¿me estabas utilizando para demostrar algo?

–No más de lo que yo creo que tú me estabas utilizando a mí para realizar tu propia fantasía. Eres muy testaruda... Técnicamente, sí, fue sólo por tu parte, pero...

–¿Pero qué?

–Has empezado a significar mucho para mí –respondió él, inclinándose hacia ella hasta que sólo estuvieron separados por unos pocos centímetros–. He disfrutado viéndote y escuchándote... ¿Sabes que haces esos sonidos, esos suspiros, esos gemidos de placer?

Las pupilas de Juliette se dilataron. Un ligero rubor le cubrió el rostro y abrió ligeramente la boca para luego cerrarla sin emitir ni un solo sonido. El mismo Doug sintió que un intenso calor estaba inundando su cuerpo y empezó a sudar. Al tratar de convencerla a ella, se estaba excitando de nuevo. Aquélla era su pena y su castigo. Estar tan cerca de la mujer que deseaba y saber que tenía que mantener las distancias, tanto por el bien de ella como por el suyo propio. Para hacer que su propia fantasía se convirtiera en realidad, para estar seguro de que podía anteponer las necesidades de una mujer a las suyas, no podía ir más allá. No podía acostarse con ella, aun sabiendo que, al hacerlo, haría realidad una fantasía de otro tipo, porque su conciencia y su alma corrían un riesgo. Igual que su corazón.

–¿Y sabes lo que ocurre con esos sonidos?

–¿Sí?

–Me excitan.

Juliette tragó saliva. Estaba volviendo a hacerlo. Para calmar uno de sus anhelos, estaba despertando uno nuevo y de una clase completamente diferente.

Sabía que estaba tratando de convencerla de que darle placer había resultado placentero para él también, y lo estaba consiguiendo. Aquello le recordó que, igual que él estaba tratando de cumplir su fantasía anteponiendo las necesidades de otra persona a las propias, ella también debía cumplir la suya, que era liberarse completamente en aquella semana y ser ella misma. Se había jurado que experimentaría, sin ataduras, sin inhibiciones...

–¿Doug?

–¿Sí?

–¿Estás todavía excitado? –le preguntó. Para hacerlo, tuvo que armarse de valor y pensar en el poco tiempo que les quedaba en la isla.

Él respondió con un «sí» apenas susurrado. Entonces, Juliette agarró los extremos de la toalla y lo estrechó contra ella. Aspiró su aroma, potente y masculino. Su cuerpo, ya excitado, lo hizo aún más. Los pezones se le endurecieron y el deseo fue despertándose en su vientre, unas reacciones que ya le resultaban familiares y bienvenidas. En tan poco tiempo, se sentía más próxima en aquel terreno a Doug de lo que lo había estado nunca con su prometido.

–Esta vez, deja que sea yo la que se ocupe de ti.

Susurró aquellas palabras casi al mismo tiempo que cubría la boca de él con la suya, excitándolo con el movimiento de sus labios al pronunciar sus palabras. Quería excitarlo con las palabras y con sus caricias, exactamente como Doug había hecho con ella.

Él la agarró por los hombros, para así hacer que el beso fuera ligero y evitar que sus cuerpos se tocaran íntimamente. Sin embargo, Juliette decidió poner a prueba todas sus armas de mujer e insistió, acariciándole los labios con la lengua.

Evidentemente, consiguió lo que buscaba porque, de repente, Doug dejó que profundizara el beso y que aquél fuera el más dulce que ella hubiera conocido nunca. Juliette se imaginó que había hecho progresos, pero, cuando él acompasó sus movimientos y utilizó la lengua tal y como ella lo estaba haciendo, ya no pudo seguir pensando.

VI

Aquello era un paraíso. Allí era donde se sentía Doug. Se estaba perdiendo en aquella cálida, dispuesta y húmeda boca una vez más. Las señales de peligro estaban sonando con fuerza en su interior, pero no podía apartarse de Juliette para obedecerlas. Sin romper el beso, sus manos fueron deslizándose de los hombros para terminar agarrándola por la cintura. Las barreras, aunque fueran de seda, ya no eran aceptables, así que levantó la suave tela para poder acariciar la suave piel de Juliette.

–Te toca a ti, ¿te acuerdas? –susurró ella, agarrándolo con firmeza por las muñecas.

La suave voz de Juliette lo sacó de las brumas del deseo y lo devolvió a la realidad. Podría mentirle a ella, pero no podía mentirse a sí mismo. Quería todo lo que ella quisiera darle. Lo único que podía hacer era aceptarlo.

–Ya te dije que no esperaba nada a cambio.

–Lo sé, me diste placer porque lo deseabas, aunque estabas demostrándote algo a ti mismo. Ahora, soy yo la que quiere darte placer.

Entonces, respiró profundamente, como si se armara de valor, y colocó la mano en la pretina del pantalón. Doug apretó los dientes. Juliette sintió el deseo y lo apretó con más firmeza, deslizando al tiempo la palma de la mano arriba y abajo, lenta pero muy sensualmente. El cuerpo de él despertó bajo sus caricias hasta el punto de casi ya no poder mantener el control.

–¿Vas a negar que te gusta eso? –preguntó ella. Doug no pudo ni negar ni afirmar nada. Las sensaciones eran demasiado intensas–. Yo creo que las pruebas hablan por sí solas.

Juliette se echó a reír. Sin embargo, cuando trató de alcanzar al botón del pantalón,

Doug supo que tenía que hacer algo para impedirlo antes de que las cosas fueran demasiado lejos. Sin embargo, también sabía que le estaría haciendo mucho daño si la rechazaba.

Aunque él ya le había explicado su fantasía, Juliette seguía sin comprender del todo por qué él se había detenido tan pronto. Considerando lo mucho que la deseaba, a él mismo le estaba costando mucho entenderlo. No podía reconocer al hombre que era capaz de hacer el sacrificio de no tomar lo que ella le ofrecía. No había hecho muchas cosas en su vida de las que sentirse orgulloso, y, sin embargo, negarse lo que más deseaba, lo que quería con más fuerza que la información que ella poseía era nuevo en él. Juliette era especial y sólo lo hacía por ella. Había sido Juliette la que había conseguido que se negara el placer sólo porque era lo mejor para ella. En cierto modo, le debía algo sólo por eso y aquél era el único modo en el que podía pagarle.

Ella consiguió desabrochar el botón de los pantalones y centró toda su atención en la cremallera. Doug respiró profundamente, preguntándose cómo podía pararla.

–¿Te acuerdas que te dije que estuve prometida? –dijo ella, de repente–. Lo que no te dije fue que no había chispas –añadió, mientras empezaba a bajar la cremallera. Doug apretó aún más los puños en los costados–. No había excitación ni verdadero deseo.

Afortunadamente, se detuvo, porque Doug quería oír todo lo que tuviera que decir, y no podría hacerlo mientras lo estuviera desnudando. Aquellas palabras eran importantes, ya que le darían más conocimiento sobre ella, algo que deseaba por razones personales y no profesionales. Quería escuchar lo que ella tenía que decir porque necesitaba saber cuál era la fuente de su dolor, un dolor que quería hacer desaparecer, no por su fantasía, sino porque se sentía al borde de... de tener por ella sentimientos mucho más profundos.

–No me puedo imaginar a ningún hombre que no te desee...

–Entonces, deja de imaginar y confía en lo que te digo. No me deseaba y yo siempre pensé que era culpa mía. Había pasado por algo similar una vez anteriormente y el caso de mi prometido sólo reforzó ese sentimiento. Un hombre no podía desearme.

El instinto periodístico de Doug se puso en estado de alerta y le dijo que estaba muy cerca de conocer la verdad. Juliette podría estar a punto de admitir sus secretos.

–Tienes que saber que yo te deseo –susurró, tocándole la mejilla.

–Lo sé –dijo ella, sonriendo–. Y dado que estamos admitiendo nuestras fantasías, tienes que saber que estás haciendo que se cumpla la mía, y eso ha sido un regalo increíble.

–¿Por qué?

–Me has devuelto la fe en mí misma...

Entonces, sin previo aviso, volvió a centrarse en la tarea que le había tenido ocupado unos minutos antes.

Juliette agarró la cinturilla de los vaqueros, lo que hizo que Doug se diera cuenta de que sólo le quedaban unos pocos segundos para tomar una decisión. No era un hombre indeciso. Perseguía sus fines sin importarle las consecuencias. Su carrera era prueba evidente de ello. Sin embargo, en lo que se refería a Juliette Stanton, todas sus intenciones se quedaban en nada en el momento en que estaba cerca de él.

Le agarró las muñecas y detuvo así sus decididos movimientos.

–Si te he devuelto la fe en ti misma, ¿significa eso que crees en mí?

–Claro.

–Y crees que te deseo...

Juliette asintió. Un ligero rubor le cubrió las mejillas cuando hizo un gesto muy significativo con la cabeza.

–Las pruebas son muy evidentes.

Doug entrelazó las manos con las de ella e hizo que se acercara más a él, para así poder tomarla entre sus brazos y resistir la tentación al mismo tiempo.

–Entonces, ¿podrás creer que quiero conocerte mejor antes de... corresponderte? Al menos en estos momentos.

–Creo en ti lo suficiente como para confiar en lo que dices –susurró Juliette, descansando la cabeza contra el pecho de él.

Entonces, cerró los ojos. Pudo imaginar su rostro a través de los párpados cerrados. Si había creído que era guapo antes, después de todo lo que habían compartido aquella noche, le parecía serlo más que nadie.

–Así deberías hacerlo. Recuerda que yo no soy el que tiene miedo de las tormentas. Si no quisiera estar aquí, podría marcharme enseguida.

Aquello tenía sentido. Por supuesto, podría marcharse. Al contrario del resto de los hombres que había habido en su vida, Doug no sabía quién era ella, así que, por lo tanto, no podía querer nada de ella más que sexo o compañía. Si se miraba el asunto de aquella manera, casi podía estar agradecida de que él hubiera decidido que prefería conocerla primero. Aquello la hizo relajarse y confiar en él aún más que antes.

Después de todo, ningún hombre había mostrado nunca interés por ella. Doug sí. Él le había hecho experimentar el lujo de verse mimada y cuidada por un hombre muy especial. Con Doug, se sentía deseable, como si, efectivamente, fuera el centro de su universo. Había veces que incluso olvidaba el dolor que había experimentado en su relación con Stuart y, después de que Doug hubiera completado la parte más básica de su fantasía, quería más.

Doug había dicho que quería conocerla mejor. Si aquél era el camino por el que podía cumplir sus deseos, no tenía problema alguno en ceder a ello.

–Bueno, ¿qué es lo que quieres saber sobre mí?

–¿Qué te parece si comienzas por tu miedo a las tormentas? –preguntó Doug, acurrucándola un poco más contra su pecho.

–Mi padre nos construyó una casa en un árbol cuando teníamos ocho años. Se estaba tan bien allí que Gillian y yo pasábamos mucho tiempo en ella. Demasiado tiempo, así que mis padres tuvieron que restringirnos el horario. Éramos sólo unas niñas, ¿sabes?, así que teníamos que jugar allí fuera cual fuera el precio.

–Y yo que pensaba que eras la hija perfecta.

–Gillian era la traviesa, lo que me hacía parecer a mí la perfecta, pero eso vino después, a medida que me fui haciendo mayor. Con ocho años, sólo quería divertirme.

–No hay nada malo en eso.

–A mí me gustaba divertirme. Estábamos jugando en casa de Stuart...

–¿Stuart?

–Mi... vecino. Bueno, mi prometido –admitió. Quería que el tiempo que pasara con Doug estuviera lleno de sinceridad. Sentía que él se preocupaba por ella, que le interesaba lo que le explicaba–. Se estaba haciendo tarde y había empezado a llover. Entonces, sus padres nos dijeron que nos fuéramos a casa.

–Y déjame que lo adivine. Vosotras dos tomasteis un desvío.

–Efectivamente. Y empezó a llover a cántaros. Para cuando Gillian y yo oímos la lluvia, era tan tarde que teníamos miedo de regresar. Con ocho años, suele dar mucho miedo que le castiguen a uno. Nos pasamos mucho tiempo preguntándonos qué hacer y, antes de que nos diéramos cuenta, empezaron los truenos, los relámpagos y la lluvia arreció. Estábamos empapadas, asustadas y nos queríamos ir a casa, pero mi padre nos encontró primero.

–No me extraña. Estabais en el lugar más evidente.

–Ya te he dicho que sólo teníamos ocho años. Él nos encontró después de que un rayo hubiera caído sobre la rama de un árbol cercano. No creo haber estado tan asustada en toda mi vida. Estaba abrazada a Gillian, llorando, mientras ella estaba teniendo la aventura de su vida –añadió, encogiéndose de hombros–. Por eso tengo miedo a las tormentas. Supongo que me tendría que haber imaginado que yo no valía para tener tantas emociones.

–Bueno, yo difiero en eso...

De nuevo, era aquella voz profunda, tan sexy, que reverberaba dentro de ella, volviéndola del revés y haciéndola desearlo más que nunca.

–Depende de quién esté compartiendo la excitación conmigo.

–En estos momentos, creo que sería yo.

–En eso, no pienso discutir.

Juliette se fue estirando encima del sofá y él hizo lo mismo. Así se sentían más cómodos.

Tal vez porque Doug se sentía libre de tener que pasar inmediatamente a algo sexual, se sentía menos presionado. Sin embargo, no había otro hombre que le interesara más. Acababa de demostrar que había un modo que no era físico, pero que no por ello dejaba de ser íntimo, para expresar ese interés y Juliette se sentía agradecida. Lo suficiente como para poder relajarse entre sus brazos, mientras, en el exterior, la tormenta se iba alejando poco a poco.

Sintió que la movían, que la levantaban y que la transportaban. No se había dado cuenta de que se había quedado dormida. Sin embargo, se sorprendió al despertarse en brazos de Doug.

–¿Qué estás haciendo?

–Moverme antes de que me despierte permanentemente retorcido como un muelle.

–Podrías haberme despertado...

–¿Y perder la oportunidad de tenerte entre mis brazos? Ni hablar.

La llevó hasta el dormitorio y la depositó en la cama, no sin antes retirar la colcha para luego poder arroparla. A continuación se sentó en el colchón a su lado. Era un gesto muy paternal, pero, a la vez, no había nada familiar en el deseo que veía en los ojos de Doug, ni en la tensión sexual que él había prendido dentro de ella. El pulso le latía a toda velocidad mientras esperaba que él le dijera lo que tenía que decir.

Doug tomó un rizo de su cabello y se lo enredó en un dedo. Estaba saboreando cada roce, cada sensación, justo como le pasaba a ella cuando él estaba cerca.

–Ha dejado de llover –murmuró él.

–Y te marchas –dedujo ella, llena de desilusión.

–No me queda elección...

Lentamente, Doug la miró. Sus ojos se centraron en la suave línea del escote mientras que los dedos trazaban al mismo tiempo el movimiento. La bronceada piel de él contrastaba con la palidez de la de ella. Aunque sus caricias eran muy tiernas, se notaba que las intenciones eran sexuales. Juliette experimentó al momento cómo se encendía su pasión. De repente, la camisola de seda, que tan suave había resultado segundos antes, parecía dura y rasposa contra los pezones. Nada más que las caricias de Doug podrían aliviar aquella tensión y, por la determinación que veía en su rostro, aquello no iba a ocurrir en aquellos momentos.

–Claro que tienes elección. Puedes quedarte.

–Todavía no.

–¿Por qué...?

Antes de que Juliette pudiera terminar la pregunta, Doug bajó la cabeza y le besó los labios larga y dulcemente. Aquel beso fue capaz de arrebatarle toda la energía y detener todo pensamiento racional...

Mientras él hacía maravillas con la boca, metió los dedos por debajo de la camisola de

Juliette y encontró la barrera del sujetador, aunque no se echó atrás. Con una ligera caricia, tomó el pezón entre dos dedos, y lo apretó y lo estimuló.

Juliette levantó los brazos para tratar de tocarlo, pero él le asió las muñecas y se las inmovilizó sobre el colchón. Ella estaba a su merced.

–No quiero irme –admitió Doug, apoyando la frente sobre la de ella.

–Entonces, no lo hagas.

–Has sufrido tanto últimamente…

–Yo nunca he dicho eso.

–Tu ex prometido solo quería lo que tú podrías hacer por él, no a ti. A mí eso me parece que es sufrir. Y, si me quedo, los dos sabemos adónde nos llevará eso.

Juliette asintió con la cabeza. El corazón se le llenó de una cálida sensación.

–Por tu bien, tienes que estar segura.

–Creo que comprendo muy bien lo que mi cuerpo me pide en estos instantes...

–Yo quiero que tu mente también lo sepa. Y eso lleva tiempo.

Juliette pensó que, más bien, era él quien necesitaba tiempo. Respetaba sus deseos, pero no pensaba marcharse de la isla sin experimentar una completa intimidad física con él. Al pensar en cómo sería hacer el amor con Doug, se echó a temblar. Sabía que, tras aquella experiencia, jamás volvería a ser la misma.

–Buenas noches –dijo él, tras taparla bien con la colcha. Entonces, se inclinó sobre la cama para depositar otro breve beso.

Juliette suspiró. Saber que aquello era lo mejor y lo necesario no conseguía que despedirse de él resultara más fácil.

Cuando el teléfono empezó a sonar, Juliette estaba en otro mundo. Sola con Doug, en una isla desierta, rodeada por el sol brillante y las flores tropicales, para las que Doug había encontrado una sensual utilidad. No quería que nada la sacara de aquel paraíso, pero el persistente timbre no dejaba de sonar.

–¿Sí? –preguntó, con la esperanza de que, si tenía que interrumpir sus sueños, al menos fuera por Doug.

–Cuando te mandé a esas vacaciones, no creí que te olvidarías de mí. ¿Cómo estás? –preguntó Gillian, algo preocupada, desde el otro lado de la línea.

–Se supone que en el paraíso no deben existir los teléfonos –protestó Juliette, aunque no pudo negar que se alegraba mucho de tener noticias de su hermana, a pesar de que no fuera quien ella había creído.

Cerró los ojos, pero su sueño parecía ir alejándose cada vez más y se veía reemplazado por la realidad. Un dormitorio demasiado frío como cortesía del aire acondicionado, una cama demasiado fría por la ausencia de Doug y un enorme vacío interior.

–Si estás en el paraíso, ¿por qué pareces tan triste?

–No estoy triste, Gillian –dijo Juliette, incorporándose en la cama. Sólo se sentía algo sola–. Además, te dejé un mensaje en el contestador el día en que llegué aquí.

–Sí, bueno. ¿Me creerías si te digo que estaba fuera y demasiado ocupada para devolverte la llamada?

–Sería más exacto decir que estabas demasiado asustada. Te conozco muy bien, Gillian. Tenías miedo de escuchar lo que yo tenía que decir sobre el hecho de que me hubieras organizado estas vacaciones sin decírmelo... ¡Ah! Y también de lo de cambiarme toda la ropa.

–Al ver que no volvías a llamarme, empecé a preocuparme.

–Deberías estarlo. Te lo mereces.

–¿Tan mala idea ha sido enviarte allí?

–En realidad, creo que ha sido la mejor idea que has tenido en mucho tiempo –admitió.

–¡Vaya! ¡Qué bien! Bueno, he leído mucho sobre Fantasías, Inc. en una revista. ¿Te puedes creer que las parejas terminan casadas gracias a ese lugar y a su dueña?

Casadas. Antes de que Juliette pudiera seguir pensando si procesar la información o hablar, Gillian continuó.

–Y hablando de casarse, o mejor dicho, de no casarse, deberías saber que Stuart ha estado muy callado desde que te marchaste. Eso me hace tener ciertas sospechas.

–¿Callado en qué sentido? Yo no me he vuelto a poner en contacto con él desde que acordamos no hacer declaraciones.

–Llamó el día en que te marchaste.

–¿Que me llamó? ¿Por qué iba Stuart a querer hablar conmigo ahora?

–Seguramente estaba comprobando que estabas. Creéme si te digo que no se creyó que yo fuera tú.

–Hace demasiado tiempo que nos conoce.

–Bueno, no te preocupes. No le dije nada ni revelé ningún secreto. Lo intentó varias veces y luego lo dejó. Es precisamente eso lo que no me gusta.

–¿Y papá? ¿Cómo están mamá y él?

–Bien. Tampoco debes preocuparte en ese sentido. Papá no le va a decir a nadie dónde estás. Por mucho que respete a Stuart, al menos por ahora, a ti te quiere más.

–Se sentirá tan desilusionado cuando sepa la verdad...

–Es mejor que se sienta desilusionado por esa serpiente que confundido y preocupado por ti.

Juliette sabía que, efectivamente, sus padres se preocuparon mucho cuando canceló la boda sin previo aviso y sin indicar nada de antemano. No le había dicho a nadie nada de que estaba a punto de dejar a Stuart, principalmente porque ni siquiera ella misma lo había sabido. Aquello no era propio de ella, como tampoco lo eran aquellas repentinas vacaciones. Se preguntó lo que la familia entera pensaría si supiera que había empezado una relación con un completo desconocido.

–¿Se te ha ocurrido algo sobre cómo desvelar todo este lío con los menores daños posibles o estás demasiado absorta por el hombre de tus fantasías? Espero, y deseo, que sea lo segundo, dado que para eso te envié allí.

–En realidad, acabo de conocer a alguien que puede ofrecerme algo de consejo al respecto. Se trata, como si así dijéramos, de una tercera parte imparcial.

–¿Se trata de un hombre imparcial o de una mujer imparcial?

–¡Como si no lo supieras! Después de todo, tú creaste mi fantasía.

–La fantasía, pero no al hombre. Bueno, ¿cómo es?

–Muy especial –respondió Juliette, sabía que tenía que agradecérselo todo a su hermana–. ¿Qué fue lo que escribiste? –añadió, buscando en la mesilla de noche una copa de los papeles de Merrilee–. ¡Ajá! Aquí está. Experimentar el lujo de que me atienda y me mime un hombre muy especial. Sentirme deseada, ser el centro de su universo y así poder olvidar el dolor de un compromiso roto... ¿Cómo sabías todo esto?

–Porque tú eres parte de mí. Cuando tú sufres, yo sufro. Y si yo hubiera pasado por las mismas circunstancias que tú, esas vacaciones serían justamente lo que habría necesitado.

–Por cierto, ¿me has enviado aquí porque te sientes culpable, porque fui yo la que se involucró sentimentalmente con Stuart y no tú?

–Si yo no hubiera sido la salvaje adolescente, la que estaba siempre castigada y metida en líos, tal vez nunca habrías tenido que hacerlo. Cuando viste que Stuart estaba interesado por ti, sólo tuviste que mirar a papá y viste que eso supondría un modo de agradarle. Te lanzaste sin ni siquiera preguntarle a tu corazón. Y yo me siento responsable de eso.

–Yo tomo mis propias decisiones, aunque a veces sean las equivocadas. Tú no debes sentirte culpable por nada... ¡La vida es tan complicada! –exclamó Juliette, riendo–. Sin embargo, las cosas siempre se arreglan del mejor modo posible. He conocido a Doug.

–Sea quien sea, pareces muy feliz. Eso es lo único que yo quiero.

–Sólo estamos de vacaciones. Es algo temporal. Además, es de Michigan.

–Creo que deberías ocuparte de la logística más tarde y concentrarte en disfrutar.

–Eso es lo que quiero hacer.

–Supongo que ese Doug es la desinteresada tercera parte de la que tú esperas que pueda ayudarte a formular un plan para ayudar a papá. ¿Confías en él?

–Sí –respondió Juliette, sin dudarlo–. Sé que mi experiencia no me da la razón, pero este hombre es diferente. No me conoce ni sabe nada de mi pasado. Es imposible que busque algo en mí a excepción... a excepción de mí.

–No tienes que convencerme de nada. La felicidad que noto en tu voz habla por sí sola. Diviértete y no hagas nada que yo no haría.

–Eso me da un margen de acción muy amplio.

–Exactamente –dijo Gillian, encantada consigo misma.

Juliette colgó el teléfono, llena de una inquieta energía. Después de asearse, se recogió el cabello en una coleta, se visitó con un vestido y unas sandalias, y se dispuso a marcharse. Tal vez un paseo por la isla lograra tranquilizarla. Además, faltaba todavía una hora para el desayuno.

En el exterior, todo estaba tranquilo a excepción de los animales. Los pájaros trinaban en los árboles y una ligera brisa mecía las copas de los árboles. Media hora más tarde, se sentía mucho más tranquila y relajada. De repente, un ruido atrajo su atención desde unos arbustos que había a sus espaldas. Estaba segura de que era demasiado ruidoso como para ser un animal. Asustada, Juliette empezó a caminar con más rapidez, pero no vio a nadie que la siguiera.

–¡Qué raro! –susurró.

De repente, deseó de todo corazón que la isla no fuera tan privada ni que estuviera tan aislada. Durante todo el camino de vuelta, tuvo la incómoda sensación de que ya no estaba sola.

Cuando llegó a la piscina, sus miedos se disiparon. Doug estaba haciendo unos largos en la enorme piscina. El placer de verlo reemplazó al miedo. Rápidamente, decidió sentarse en una hamaca y observarlo.

Nadaba con gracia y estilo. Golpeaba el agua con fuerza, casi sin sacar la cabeza para tomar aire. Era casi como si estuviera esforzándose todo lo que podía para vencer una frustración en vez de nadar por placer o para hacer ejercicio.

Se preguntó si se estaría imaginando cosas,

pero, cuando finalmente Doug levantó la cabeza el tiempo suficiente como para verla, en vez de saludarla de algún modo, la giró rápidamente y siguió con su duro entrenamiento una vez más.

VII

Juliette era la última persona que Doug necesitaba o quería ver. Se giró y siguió nadando, decidido a agotarse tanto que no lograra responder a su serena belleza o a la sinceridad de sus ojos, hasta que su cuerpo estuviera tan cansado, que no pudiera reaccionar cuando estuviera cerca del de ella y su mente pudiera concentrarse en tratar de conseguir las respuestas que buscaba.

Hasta aquel momento, cada vez que había retirado una capa de Juliette Stanton, había conseguido un mayor acceso a sus pensamientos, a sus sentimientos y a su pasado, había dejado que fuera ella la que marcara el ritmo. Nunca había tratado de llegar más allá de los límites establecidos, ni siquiera cuando había mencionado el nombre de su ex novio. «Menudo reportero», pensó, mientras se esforzaba con más ahínco en su ejercicio.

Recordó la llamada que había realizado al hospital aquella mañana y la vaga respuesta de su madre. Después de las últimas pruebas que le habían realizado a su padre, habían encontrado que tenía las arterias obturadas, por lo que necesitaba un bypass, porque, si no, no podría sobrevivir a otro ataque.

La noche anterior, le habían practicado una operación de urgencia. Como no había podido localizarlo en su habitación, su madre había soportado las largas horas de la operación y la espera en solitario. Doug sentía que debía haber estado a su lado.

Tal vez lo habría hecho si hubiera estado ejerciendo su profesión en vez de dejarse seducir por Juliette Stanton, la mujer que tenía las respuestas que lo liberarían de aquella misión para poder volver a su casa, que era donde se le necesitaba.

Cuando por fin salió a la superficie para

tomar aliento, la encontró arrodillada al borde de la piscina.

–El ejercicio no te va a servir de nada si mueres en el intento.

–Necesitaba quemar un poco de energía.

–Más bien parecía que te estabas matando. ¿Qué es lo que pasa?

–He recibido malas noticias de mi casa.

–¿Tus padres?

–Mi padre. Tuvo un ataque al corazón hace algún tiempo y anoche tuvieron que operarlo.

–Oh, lo siento –susurró ella, colocando una mano encima de la de él–. ¿Hay algo que pueda hacer por ti?

–No, pero gracias por preguntar.

–¿Necesitas marcharte? –preguntó ella, con tal preocupación en la voz, que Doug sintió que no pudiera dirigir hacia ella la ira y la frustración que le había adjudicado mentalmente.

–En estos momentos no. La operación ha ido bien. Creo que se va a reponer.

–Me alegro mucho. Sé lo mucho que quieres a tus padres –dijo Juliette, sin poder ocultar su alivio–. Por supuesto, yo te echaría mucho de menos si tuvieras que marcharte.

Con aquella sincera afirmación, la furia de Doug terminó por desaparecer. No podía culparla de aquello por mucho que quisiera.

–Bueno, ¿qué haces levantada tan temprano?

–No podía dormir.

Doug vio un ardor en su mirada que le resultó imposible no comprender. Marcharse y dejarla sola en aquella cama, aun sabiendo que ella se le habría entregado con gusto, había sido una de las decisiones más difíciles de toda su vida. A la luz de día, se alegraba de sus acciones y se respetaba a sí mismo. Después de todo lo que había pasado últimamente, aquello era decir mucho, por lo que tenía que estarle agradecido a Juliette.

–Yo tampoco descansé muy bien –admitió él.

Juliette asintió sin hablar. ¿Qué se podía decir cuando el silencio resultaba como un libro abierto y podían leerse mutuamente sus pensamientos?

Siempre había creído que sus padres compartían una relación única, en la que los votos matrimoniales no sólo significaban algo, sino que se reforzaban con cada año que pasaba. Por el contrario, las pocas relaciones de larga duración que había tenido habían implicado mucho sexo y las peticiones de las mujeres para que expresara sus sentimientos cuando él prefería que lo dejaran en paz. Siempre había terminado sintiéndose ahogado, necesitando escapar.

Lo que estaba experimentando con Juliette era muy especial. Compartían un cómodo silencio cuando no había nada que decir. A él no le importaba abrirse a ella y Juliette le daba una comprensión tácita, sin ataduras, sin expectativas. Lo más extraño de todo era que Doug deseaba que ella le pidiera algo. Lo más sorprendente era que había podido dar marcha atrás cuando ella se le había insinuado sexualmente. Le preocupaban más sus sentimientos y su bienestar que el suyo propio.

–¿Por lo de tu padre?

–No. Recibí la llamada esta mañana.

–¿Y ahora? ¿Sigues preocupado?

–No mucho. Por cierto, anoche te eché de menos.

El genuino placer con el que ella sonrió casi le compensó por aquella noche en vela.

–Bueno, esos viejos clichés deben de tener algo de verdad, porque la ausencia hizo que mi corazón vibrara más fuerte.

–Me estás matando –gruñó él.

–Espero que no. Hay muchas otras cosas que quiero hacer contigo primero.

–¿Qué cosas? –preguntó Doug de todas formas, a pesar de que intuía la respuesta.

–Bueno, en primer lugar, quiero que me des más besos de esos que das tan bien –susurró ella mientras pestañeaba, llena de vergüenza.

Aquello bastó a Doug. La agarró por la cintura y la tiró a la piscina. Ella gritó, sorprendida, y se aferró a él.

–No es justo –dijo, aunque no estaba enfadada, sino que sonreía.

Doug la mantuvo agarrada por la cintura hasta que la llevó a una zona de la piscina en la que ella pudo hacer pie. Mientras tanto, ella luchaba por bajarse la falda del vestido.

–Tal vez no, pero finalmente te tengo donde quiero tenerte. Estás entre mis brazos y te he refrescado un poco. ¿Qué te parece?

–No me molesta, y lo sabes. Lo que ocurre es que tus métodos son poco ortodoxos.

–Tú misma dijiste que querías experimentarlo todo. Yo sólo te estoy ayudando. Además... quiero estar contigo también y en estos momentos estamos completamente solos...

–¿Cómo puede discutir una mujer con un hombre que se ha tomado tantas molestias por tenerla entre sus brazos? –preguntó ella, rodeándole el cuello con los brazos.

–No puede.

Doug la hizo separarse un poco de él para poder verla mejor. El vestido se le pegaba a la piel en los lugares adecuados y casi se había vuelto transparente, dado que revelaba claramente los pezones a través de la tela. De repente, los besos que ella había mencionado resultaron muy atractivos.

–¿Es a esto a lo que te referías? –le dijo Doug, besándola deliciosamente.

Como respuesta, Juliette prácticamente ronroneó. Entonces, arqueó la espalda hasta que sintió la firme erección de Doug contra el muslo. Con los besos, él trató de evitar que se le acercara demasiado. El beso resultante no tenía nada que ver con lo que ella recordaba.

–No, ése ni siquiera ha sido parecido –murmuró Juliette.

–¿Y esto?

Con la lengua, le acarició la línea de los labios con una languidez que la desarmó.

Una deliciosa sensación se le despertó en el vientre, tan fuerte que las rodillas casi se le doblaron. Mientras las manos de Doug le acariciaban el cabello, las eróticas sensaciones se iban apoderando de ella. Aquello parecía ser sólo un preludio de los placeres que podrían compartir si él no la torturara con aquella lentitud en sus movimientos.

Desde que había conocido a Doug, el deseo y el anhelo que sentía en su interior habían adquirido proporciones casi epidémicas. No sólo era que quisiera experimentar el deseo, sino que esperaba hacerlo con Doug, el hombre que le había devuelto la confianza en sí misma.

–¿Y bien? –preguntó él cuando hubo terminado de besarla.

–Puedes hacerlo mejor –mintió ella; estaba segura de que ningún hombre podría resistir un desafío así.

–No tienes ni idea.

Entonces, la agarró por la cintura y la estrechó aún más fuerte contra su cuerpo. Deslizó la lengua entre los labios de ella y dejó que las explosivas sensaciones empezaran a devorar su cuerpo mientras la besaba de aquel modo seductor y magistral.

Lentamente, metió la mano en el agua y empezó a deslizarla por debajo del vestido de Juliette, hasta que logró tener acceso a los pechos. El deseo se despertó completamente en su interior, manifestándose por medio de una cálida humedad que ella reconoció a pesar de estar rodeada de agua.

–Dios...

–¿Estás satisfecha ya? –susurró Doug, mientras iba besándola suavemente por la mejilla hasta llegar al cuello, que mordisqueó insistentemente.

–¿Satisfecha con el beso? Sí, con el beso sí. ¿Satisfecha completamente? Ni hablar. ¿Y tú?

–Estar satisfecho significa que uno ha tenido suficiente, y yo nunca tendré suficiente de ti...

Juliette sintió que aquellas palabras le llegaban al corazón. Como respuesta, le agarró la cinturilla del bañador y metió los dedos hasta que pudo tocar el vello que le adornaba la entrepierna y la suave y húmeda punta de su sexo.

–Juliette...

Ningún hombre había pronunciado su nombre con tanta pasión ni reverencia. Nunca había necesitado a un hombre tanto como necesitaba a Doug. Lo deseaba dentro de ella, llenándola, aliviando su deseo...

Apretó un poco más y por fin tomó la columna de su masculinidad entre los dedos, deleitándose en su firmeza y su longitud, en su suavidad aterciopelada...

De repente, a sus espaldas, oyó un sonido muy distintivo que provenía de los arbustos. Aquel sonido la sacó de la bruma del deseo en la que se hallaba inmersa. Recordó que había escuchado aquel sonido antes, aquella misma mañana. Rápidamente sacó la mano y se apartó de Doug.

Él se sumergió rápidamente en el agua, para refrescarse y para esconderse al mismo tiempo. Entonces, una pareja pasó al borde de la piscina, de la mano, aunque ninguno de los dos los miró.

–Hemos estado muy cerca.

–Nosotros lo estuvimos más –replicó él.

–¿Y eso te molesta? –preguntó Juliette. Doug se pasó una mano por el cabello húmedo, lleno de frustración, pero no contestó–. Que haya intimidad entre nosotros y tu fantasía... ¿Tienen que excluirse mutuamente?

–No estoy seguro.

–Yo sí. Dijiste que necesitabas ver que podías anteponer las necesidades de una mujer a las tuyas. Eso es lo que has hecho conmigo. Físicamente, te alejaste de mí cuando estaba claro que tu cuerpo prefería quedarse. Emocionalmente también lo has hecho. Has escuchado todas mis historias y medias respuestas sobre mi antiguo prometido y mi familia sin pedirme nada más.

–Tampoco es que te conozca completamente.

–Te he hablado de mi miedo por las tormentas y sobre la casa que mi padre construyó en el árbol. Tú has admitido que te adoptaron y me has dicho que pasaste mucha hambre en las calles. No creo que se pueda comparar.

–Tal vez no, pero tú escuchaste todo lo que te dije y lo comprendiste sin emitir juicio alguno.

–Eso no me resultó nada difícil porque me interesas –dijo Juliette, mientras se dirigía al borde de la piscina.

–¿Adónde vas?

Con mucho trabajo, Juliette consiguió salir del agua. Al sentir la brisa sobre su piel, se echó a temblar.

–Vuelvo a mi bungaló para darme una larga y cálida ducha.

–Eso me parece una idea estupenda...

Al ver el modo en que se le habían dilatado las pupilas, Juliette comprendió que tenía los mismos anhelos de ella. La joven deseó desesperadamente que ocurriera, que los dos compartieran aquella ducha juntos. Sin embargo, también sabía que debía esperar al momento adecuado y estaba segura de que aquél no lo era. Doug evidentemente la deseaba, pero su fantasía los estaba separando. Miró a su alrededor para buscar sus sandalias y las vio flotando en la piscina. Se encogió de hombros, sabiendo que eran una causa perdida.

–Sé que en estos momentos necesitas espacio. Tiempo para pensar, pero cuando nos reunamos más tarde, deberías saber algo.

–¿El qué?

–Que nuestras fantasías pueden coexistir y que sé cómo puedo convencerte de ello. Para cuando haya terminado, ya no te sentirás tan inseguro. ¿Doug?

–¿Sí?

–Tampoco te sentirás insatisfecho.

Antes de que pudiera sonrojarse o exhibir

cualquier signo que pudiera traicionarla, se dio la vuelta y se marchó, dejándolo solo en la piscina, insatisfecho y deseándola con todo su corazón. Sin embargo, si ella se salía con la suya, no estarían separados mucho más tiempo.

Doug observó cómo Juliette se marchaba. Se preguntó si sabría que aquel desafío no había conseguido engañarlo en absoluto. Cuanto más se unían, más segura de sí misma se sentía ella. Se alegraba de saber que había podido crear algo bueno en su vida.

Tomó las sandalias que Juliette había dejado en el agua y, sin poder dejar de recordar lo que habían compartido en el agua, salió de la piscina y regresó hacia su bungaló. Se pasó el día leyendo el periódico en la terraza mientras trataba de analizar su situación. Su vida. Sus sentimientos.

Los sentimientos que tenía por Juliette. Era inútil negar el impacto que había tenido en él. Como un cometa, había entrado en su vida y la había cambiado para siempre. Sin duda alguna, lo había redimido. Antes, nunca había pensado en los sentimientos de los demás en lo que se refería a su trabajo, a excepción de los de su padre. Había sido Juliette la que le había hecho darse cuenta de que quería parecerse a Ted Houston en muchas más maneras que en simplemente ser un periodista.

Juliette... Ella le había ayudado a olvidarse de todos los problemas de su vida, aunque hubiera sido por unos breves momentos. Le había permitido tener sentimientos nuevos y, evidentemente, estaba decidida a seducirlo. Creía que si se acostaban juntos, él lo haría para darle placer.

El corazón empezó a latirle al triple de la velocidad normal. Era tan persuasiva como hermosa. En la piscina, no había podido resistirse a ella, a pesar de sus promesas. Por primera vez desde que había puesto los ojos en Juliette Stanton, no le importaba. ¿Por qué? ¿Por qué? ¿Podría ser porque se estaba enamorando de su Novia a la fuga?

Aquel pensamiento lo dejó atónito. Sus relaciones pasadas habían tenido que ver tan poco con el amor, que seguramente no habría reconocido aquel sentimiento aunque se le pusiera delante y, sin embargo, en esos momentos, estaba contemplando la posibilidad. Una complicación que no había anticipado nunca.

No podía decidir con exactitud cuál había sido el momento en el que ella se había convertido en parte de su vida. Cuando estaba con Stuart Barnes, la había admirado. El día que la vio en el vestíbulo de Fantasía secreta, se había quedado atónito... ¿Se estaría enamorando? No lo sabía, pero no podía negar que sus sentimientos eran muy fuertes, aunque no sabía cómo manejarlos ni lo que podrían significar para su futuro personal o profesional.

De repente, alguien llamó a la puerta de su terraza. Era Juliette, como si él la hubiera invocado con aquellos pensamientos. Estaba de pie al lado de la hoja de la puerta, con un aspecto fresco, y vestida con una falda de color amarillo limón, camisola y blusa a juego. Evidentemente, estaba nerviosa, porque no dejaba de retorcerse las manos. Juliette no podía ocultar sus sentimientos y la a... adoraba por ello.

–Hola –dijo ella, tras abrir la puerta corredera y entrar al interior.

–Hola...

–¿Doug? ¿Qué te pasa? Me estás mirando como si no me hubieras visto nunca antes.

Aquélla era una descripción muy exacta. Juliette podía leerle muy bien los pensamientos. Tenía que dejarlos a un lado y concentrarse en lo que Doug, el reportero, tenía que hacer.

Se dio cuenta de que ya no podía mantener la promesa que había hecho de mantener las distancias. Le parecía que aquella promesa había sido realizada hacía una vida, antes de aquella revelación tan sorprendente. Además, a cada segundo, aquella certeza se afianzaba cada vez más. Se había enamorado de Juliette Stanton.

No le resultaba difícil hacer una lista de las razones que lo habían empujado a ello. Ella era todo lo que nunca había experimentado en una mujer y todo lo que deseaba. Fresca, inocente, abierta, sincera...

Recordó el tiempo en que su padre había tratado de definir su relación con su madre. «Tu madre tiene los tornillos que llenan los agujeros que yo tengo en la cabeza». Aquéllas habían sido las palabras exactas de Ted Houston. Doug recordaba haber mirado a su padre sin entender.

–Ella me escucha, hijo –le había dicho–, y eso es muy raro en una mujer. Así que, si encuentras una que te escuche y te comprenda, ya tienes la mitad de la batalla ganada. El resto de las mujeres no merece la pena. Tus hormonas te dirán que sí, pero tu corazón y tu cabeza te llevarán en la dirección adecuada.

Su padre tenía razón. Desde el momento en que había puesto los ojos encima de Juliette, había estado siguiendo a su corazón. Por eso había respondido a sus preguntas y había podido anteponer las necesidades de ella a las propias. La noche anterior, la cabeza había tomado las riendas y lo había obligado a salir del bungaló antes de que pudiera hacer algo que los dos pudieran lamentar.

Las palabras de su padre encajaban perfectamente con Juliette. A pesar de que seguía necesitando su información, quería limpiar su nombre, ya sabía con toda seguridad que Juliette estaría siempre primero, porque la amaba.

–Bienvenida –le dijo–. No es tan grande como tu bungaló, pero servirá.

–Es todo tan masculino –comentó ella, mirando los muebles de madera oscura, los suelos de madera y la sobria decoración–.

Como tú. Eso le hace a una preguntarse si Merrilee coloca a las personas en las habitaciones que mejor les van, como hace con sus fantasías.

Doug se echó a reír, a pesar de que sentía que sólo había secretos, mentiras y omisiones entre él y lo que se estaba convirtiendo en su verdadera fantasía: la propia Juliette.

–Bueno, ¿qué te trae por aquí?

–Necesito hablar contigo.

–Me das miedo.

–No hay por qué, pero necesitas prestarme mucha atención. Había pensado hacer esto seduciéndote, pero veo que no puedo.

–¿Qué es lo que te pasa? –preguntó Doug, a pesar de que no estaba de acuerdo con aquella afirmación.

–¿Qué puede ser más íntimo que el sexo?

–No estoy seguro. Dímelo tú.

–Las verdades, los secretos, las revelaciones íntimas... Una vez que dos personas se cuentan ese tipo de cosas, han compartido algo más profundo y con más significado que una unión física. Tú ya me has hecho ese regalo compartiendo tu pasado conmigo.

–Sí –dijo él, sabiendo que no le había contado todo–. Sigue.

–Voy a corresponderte. Necesito hacerlo. Cuando lo haga, estaremos a la par. Por así decirlo, te habré dejado que entres en mi interior. Y así sabrás con toda seguridad que me has antepuesto a todo lo demás.

¿Cómo iba a creer eso teniendo en cuenta las mentiras y omisiones que había entre ellos? Por eso, Doug resistió la necesidad que sentía de tocarla. Si no lo hubiera hecho, no habría podido contenerse y se la habría llevado a la cama para satisfacer así sus fantasías más físicas. Sin embargo, primero necesitaba escuchar lo que ella tenía que decirle, establecer aquel vínculo emocional que ella quería regalarle, aunque no por su historia o su profesión. Ya vería más tarde lo que haría con aquellas verdades.

–Cuando veas que ya has cumplido tu fantasía, podremos hacer el amor...

–Juliette...

Ella simplemente sonrió. Acostarse con Juliette sería la respuesta a un sueño, tanto suyo como de ella. La joven se humedeció los labios, lenta, suavemente, como lo había hecho aquella mañana.

Así sería como le haría el amor. Lenta y suavemente. Sin embargo, sabía que nunca podría hacerlo hasta que no fuera del todo libre, hasta que no le hubiera contado la verdad. Y sabía que no podía hacerlo sin perderla para siempre.

–Tengo secretos que nadie conoce, nadie aparte de mi hermana, porque no ha habido nadie hasta ahora en quien pudiera confiar. Ahora confío en ti, porque tú me has hecho sentir mimada y especial.

–Eso es porque lo eres –musitó Doug, tragándose una maldición. Estaba en el purgatorio, entre el Paraíso y el Infierno.

–Gracias a ti, ahora lo creo, pero por si te estás preguntando el porqué de esta repentina revelación, te diré que no es sólo para tener un vínculo mayor contigo, sino porque necesito tu consejo. Lo que estoy a punto de decirte puede afectar a la vida de muchas personas.

–Tengo que admitir que has despertado mi curiosidad...

Doug, el reportero, estaba a punto de conseguir la información que necesitaba, por la que había viajado hasta aquella isla. Doug, el hombre, estaba a punto de estar entre los brazos de Juliette y dentro de ella.

Todo su ser temblaba ante la posibilidad

de perder todo lo que acababa de descubrir que significaba tanto para él por conseguir aquella información de un modo engañoso, algo que había sabido desde que había empezado aquella charada.

Sin embargo, ya no se trataba de una charada, ya no era un medio de salvar su carrera. Era su vida. Juliette era su vida y no quería perderla.

VIII

–Mi nombre completo es Juliette Stanton –dijo ella, como si nombre debiera significar algo para él.

–La hija del senador Stanton.

–Mi padre es una figura pública muy importante, ¿verdad?

–Es uno de los pocos políticos que pueden presumir de tener una buena carrera, en lo personal y en lo político. Veo muchas de sus cualidades en ti –afirmó Doug.

–Te agradezco el cumplido. Veo que todavía no has establecido la relación. ¿Podría ser que la noticia no hubiera llegado a Michigan?

–Eres la Novia a la fuga de Chicago, ¿verdad? –anunció él, sin poder negar la evidencia–. Establecí la relación entre las dos personalidades, pero no quise incomodarte.

–Entonces, ¿no me reconociste?

–Bueno, el cabello es diferente de cómo aparece en las fotografías –dijo Doug para no mentir.

–Todo el mundo cree que salí corriendo porque me entraron dudas, o porque tenía un amante esperándome. ¿Sabías que las emisoras de radio de Chicago están haciendo concursos? Era ridículo. No podía salir de mi casa sin que me siguieran. ¿Es que no tiene la gente nada mejor que hacer con sus vidas? Ni siquiera soy una mujer famosa.

–Nunca se sabe lo que va a despertar el interés de la gente.

–Tú no me has preguntado por qué salí corriendo.

–Si quieres que lo sepa, no me cabe la menor duda de que me lo dirás...

Cuando recordara la conversación, quería que Juliette recordara que ella se lo había contado todo sin que él la forzara, quería que se diera cuenta de que no había forzado ni dirigido la conversación de ningún modo.

Cuando descubriera la verdad sobre él, no sólo no quería que sufriera, sino que quería que fuera capaz de perdonarlo.

–Quiero decírtelo, sólo que no sé por dónde comenzar.

Su dolor era tan palpable que Doug decidió que no quería prolongarlo más de lo necesario.

–Conozco los artículos de periódico que señalan al socio de tu antiguo prometido como parte de un plan para blanquear dinero.

–Entonces, sabrás que el artículo fue retirado por falta de pruebas –afirmó Juliette. Doug simplemente asintió–. Yo creía que Stuart era inocente. Creía que su socio, el congresista Haywood, era inocente.

–Entonces, el hecho de que se retirara ese artículo debió de ser una bendición.

–En aquel momento, solo confirmó lo que ya sabía, pero después...

Doug contuvo el aliento. Allí estaba la respuesta a su historia. La que volvería a colocarlo a la cabeza de su profesión, aliviaría la inquietud emocional de su padre y arreglaría el daño que le había hecho a la reputación del *Tribune*. La maldita culpa luchaba con la anticipación que sentía en su interior.

–... Habíamos llegado pronto a la iglesia para hacer los preparativos de última hora, pero yo sentía algo de claustrofobia y dejé a mi hermana y a mi madre en la sacristía porque necesitaba salir a tomar un poco el aire. No había nadie en la iglesia todavía, pero no quería encontrarme con nadie, así que me marché a un lugar que Stuart, Gillian y yo solíamos frecuentar de niños. Allí fue donde los vi.

–¿A quién viste? –preguntó Doug, sintiendo que la adrenalina le palpitaba en las venas.

–A Stuart, al congresista Haywood y a Paul Costa. El artículo del periódico aludía a los vínculos con la Mafia y el blanqueo de dinero, pero no mencionaba a nadie por su nombre. Se dice que Costa es un capo, por lo que no había posibilidad alguna de que yo no lo reconociera. Además, oí parte de la conversación. Era algo sobre el hecho de que se había conseguido que se retirara el artículo. No me quedó duda alguna de que Stuart estaba implicado.

Doug la escuchó incrédulo. Su instinto le había dicho que ella conocía el vínculo que unía a Barnes y a Haywood con los negocios sucios. Sin embargo, nunca hubiera pensado que también había sido testigo ocular de sus trapicheos.

–¿Te vieron?

–¿Crees que se podría pasar por alto a una mujer vestida con su traje de novia? En realidad, fue sólo Stuart quien me vio y se excusó. Yo ya había echado a correr, pero él me agarró del brazo y me llevó a un lugar privado. Tuvimos una fuerte discusión. Yo cancelé la boda y él...

–¿Él qué? –le preguntó Doug, agarrándola de las manos para calentarlas entre las suyas. Ya tenía su historia. Lo único que podía hacer ya era ocuparse de Juliette. Ya se imaginaría más tarde cómo podría contarle la verdad sin desgarrarle el corazón–. ¿Te amenazó?

–No estaría tan destrozada o tan confusa acerca de qué hacer si yo fuera su blanco. Me dijo que si él caía, se aseguraría de que se llevaba a mi padre con él. Era una amenaza implícita para que yo mantuviera la boca cerrada.

Sabiendo lo mucho que Juliette quería a su padre, algo que seguramente sabía, Stuart Barnes se había garantizado su silencio.

–Perdóname por preguntarte esto, pero, ¿está tu padre implicado en modo alguno?

–No, pero si el protegido del senador Stanton era arrestado, afectaría de todos modos a la reputación de mi padre y todo lo que había conseguido durante la vigencia de su cargo. Aunque sea inocente, pasaría a la historia por haber dejado su escaño rodeado del escándalo y de las sospechas.

Doug gruñó. Aquella afirmación acababa de darle una razón para no tratar de dejar al descubierto a Barnes y a su congresista a cualquier precio. Un artículo de esas características con Juliette como testigo destruiría a su padre, y cualquier cosa que afectara al senador Stanton mataría a Juliette. Aquello era algo que nunca sería capaz de hacer. El duro reportero que había sido antes de conocer a Juliette ya no existía. Doug tendría que aceptar aquel hecho...

Tenía que conseguir preparar un plan enseguida. Y pronto. Aunque tenía motivos personales para tratar de dejar a Barnes y a Haywood en evidencia, le quedaba una razón mucho más importante: no podía permitir que sus actividades ilegales siguieran produciéndose. Tenía que dejarlas al descubierto antes de que Barnes fuera elegido senador. Existía la posibilidad de que el hecho de que Juliette lo hubiera dejado abandonado en el altar le ganara cierto voto de simpatía. Tenía que detenerlo sin herir a Juliette ni a su familia.

–Te has quedado muy callado. Veo que te he dejado muy sorprendido.

–No. Siempre supe que tú eras especial, pero saber de lo que fuiste capaz para proteger a tu padre, el modo en que los medios de comunicación han hablado sobre ti...

–Él habría hecho lo mismo por mí sin dudarlo, por eso necesito preparar un modo de impedir que Stuart pueda llegar a ser senador. No puedo consentir que lo sea sabiendo lo que sé. Estoy segura de que juntos se nos ocurrirá una idea, aunque esperaba que, primero, pudiéramos hacer algo más juntos.

La temperatura de la habitación subió algunos grados. En cuestión de segundos, Doug pasó de estar preocupado a excitado. Aparentemente, Juliette sentía lo mismo, porque se estaba acercando a él para colocarle las manos en los hombros y susurrarle al oído.

–¿Te das cuenta de la importancia de este secreto? ¿Comprendes que no lo compartiría con cualquiera?

–Juliette... –susurró él. Si ella supiera con quién lo había compartido...

–Doug, me has hecho sentirme como si pudiera confiarte cualquier cosa. Eso tiene que significar algo en el esquema de tu fantasía.

–Las fantasías son complicadas...

–No tienen por qué serlo –susurró ella, mordisqueándole el cuello detrás de la oreja.

Aquello era una ironía en el grado más alto. Ella le había revelado todo para hacer que se unieran más. Si se marchaba para decidir cuál era el mejor modo de utilizar aquella información, le haría casi tanto daño como sus secretos, unos secretos que no podía revelar hasta que no hubiera ideado un modo de ayudarla, de salvar la reputación de su padre y de asegurar su futuro como pareja.

–Doug, si tu fantasía trata de verdad sobre anteponer las necesidades de una mujer a las propias, entonces... hazme el amor.

Toda la contención que Doug había estado ejerciendo sobre sí mismo se desvaneció en aquel instante. Ella lo había liberado mental y emocionalmente y él se negaba a mirar atrás. Tendría que encontrar aquella salida... después de hacer lo que ella le estaba pidiendo.

–Llevas torturándome varios días –susurró Doug, tomándola entre sus brazos y colocándola encima de la cama. Después, la empujó suavemente por las caderas y la tumbó encima del colchón. Luego, se echó encima de ella.

–¿De verdad? Sé que lo he intentado. Ya estaba empezando a creer que no estaba teniendo demasiado éxito.

–Estoy seguro de ello. Lo que ocurre es que tengo eso que se llama disciplina.

–A mí me parece que ya la has perdido...

Juliette levantó la pelvis, presionando su feminidad contra la firme erección. Al notarla, lanzó una exclamación de apreciación.

–Vaya, veo que no me he equivocado.

–Llevas puesta demasiada ropa...

–Entonces, quítamela.

Aquélla era la sugerencia más provocativa que Doug había escuchado nunca. Ella extendió los brazos para provocarlo aún más si aquello era posible. La blusa revelaba que debajo había una prenda de encaje, una suave tela de araña que le recordaba la lencería sexy y las cálidas noches de pasión.

De repente, le pareció que la temperatura de aquella noche en particular iba a subir varios grados.

Juliette miró a los profundos ojos azules

de Doug, incapaz de creer lo juntos que estaban en aquellos momentos y lo íntima que iba a ser su unión a los pocos segundos. Ella le había confiado sus secretos más íntimos, por lo que no le cabía duda alguna de que la ayudaría a saber cuál era el siguiente paso que debía dar, igual que ella le había ayudado a cumplir su fantasía.

La suya estaba a punto de cumplirse. El corazón le latía a toda velocidad pensando en el erotismo que las manos de Doug le iban a transmitir. Aquellas manos se estaban perdiendo poco a poco bajo su blusa y se habían detenido al encontrar la camisola de encaje...

Con hábiles dedos, él siguió tocando hasta que le encontró los pechos, erguidos y llenos, esperando sus caricias.

–¿No llevas sujetador? –le preguntó él.

–No es necesario con tantas capas...

–Mejor. Más fácil para mí.

–Ése era el plan...

Doug la sorprendió al darle un suave beso en las acaloradas mejillas. Entonces, se levantó un poco y alineó sus cuerpos tanto como le fue posible, a pesar de la barrera de la ropa. Firme y pesada, su erección la tentaba con infinitas posibilidades.

–¿Cómo te gustaría, Juliette? ¿Lento o rápido?

–Creo que ya nos hemos tomado las cosas con demasiada calma, ¿no te parece?

Como respuesta, Doug le agarró la camisa y tiró de ella. Los botones se esparcieron por todas partes, al tiempo que se escuchaba el sonido de la tela rasgada.

–Estoy aquí para cumplir tus deseos. Después de todo, se trata de que consiga que tus sueños se hagan realidad.

–¿Sabías que existe la opinión de que toda mujer fantasea con la época de las cavernas?

–Entonces, hagamos que la tuya se haga realidad –dijo Doug, admirando los pechos a través del encaje de la camisola–. ¿Qué haría tu cavernícola después de haberte llevado arrastrando a tu cueva?

–Me besaría –susurró ella, sintiendo un deseo más fuerte que nunca.

–¿Dónde? Ya sabes que no puede satisfacerte si no sabe lo que te gusta –replicó Doug. Mientras esperaba que ella respondiera, empezó a dibujar círculos alrededor de uno de los pezones, torturándolo, excitándolo...

–Pensé que habíamos acordado que sería rápido.

–Si me dices lo que te gusta, te prometo que te lo daré rápido, con fuerza y profundo –musitó él. Al escuchar aquellas palabras un suave gemido se escapó de los labios de Juliette, lo que excitó aún más a Doug–. Bueno, ¿dónde te gustaría que te besara?

–Creo que mi cavernícola me besaría los pechos –musitó ella, avergonzada de decir lo que más deseaba.

Tal y como había prometido, Doug besó ligeramente uno de los pezones, para después humedecerlo repetidamente con la lengua. Entonces, empezó a estimularlo más rápidamente, lo que le provocó a Juliette una intensa sensación de placer entre las piernas e hizo que se retorciera bajo él. Doug le estaba dando todo lo que había prometido.

Juliette no se había dado cuenta de que había cerrado los ojos hasta que sintió que le levantaba la camisola y que se la quitaba por la cabeza La sensación de la tela deslizándose sobre su piel fue exquisita.

–Eres tan hermosa... –musitó él. Avergonzada, Juliette desvió la mirada, pero Doug le agarró la barbilla y la obligó a mirarlo–. Yo no soy tu ex. No deseo ni el escaño de tu padre ni ninguna otra cosa. Sólo te deseo a ti.

Cada vez que te miro, veo a la mujer que... admiro –añadió mientras comenzaba a acariciarle ambos pechos con las manos–... la mujer por la que siento algo muy especial.

¿Sería la mujer que amaba? A Juliette se le ocurrió aquella pregunta sin previo aviso, sin haberlo pensado antes. En realidad, tenía la sensación de que era en sus propios sentimientos en los que estaba pensando, a pesar de que las sensaciones físicas impedían todo proceso mental. Su cuerpo pedía tanto...

Extendió una mano y se agarró la cinturilla de la falda. Doug comprendió enseguida lo que le quería decir y se levantó. Entonces, se quitó los vaqueros que llevaba y ella hizo lo mismo con la falda.

–Tampoco llevas braguitas... –susurró él.

–Ya he dicho que quería facilitarte el trabajo. Además, tú tampoco llevas ropa interior.

Doug estaba gloriosamente desnudo frente a ella. Era todo músculo y acero. Juliette no pudo evitar tragar saliva.

–La diferencia es que yo sí la llevaba.

–Ahora no...

En un abrir y cerrar de ojos, Juliette sintió que él la cubría con su cuerpo desnudo. Su propio cuerpo se moldeó para adaptarse a los contornos de su masculinidad. Doug le agarró la cabeza entre las manos y sus labios se fundieron con los de ella en un apasionado beso. La lengua descubrió como si fuera por primera vez los contornos de la boca de Juliette, haciendo que aquello fuera el preludio de lo que estaba por venir.

Lentamente, él fue bajando las manos e introdujo un dedo en su resbaladiza feminidad. El gruñido de placer que emitió resonó en toda la habitación.

–Te prometí que sería duro, rápido y profundo...

Juliette levantó las caderas, haciéndole saber que estaba lista. Como respuesta, Doug le dedicó una atractiva sonrisa.

–Y yo siempre mantengo mi palabra.

Entonces, sin decir nada más, le separó las piernas y la penetró de un solo empujón. Juliette cerró los ojos y se rindió a las intensas sensaciones. Lo sentía dentro de ella, deteniéndose lo suficiente para permitir que su cuerpo se adaptara a él.

Ella estuvo a punto de alcanzar el placer en aquel momento y, si servían de indicación los guturales sonidos que salían de la garganta de Doug, a él le había ocurrido lo mismo.

Sin embargo, la reacción emocional de Juliette era mucho más potente que las sensaciones físicas que sacudían su cuerpo.

No era virgen, pero casi se sentía como si lo fuera. Sensaciones y sentimientos eran completamente nuevos para ella. Amor...

No tuvo tiempo de procesar lo que significaba aquello, dado que él se incorporó lentamente, dejando que ella gozara con los movimientos de su miembro entrando y saliendo de su cuerpo, para darle así tiempo a que ella pudiera acomodarse a su tamaño, longitud e intenciones.

Instintivamente, Juliette flexionó las piernas para mantenerlo dentro de ella.

–Doug... –susurró, mientras él se movía duro, profundo y rápido, tal y como le había prometido.

–¿Es esto lo que tenías en mente? –preguntó, mientras salía de ella, sólo para penetrarla con más fuerza que antes.

–Sí...

Había estado esperando tanto tiempo aquel momento, a aquel hombre, que sentía que el orgasmo no estaba muy lejos. Las sensaciones iban creciendo, más y más rápido, adueñándose de todo su ser hasta que se encontró más allá de la capacidad de poder razonar.

Doug había encontrado el ritmo perfecto. Aquella vez, se alzó sobre ella, sujetando el peso de su cuerpo sobre las manos para hacer que lo único que ella sintiera fuera a él entrando y saliendo de su cuerpo, duro y caliente, grueso y firme...

Las caderas de Juliette se alzaron para acoger todos y cada uno de sus movimientos. Entonces, abrió los ojos. La emoción que vio en los de él, la tensa expresión de su rostro, igualaba todo lo que ella estuviera sintiendo.

–Doug, por favor –susurró. Ni siquiera estaba segura de qué más podía desear.

–¿Más profundo?

–Oh, sí...

–En ese caso, ayúdame, cielo.

Juliette le rodeó la cintura con las piernas, empujando su feminidad hacia él, tanto que cada uno de los movimientos hacía que Doug se hundiera más dentro de ella.

–Más rápido... –gimió, con el último aliento que le quedaba.

Él le dio lo que pedía y se movió más rápidamente dentro de ella, hasta que provocó un estallido de luz y un interminable placer en su cuerpo. Doug dejó escapar un gemido. El orgasmo de Juliette provocó el suyo. Tal vez la había estado esperando, pero lo importante fue que alcanzaron el clímax al unísono...

Minutos después, entre los brazos de Doug, fue cuando por fin los latidos de su corazón volvieron a la normalidad. Sin embargo, Juliette estuvo completamente segura de que todo lo demás había cambiado.

Después de la traición de Stuart, el amor había sido la última cosa que había creído que volvería a desear o a encontrar. Su fantasía era sólo para superar el dolor y saber que era deseable, no sólo por su familia o por sus contactos políticos, sino sólo por ella misma. Sin embargo, a pesar de todo, se había enamorado.

Al comprender aquello, decidió que se negaría a tomar una actitud pasiva ante su vida y su futuro. Tal vez la recién encontrada determinación tenía algo que ver con el hecho de que Stuart le hubiera exigido que guardara silencio y la total seguridad que él había tenido de que haría lo que le pedía. Tal vez tenía más que ver con amar a un hombre muy especial, al que se negaba a perder después de aquellas vacaciones. Al menos, si así ocurría, no sería porque ella no lo hubiera intentado.

Aunque, por el momento, guardaría silencio con relación a Stuart, tenía la intención de decirle a Doug que lo amaba. Con un poco de suerte, él sentiría lo mismo y ella, Juliette Stanton, hija del senador Stanton, tendría su final feliz.

Doug permaneció despierto durante mucho tiempo después de que Juliette se hubiera quedado dormida. Respiró profundamente, aspirando la fragancia de su cabello. Habían decidido no salir a cenar y habían llamado al servicio de habitaciones. Entonces, habían hecho el amor una vez más. Aunque Doug sentía que su cuerpo estaba temporalmente saciado, no podía decir lo mismo de su corazón.

Cómo podía estarlo cuando los rodeaba tanta incertidumbre?

Necesitaba saber que tenían un futuro y, para eso, él tenía que sincerarse y esperar que Juliette lo perdonara y comprendiera. Considerando que últimamente se había visto herida por un hombre que la había utilizado, tenía sus dudas de que así fuera. Sin embargo, se negaba a que se le etiquetara en la misma categoría de Stuart Barnes, porque él amaba a Juliette y nunca había tenido la intención de herirla.

Al tener aquellos pensamientos, tuvo que ahogar una risotada. Era un maestro para utilizar a las personas para sus fines profesionales.

Si no lograba su mayor deseo, probablemente era porque se lo merecía, porque, inicialmente, sí que había tenido la intención de utilizarla, tal y como había hecho su prometido.

Juliette suspiró y se estiró en sueños. Doug le acarició el cabello y se lo apartó de la cara. Entonces, permitió que ella se acurrucara más contra él. Tal vez no la conociera mucho, pero no le cabía la menor duda de que podrían tener una relación duradera. Estaba seguro de que lo que quería vivir con Juliette no era sólo una aventura, sino un compromiso eterno, como el que sus padres compartían.

Su certeza nacía de su pasado. Nunca había experimentado nada tan fuerte como lo que sentía por Juliette. No podía confundir de ninguna manera la diferencia de sentimientos con respecto a lo que había sentido por sus anteriores amantes.

Con mucho cuidado de no despertarla, se levantó de la cama. Ella se rebulló un poco, pero terminó por abrazarse a la almohada. Doug se dirigió a su escritorio y sacó un cuaderno, en el que empezó a escribir rápidamente maneras de proteger a Juliette, los datos con los que contaba...

Cuando hubo terminado de escribir sus notas, las metió en su maleta y volvió a meterse en la cama. Para su delicia, Juliette inmediatamente volvió a cobijarse entre sus brazos. Minutos después, volvía a dormir profundamente.

–Te amo –susurró, sabiendo que tenía la libertad y el deseo de poder decir aquellas dos palabras en alto por primera vez.

Le gustaba cómo sonaban y, de nuevo, experimentó la seguridad de sus sentimientos. Entonces, cerró los ojos y se esforzó por relajarse.

La mañana llegaría muy pronto y, con el amanecer, sus verdades. Y la reacción de Juliette.

Sin embargo, cuando se despertó, se encontró una nota sobre el reloj.

Según tengo entendido, a la mayoría de los hombres no les gusta que una mujer se quede a pasar la noche. Para evitar situaciones incómodas, me marcho a mi bungaló a ducharme y a vestirme. ¿Te apetece venir a desayunar conmigo? Te dejaré la puerta abierta. Juliette.

PD. Lo de anoche fue increíble.

La palabra «increíble» ni siquiera servía para empezar a describirlo. Doug arrugó el papel que tenía en la mano. Él no era como la mayoría de los hombres, al menos, no en lo que se refería a una mujer en concreto. No sólo había deseado despertarse con Juliette, sino que hubiera querido ser él quien se despertara en primer lugar.

De un modo sensual y erótico, pensaba haberle mostrado exactamente lo que sentía... antes de sincerarse con ella y poner su vida en sus manos.

Sin embargo, el desayuno tenía sus ventajas. Además, como era un escritor, era un hombre muy creativo. Se le podrían ocurrir muchas y eróticas maneras de disfrutar de la comida que no le dejaran a Juliette duda alguna de lo que sentía.

Después de una rápida ducha, salió de su habitación y se marchó en dirección a la zona en la que estaba el bungaló de Juliette.

Doug llevaba siendo reportero durante más tiempo del que recordaba. Desde que conoció a Ted Houston, descubrir una historia había sido siempre parte de él. Sabía cómo debía seguir a una persona a una distancia discreta, Precisamente porque solía haber otros reporteros siguiendo el mismo rastro, Doug sabía siempre cuándo tenía compañía.

En aquellos momentos, sintió aquella sensación. Doug no estaba solo en la isla y con ello no se refería al resto de los huéspedes de Merrilee, porque éstos no andarían escondiéndose. Miró a su alrededor, pero no vio nada fuera de lo normal. También oyó el sonido de unas ramas y supo que no había sido un pájaro ni un animal.

En vez de ir directamente al bungaló de Juliette, Doug decidió tratar de probar su teoría y se dirigió hacia la piscina. Escogió un sendero que no se utilizaba muy frecuentemente y que estaba cubierto de plantas y maleza. Si alguien lo estaba siguiendo, le resultaría imposible no hacerlo sin ruido. Efectivamente, a los pocos segundos, oyó el leve susurró de las ramas de las plantas. Enseguida, el sonido se interrumpió. Fuera quien fuera quien lo seguía, se había dado cuenta de que Doug se había percatado de su presencia.

Cuando Doug se volvió a mirar, la persona que lo seguía se le había anticipado y no se veía por ninguna parte. Además, el silencio lo rodeaba por todas partes, roto solamente por el canturreo de los pájaros y las risas de unas personas lejanas.

Doug nunca descartaba su instinto. Entonces, recordó que Merrilee había comentado que habían llegado más huéspedes al final de la semana y que estos parecían más desesperados que la mayoría. No sabía quién era la persona que lo estaba siguiendo, pero de algo estaba seguro: todos los caminos conducían a Juliette.

Inmediatamente, pensó en otro periodista, aunque reconoció que, si hubiera conseguido saber dónde estaba Juliette y lo hubiera reconocido a él, no habría consentido que lo descubrieran con tanta facilidad. Lo descartó.

Podría ser el congresista Haywood. Si Stuart le había dicho lo que Juliette había visto y oído en la iglesia... Decidió que tampoco era probable porque habría enviado a Barnes para que le recordara su compromiso.

Aquello le llevó a pensar en Stuart Barnes. Podría ser que hubiera decidido controlar de cerca a su ex novia y asegurarse de que ella cumpliera su pacto.

Por último, quedaba la Mafia. Doug no sabía si conocían que Juliette sabía toda la historia. Decidió no correr riesgo alguno y echó a correr. Tenía que llegar al bungaló de Juliette y asegurarse de que estaba bien. Entonces, debía contarle las otras verdades, no sólo porque la amaba, sino porque ella necesitaba saber que debía protegerse y tomar precauciones con todo el mundo. Incluso con él.

IX

Juliette acompañó al camarero a la puerta y luego volvió a la terraza para poner una mesa para dos. El joven le había llevado todo el menaje y había prometido regresar con un desayuno para dos, con unas mimosas recién cortadas, en cuando ella le avisara. Es decir, en cuanto Doug llegara.

Respiró profundamente. Estaba llena de esperanza y optimismo, más de lo que nunca lo había estado y sólo podía darle las gracias a Doug. En sueños, la noche anterior había soñado que le oía decir aquellas dos mágicas palabras.

Si tenía suerte, volvería a escucharlas de nuevo, pero aquella vez cuando estuviera completamente despierta. Doug volvería a decirlas mirándola a los ojos y poniendo su corazón en cada una de ellas.

Desde que le había contado a Doug toda su historia, lo comprendía todo más claramente. Que una tercera parte neutral lo supiera todo, ya la había ayudado mucho y estaba segura de que así seguiría siéndolo. Había comprendido que no podía seguir ocultando lo ocurrido. Debía informar a su padre. Él lo comprendería todo y lo resolvería rápidamente. Se sentiría muy desilusionado por Stuart, pero no consentiría que, bajo ningún concepto, un delincuente se sentara en el Senado.

Se sorprendió de no haberse decidido antes. Ciertamente, la había ayudado mucho contárselo a Doug. Se preguntó también si no sería que el amor hacía que, de repente, viera el mundo de color de rosa. Aquélla era otra cosa que debía hablar con Doug, aparte de sus recién descubiertos sentimientos.

Decidió ir a vestirse antes de que él llegara. Fue a su dormitorio, seleccionó lo que se iba a poner y, tras dejarlo encima de la cama, se metió en la ducha. De mala gana, dejó que el agua se llevara todo lo que quedaba sobre su cuerpo de aquella noche de pasión. Sin embargo, saber que la velada anterior sólo era el principio de algo mucho más importante la llenó de optimismo.

–Juliette...

Creyó que había oído que alguien pronunciaba su nombre, por lo que agarró la toalla y se cubrió.

–Juliette...

La voz volvió sonar de nuevo. Aquella vez, la reconoció como la de Doug.

–Estoy aquí.

A los pocos segundos, él abrió la puerta del cuarto de baño.

–¿Te encuentras bien?

–¿Y por qué no iba a ser así? –preguntó ella, asomando la cabeza por la abertura de la cortina de la ducha.

–Estás sola –murmuró, muy aliviado.

–Pues claro. ¿Con quién iba a estar? ¿Qué es lo que te pasa?

–No deberías dejar la puerta del bungaló abierta –musitó con la voz entrecortada.

–¿Qué pasa? ¿Es que has estado corriendo un maratón?

Rápidamente, Doug se quitó los zapatos y la camisa. Entonces, abrió la cortina de la ducha, que ella seguía tratando de mantener cerrada, y se metió bajo la ducha, sin importarle que todavía llevara puestas otras prendas.

–Creí que... –susurró, tomándola fuertemente entre sus brazos–. Bueno, ya no importa lo que creí...

Juliette suspiró y se moldeó contra su cuerpo, dejando que él tomara el control. Él la devoró con sus besos y la acarició por todo el cuerpo, como si no pudiera creer que se encontraba bien. Juliette no comprendía las razones de su temor, pero le gustaba aquella posesión.

–Estoy bien.

–Necesitamos hablar.

Debía de estar bromeando. Se había metido en su ducha, la había excitado y, ¿sólo quería hablar?

–No creo que sea momento para eso.

–Juliette.

–¿Te he dicho lo mucho que me gusta que me hables con ese tono de voz tan profundo? Resulta muy sexy –dijo ella, bajándole con un rápido movimiento los calzoncillos y los pantalones.

Para acompañar a sus palabras, empezó a acariciarle rápidamente la ya firme erección.

–Hay ciertas cosas que debes saber.

–Más tarde –susurró Juliette, besándole dulcemente el pecho desnudo–. Quiero aprovechar esta situación.

Sin poder reaccionar ante sus caricias, Doug se deshizo de una patada de la ropa que tenía alrededor de los tobillos. Aunque necesitaba sincerarse con ella, ya que sabía que estaban solos y que ella estaba bien, creía que las noticias podían esperar un poco más. Los labios de Juliette estaban dibujando una línea que iba bajando poco a poco por el torso, para luego atravesar el abdomen y llegar un poco más abajo.

Ante la tortura de las caricias que ella le estaba proporcionando con la lengua, Doug gimió y echó la cabeza hacia atrás. Se dijo que, mientras estuvieran juntos, ella estaría segura. Esperar una hora más para contarle la verdad no importaba. De hecho, nada importaba...

Acababa de sentir cómo ella lo agarraba de la cintura y rodeaba su erección con la boca, sirviéndose de labios y lengua para, con suaves caricias, llevarlo prácticamente al borde de la locura.

Nunca había experimentado un regalo tan increíble. Sabía que no se merecía tanta entrega y también decidió que no quería gozar solo. Prefería hacerlo dentro del cuerpo de Juliette.

Hizo que se levantara y la tomó en brazos. Los dos salieron de la bañera y entonces la dejó en el suelo. El dulce cuerpo de Juliette se deslizó por el suyo, lentamente. Sus senos se apretaron contra su tórax y los pezones se le irguieron.

–¿Por qué has hecho eso? –preguntó ella.

–Por justicia. Además, no puedo hacerte lo que deseo en la ducha.

–Dímelo –susurró ella con una lenta y sensual sonrisa.

–Prefiero demostrártelo –replicó él

Entonces, bajó la cabeza y la besó sensualmente mientras, con un movimiento circular de caderas, dibujaba unos círculos enloquecedores contra sus caderas.

Juliette gimió. Entonces, decidió imitar sus movimientos y apretó su feminidad contra la erección de Doug, creando una fricción tan intensa que él creyó que iba a alcanzar el clímax allí mismo. La respiración entrecortada de Juliette y los sonidos guturales que ella emitía indicaban que estaba sintiendo el mismo deseo que él en aquellos momentos.

Sólo se detuvo para abrir el botiquín del baño y ocuparse de los anticonceptivos. Ya había descubierto que la dirección del complejo se ocupaba hasta de aquel pequeño detalle. Entonces, incapaz de esperar, la agarró por las caderas y la levantó. Entonces, con una gran destreza, la colocó encima de él y se hundió en ella. El placer fue inimaginable.

Juliette temblaba. Rápidamente, envolvió los brazos alrededor del cuello y las piernas alrededor de la cintura. La pared les dio el apoyo que Doug necesitaba para seguir con los movimientos. Su cuerpo se sentía listo para estallar. Cuando Juliette sintió los primeros temblores que anunciaban el clímax, se aferró a él con fuerza.

La erótica contracción de los músculos de ella le dio el empuje que necesitaba y Doug se vertió en ella en un explosivo orgasmo, uno que implicó no sólo su cuerpo, sino su mente, su corazón y su alma.

Juliette estaba tumbada en la cama con Doug, dibujando perezosos círculos sobre su tórax. El silencio los rodeaba, pero ella no sentía la necesidad de hablar. Lo que acababan de compartir hablaba por ellos. La felicidad reinaba entre los dos, por lo que ella no tenía deseo de cambiar nada. Sin embargo, el sonido del teléfono los sacó de aquel estado de gozo total.

–¿Sí? –dijo Juliette. Querían comprobar que había pedido un desayuno doble y preguntar cuándo quería que lo entregaran–. Dentro de cinco minutos estaría muy bien –dijo. Después, se volvió hacia Doug–. Se trataba del desayuno. Te invité, ¿te acuerdas?

Doug se tumbó encima de ella, cubriéndola con su cálido peso.

–Pensé que acabábamos de comer –susurró él.

–Mmm...

Juliette suspiró y lo besó dulcemente. No quería romper aquella unión física, pero no le quedaba elección. Con el servicio de habitaciones de camino, tenía que hacerlo. Con un suave empujón, animó a Doug a que se levantara.

–Estoy segura de que puedes hacer que se te despierte el apetito.

–Ya lo creo –replicó él mientras le acariciaba de nuevo los pechos.

–Te recuerdo que el servicio de habitaciones está en camino–. Quería sorprenderte, pero ahora es imposible. Bueno, dame cinco minutos para terminar de prepararlo todo, ¿de acuerdo?

En realidad, necesitaba unos minutos para poder pensar. Durante el desayuno, quería admitir lo que sentía por él y ver en qué posición quedaban cuando terminara aquella semana. Evidentemente, era algo que no podía hacer en la cama, con el cuerpo desnudo de Doug cerca del suyo.

–De acuerdo –dijo él con desgana–. Además, necesito saber cómo van las cosas en casa, pero tenemos que hablar durante el desayuno.

–Da miedo el modo en que lo has dicho –susurró ella temblando–, pero, sí, tienes razón. Tenemos que hablar.

Juliette se levantó de la cama y se vistió con su bata de seda antes de disponerse a salir de la habitación.

–Juliette...

–¿Sí?

–Sólo da miedo si te lo tomas de ese modo.

Ella inclinó la cabeza y salió del dormitorio, sin poderse olvidar de las extrañas palabras de Doug. Al salir al salón, descubrió que el camarero ya lo había dispuesto todo en la terraza. Como por arte de magia, había aparecido a los pocos minutos de la llamada. Después de colocarlo todo, se marchó enseguida.

Juliette sirvió las bebidas y destapó una deliciosa cesta de pastelitos, cruasanes y pastas. Sin poder evitarlo, recordó la última vez que Doug y ella habían hablado de los méritos de los dulces. Entonces, habían intercambiado un preludio de las cosas que iban a venir después, como por ejemplo el modo en que ella lo había saboreado aquella mañana, algo que ella nunca había querido hacer con ningún otro hombre.

–Hola, Juliette.

–¡Stuart! ¿Qué estás haciendo aquí? –preguntó ella sin poder creer lo que estaban viendo sus ojos.

–Haciendo que se cumpla una fantasía, lo mismo que tú –respondió él, vestido tan conservadoramente como siempre, a pesar de lo relajado que era el ambiente en la isla.

–¿Y qué clase de fantasías te han traído aquí? –preguntó ella, segura de que aquella visita no tenía nada que ver con una fantasía, sino con ella.

–Eso es algo que no se dice. Sólo a Merrilee.

Juliette no se sorprendió de que hubiera mentido a Merrilee. Probablemente había utilizado también un nombre falso, dado que la ética de Merrilee era demasiado firme como para que Stuart pudiera tener acceso a la isla de otro modo.

Al mirarlo, Juliette recordó las palabras de su hermana sobre cómo le preocupaba el repentino silencio de Stuart. Respiró profundamente, decidida a no dejarse intimidar por su inesperada presencia en la isla.

–Ya te he dicho que no te voy a descubrir. ¿Por qué no puedes confiar en mi palabra?

–Tu repentina desaparición me preocupó. No es propio de ti salir corriendo –dijo Stuart con cierta ironía.

–No es que tú me dieras elección para no hacerlo. Tú me mentiste y el matrimonio debe de estar basado en la confianza.

«Y en el amor», pensó ella. Suponía que, en cierto modo, debería estar agradecida por la revelación que había tenido lugar en la iglesia. Si no lo hubiera descubierto antes de decir el «sí quiero», habría terminado por darse cuenta de que lo que sentía por su marido no era verdadero amor. Ya conocía lo que se sentía con el sincero y verdadero amor. Era exactamente lo que sentía con Doug.

–Entonces, sin los votos del matrimonio, ¿cómo sé que puedo confiar en ti? –preguntó él.

–Porque me conoces. Hace años que me conoces...

Aquella incongruencia no se le pasó por alto. Ella lo conocía desde hacía exactamente el mismo tiempo y, sin embargo, no había sabido ver al verdadero Stuart. ¿Se daría él cuenta de lo mismo? Por lo menos rezaba para que no sospechara que le estaba engañando, que ya le había contado los detalles de sus sórdidos contactos a Doug y que planeaba decírselo a su padre en cuanto regresara. Su padre llevaría la historia a la policía o a los periódicos. Fuera como fuera, Stuart podría ir despidiéndose de las elecciones, y sobre todo del escaño de su padre.

–¿Por qué tuviste que implicarte en esos trapicheos y en el blanqueo del dinero, Stuart? –le preguntó sin poder evitarlo.

–No lo entiendes, ¿verdad? Tal vez crecimos puerta con puerta, pero tú creciste con el dinero y la fama. Yo tuve que trabajar para conseguirlo.

–Y lo hiciste. Trabajaste duro y lo conseguiste. Ya casi tienes todo lo que deseabas.

–Me imaginé que los contactos de Bob me darían el dinero que me hacía falta, pero lo que dicen es cierto. Antes de que uno pueda darse cuenta, se ha metido demasiado.

–En ese caso, lo único que tienes que hacer es salir. No es demasiado tarde.

–Lo es a menos que no me importe perderlo todo y no voy a decir que eso ocurra. Tu silencio me garantizará que mis sueños se hacen realidad. Bueno, ¿cuál es tu fantasía? –le preguntó, tras tomar una de las flores que adornaban la mesa–. ¿Qué estás buscando que no te diera yo? ¿Que yo no supiera?

Juliette se echó a reír. Se conocían tan poco que resultaba patético. En menos de una semana, Doug había logrado comprenderla mejor que Stuart en toda una vida.

–Gillian me preparó este viaje y creó una fantasía. Yo sólo estoy representándola.

–Implica a un hombre.

–No me puedo imaginar que puedas estar

celoso, no cuando todo lo que viste en mí era un escalón para asegurarte la elección.

–Celoso no es la palabra acertada –dijo Stuart, extendiendo la mano para tocarla. Juliette dio un paso atrás para que no pudiera conseguirlo–. Hablo en serio, Juliette. Estoy muy preocupado por ti. Necesitas seleccionar mejor tus compañías y lo que dices. De otro modo, no me voy a creer que vayas a guardar silencio y, por lo tanto, no podré protegerte.

–Hasta ahora lo he hecho y tu preocupación me resulta muy halagadora, pero es innecesaria –replicó ella, apoyándose en una de las sillas–. Además, no me relaciono con nadie que pudiera ser una amenaza para ti o para tus socios.

–Si eso es cierto, ¿por qué no me dices el nombre del hombre con el que... estás ahora?

Juliette se contuvo para no mirar hacia la puerta del dormitorio. Sabía que Doug podría aparecer en cualquier momento y que, si gritaba, él estaría a su lado en un instante. Sin embargo, no quería hacer una escena. Además, no creía que Stuart quisiera hacerle daño. Sólo necesitaba apaciguar sus temores.

–Eso no es asunto tuyo.

–Ya te he dicho que estoy preocupada por ti.

–Di más bien que te preocupa lo que yo pueda contar.

–Eso por descontado, teniendo en cuenta con quién te mueves.

–Primero me preguntas con quién estoy y ahora hablas como si lo supieras. ¿En qué quedamos? –le espetó ella, furiosa.

–Te he preguntado si quieres decirme de quién se trata. De hecho, me estaba preguntando si lo sabrías.

–Claro que lo sé –replicó ella, indignada–. Se llama Doug. No conozco su apellido.

–Yo te lo diré. Es Houston. Douglas Houston, el reportero del *Chicago Tribune* que destapó la historia al principio.

«Eso es imposible», pensó Juliette.

–Estoy segura de que lo estás confundiendo con otra persona. Se llama Doug, sí, pero es de Michigan, no de Chicago.

–Te digo que es ese periodista –afirmó Stuart–. Y, si ha estado pasando tiempo contigo para intentar sacarte algo, también es un mentiroso.

–Mira quién habla. Doug es... escritor. Lo mismo que su padre –dijo. Sin saber por qué estaba empezando a tener un mal presentimiento–. ¿O acaso me vas a decir que es también periodista?

–Efectivamente. ¿Estás satisfecha ahora?

Juliette empezó a creerle, pero no estaba nada satisfecha. La traición hizo que el desprecio por sí misma se apoderara de ella. ¿Cuándo iba a aprender? No sabía juzgar bien a los hombres. Nunca lo había sabido y nunca lo sabría.

–Vete de aquí, Stuart –susurró mientras se sentaba en la silla–. Has venido a verme y me has dicho lo que me querías decir. Doug es un reportero en el *Tribune* y es la última persona a la que yo debería revelarle mis secretos. Ahora que sé que es tan mentiroso como tú, te aseguro que no tienes nada de lo que preocuparte, ¿de acuerdo?

El rostro de Stuart se llenó de alivio. Si la situación no hubiera resultado tan patética, Juliette se habría echado a reír.

–Tienes que saber que nunca tuve intención de hacerte daño –le dijo Stuart, arrodillándose ante ella–. Éramos amigos y creo que podríamos haber sido felices.

–No tengo nada más que decir. Creo que eso debería alegrarte.

–Eres muy lista, Juliette. Siempre lo fuiste. Y quieres mucho a tu padre. En este caso, creo que esa combinación me bastará.

Con aquella amenaza implícita y, tras haber conseguido lo que había ido a buscar, se marchó y dejó a Juliette a solas con la dolorosa verdad.

Se había enamorado de otro hombre que la había utilizado para sus propios fines. Desde que se publicó el artículo, para luego retractarse, Douglas Houston no valía nada. Gracias a ella, Doug acababa de conseguir su billete de entrada en los círculos políticos de Chicago.

Le había dado la información que necesitaba para respaldar el primer artículo y limpiar su nombre. Esa información crucificaría a Stuart y a sus socios. En cuanto a ella, acababa de convertirla en un blanco andante si alguno de ellos descubría que, no sólo podía establecer los vínculos que había entre ellos, sino que había contado todos sus secretos.

Doug observó cómo Stuart se marchaba. Con el corazón en la garganta, decidió darle a Juliette unos minutos para digerir la información que acababan de darle. Era lo menos que podía hacer.

Él necesitaba decidir cómo iba a actuar. Había sido demasiado complaciente. Se había dejado llevar por el gozo de cuando habían hecho el amor y luego había estado demasiado preocupado por la salud de su padre.

Se había distraído. Sin embargo, nunca habría esperado que Stuart Barnes se presentaría en el bungaló de Juliette. Cuando el sonido de la conversación se había filtrado desde el exterior, Doug rezó por que fuera el camarero, pero no tuvo tanta suerte. Era Stuart Barnes el que estaba hablando con Juliette.

Decidió que, si salía, Stuart podría llegar a la conclusión de que Juliette se lo había contado todo. Por eso, había preferido esperar y hablar con Juliette cuando los dos estuvieran solos. De todos modos, había estado muy atento por si tenía que intervenir para protegerla. A medida que fue escuchando la conversación, se dio cuenta de que su futuro junto a Juliette se acababa de hacer pedazos.

Lo emocionó el modo en que ella trató de defenderlo, de negar las acusaciones de

Barnes. Una admirable defensa para un hombre despreciable.

Sabía que enfrentarse a Juliette sería solo el principio de un castigo que le duraría toda la vida. A pesar de todo, salió del dormitorio y se dirigió a la terraza.

–Juliette...

–Parece que no nos han presentado formalmente –replicó ella, girándose inmediatamente en la silla para mirarlo–. Lo dos ya sabemos quién soy yo –añadió ella, extendiendo una mano. Doug sintió que el alma se le caía a los pies, pero, sin saber qué hacer, colocó su palma sobre la de ella. Era como enfrentarse a una desconocida–. Diría que me alegro de conocerle, señor Houston, pero eso sería una mentira.

–Me gustaría explicarme...

–Lo evidente no necesita explicación alguna. Al menos, eso es lo que dice siempre mi padre. Entonces, siempre nos deja explicarnos de todos modos, así que adelante –le espetó, apartando la mano.

–¿Por qué me da la sensación de que, diga lo que diga, no va a cambiar nada?

–¿Y debería hacerlo? ¿Por qué no te pongo las cosas más fáciles y te ayudo un poco?

Tú tenías una historia que contar y un nombre que limpiar. Yo tenía la información. Muy sencillo.

–Si te paras a pensarlo, yo nunca te saqué esa información.

–No tuviste que hacerlo. Yo te lo puse muy fácil.

–Eso se llama compartir, Juliette. Tú misma lo dijiste. Hemos compartido el uno con el otro los acontecimientos más importantes de nuestras vidas... mi infancia y tu reciente pasado. Soy periodista, pero nunca te sonsaqué nada. ¿No quieres saber por qué?

Juliette lo estudió, pero Doug no pudo leer nada en la expresión de su rostro. El corazón le latía con furia en el pecho y decidió aferrarse a la última oportunidad que le quedaba.

–Porque te amo.

Los ojos de Juliette reflejaron fugazmente una ligera emoción, pero luego se cubrieron de lágrimas.

–Sería una estúpida si dejara que me engañaran dos veces, pero debo admitir algo.

–¿De qué se trata?

–No sólo es que tu reputación te precede, sino que deberías estar orgulloso. Eres muy bueno en tu trabajo.

Doug apretó la mandíbula. Su rostro irradiaba dolor. Había tratado de explicarse y ella no lo había escuchado, aunque no podía culparla. De hecho, Juliette tenía razón. Había hecho su trabajo demasiado bien.

–Juliette...

–Sea lo que sea lo que quieres decirme, no importa –dijo ella, volviéndose de espaldas.

Doug podía enfrentarse a la ira, a la desaprobación o a las acusaciones, pero no se trataba de nada de eso. En vez de todo eso, había recibido apatía, lo único a lo que no podía enfrentarse. Lo único que podría alejarlo de ella para siempre.

–¿Puedes marcharte? –preguntó Juliette, abrazándose, como si quisiera protegerse de él.

–Primero, quiero que comprendas algo. Vine a conseguir una historia sobre tu ex. Nunca tuve la intención de hacerte daño. Nunca planeé utilizarte...

A pesar de sus buenas intenciones, aquello era exactamente lo que había hecho. Si hubiera pensado más allá de sus propias necesidades, se habría dado cuenta de que hacer daño a Juliette era algo inevitable.

–Me iré.

Si Juliette se merecía algo, era que se cumplieran sus deseos.

Juliette lanzó la última prenda de vestir a la maleta y la cerró. «Suéltate el pelo y sé tú misma». Aparentemente, se comportara como se comportara, tanto si era como la hija del senador, la prometida de un futuro político o como Juliette Stanton, la mujer, daba igual. Fuera como fuera, siempre terminaban utilizándola.

Cuando alguien llamó a la puerta, Juliette exhaló un suspiro de alivio. Había reservado un vuelo de regreso a Chicago aquella misma tarde y había llamado al hotel para que le enviaran a alguien para que le ayudara con el equipaje. Sin embargo, en vez de un botones, se encontró con Merrilee.

–Según me han dicho, te marchas antes de que se acabe tu estancia –dijo la mujer.

–Sí, he cambiado de planes.

–La vida raramente funciona de acuerdo con planes.

–Ni que lo digas –afirmó Juliette. Nunca había esperado enamorarse de un hombre que le hubiera mentido desde el inicio de su relación.

–¿Me creerías si te digo que lo inesperado funciona a menudo mucho mejor que cualquier cosa que se haya planeado?

–¿En estos momentos? Probablemente no...

Juliette trató de echarse a reír y, en vez de eso, se echó a llorar. Los sentimientos que había estado conteniendo en las dos últimas horas acabaron por vencerla.

Merrilee le colocó una mano en la espalda. Juliette trató de evitar que se preocupara e intentó dejar de llorar, pero no lo consiguió. Lo único que pudo hacer fue revivir todo lo que había pasado en los últimos días y contárselo a Merrilee.

–Me siento ridícula –susurró la joven mientras se enjugaba las lágrimas con un pañuelo.

–No sé por qué. Todos hemos pasado nuestros malos momentos, pero, ¿por qué estás tan segura de que Doug no era sincero en lo que te dijo? «Te amo» no es algo que un hombre diga fácilmente.

–Lo es en mi experiencia.

–¿Hablas por tu ex novio?

–Sí. Cada vez que Stuart me decía esas mismas palabras era sólo para asegurarse de que sería parte de la familia y que seguiría gozando del favor de mi padre.

–¿Y Doug? Admito que sé sólo lo que veo, pero parece quererte de verdad.

–Él también quería algo de mí.

–Que consiguió. Y que todavía tiene que utilizar.

–«Todavía» es la palabra clave.

–Mira, te aseguro que hay muchas formas de contar una historia. ¿Quieres mi consejo?

Juliette asintió. Como su hermana y sus padres estaban demasiado lejos como para poder ayudarla, estaba dispuesta a aceptar el consejo que aquella amable mujer quisiera darle.

–Mantén una mente abierta y, mucho más importante, abre el corazón. ¿Estás segura de que no te puedo persuadir para que te quedes más tiempo?

–No. A pesar de lo hermoso que pueda resultar este lugar, necesito irme a mi casa. Llevo ocultando algunas cosas mucho tiempo y necesito hacer algo al respecto.

–Bueno, espero que el tiempo te ayude a recordar tu estancia aquí con cariño.

–Aunque no te lo creas, Merrilee, ya es así.

Al menos había aprendido mucho sobre sí misma y sobre su habilidad para poder abrirse a los demás y para confiar en sí misma.

Había algo que la atribulaba. Si Doug era tan negativo para ella, entonces, ¿por qué no podía olvidar el dolor que había visto en sus ojos ni sus palabras? «Nunca tuve intención de hacerte daño. Nunca quise utilizarte...»

«Te amo». Aquello era lo último que le había dicho después de que sus mentiras salieran a la luz. Mucho después de que él se hubiera marchado, dejándola sola tal y como ella había pedido, Juliette había revivido cada momento que habían pasado juntos en la isla. Cada caricia, cada beso, cada conversación íntima...

No había duda de que Doug había acudido a Fantasía secreta con un plan, pero, ¿sería posible que sus sentimientos hubieran alterado sus planes? Eso era preciosamente lo que le había ocurrido a ella.

–¿Merrilee? –dijo, cuando la otra mujer estaba a punto de marcharse.

–¿Sí?

–¿Te lamentas de algo en esta vida?

–Sí. De no haber podido seguir los dictados de mi corazón.

Mucho después de que Merrilee se marchara, aquellas palabras siguieron resonando en sus oídos. «Te amo...» Dios sabía que, a pesar de sus mentiras, Juliette estaba enamorada de Doug. Sin embargo, la habían engañado dos veces y las dos tan recientemente que todavía tenía cicatrices que mostraban sus errores. ¿Cómo podía pensar ni siquiera en confiar en las palabras de un hombre cuyos labios y cuyos ojos ya la habían engañado?

X

Si volar desde Fantasía secreta hasta Miami, desde Miami hasta Chicago y desde Chicago hasta Washington DC en cuarenta ocho horas era suficiente para demostrar su amor, Doug ya debería tener a Juliette entre sus brazos. Desgraciadamente, ella le había tomado la delantera y había adquirido el último asiento del vuelo a Miami cuando salió de Fantasía secreta. Después de horas de espera en los aeropuertos y de poco sueño, Doug se preparó para enfrentarse primero con la secretaria del senador Stanton y luego con el propio senador.

De hecho, su viaje acababa de empezar. Cuando estuvo de pie delante del padre de Juliette, comprendió lo difícil que iba a resultarle aquella visita.

El senador Stanton se puso de pie desde detrás de su escritorio.

–Ni siquiera debería recibirlo –dijo el hombre, que guardaba un extraordinario parecido, a pesar de la edad y las canas, con su hija.

–Supongo que eso significa que ya ha hablado con su hija.

–Lo suficiente como para saber que ha estado muy ocupado.

–No tanto como podría haberlo estado si me hubiera pasado las últimas cuarenta y ocho horas escribiendo mi artículo en vez de venir a verlo.

–En ese caso, estoy seguro de que tiene algo importante que decirme –comentó el senador, indicándole que se sentara y tomando también asiento–. No me dirá que ha hecho un viaje tan largo sólo para advertirme de lo que se va a publicar. Los periodistas no suelen tener tales cortesías.

–Especialmente, los que han hecho sufrir a una mujer inocente, ¿verdad?

–*Touché.* Y le recuerdo que son sus palabras, no las mías, aunque creo que en este caso van perfectamente.

–Señor, tengo una idea que evitará que el nombre de su hija vuelva a salir en los periódicos, al menos en el que yo trabajo. No puedo controlar lo que los otros publican, pero efectivamente puedo controlar lo que yo escribo.

–¿Y por qué iba a estar dispuesto a hacer eso?

–Porque la amo –respondió Doug sin vacilar.

El corazón le latía a toda velocidad en el pecho. Se había dado cuenta de lo mucho que la quería. Sólo conocerla le había ayudado a convertirse en un hombre mejor. Si conseguía que ella lo perdonara, sería como alcanzar el paraíso.

Era consciente de que en aquellos momentos estaba delante de su padre y que este la defendería contra viento y marea. Sin embargo, confiaba en la reputación del senador y en su comprensión.

–Asumiendo que le creo, algo sobre lo que me reservo mi opinión, no espere que yo lo apoye en nada. Juliette se merece ser capaz de tomar sus propias decisiones, especialmente en lo que se refiere al daño que le ha hecho, aunque proclame que la ama.

–Por supuesto. No esperaría que fuera de otro modo. Además, como escritor, debo dejar que sean mis palabras las que hablen por mí.

Mejor dicho, las palabras que omitiría en su artículo serían las que hablarían por él. Si todo salía como estaba planeado, podría sacar a la luz aquel asunto sin mencionar el nombre de Juliette Stanton.

–Tendrá que utilizar más que palabras para hacer que mi hija cambie de opinión sobre usted.

–¿Puedo añadir algo, señor? –le preguntó. El senador asintió–. Yo no me atrevería a pedirle nada, excepto su aprobación, si puedo conseguir que su hija cambie de opinión sobre mí.

–Acabo de conocer la turbadora verdad sobre mi protegido. Entonces, me enteré del papel que usted había jugado en este asunto... ¿Sabe una cosa? Creo que en otra situación podría haber sentido simpatía por usted.

Al oír aquellas palabras, Doug sonrió. Se sentía mucho más optimista de lo que había estado desde que Juliette se marchó de Fantasía secreta.

–Deme diez minutos. Tal vez todavía podamos conseguir que sea así.

–Mmm, esto es delicioso. No sé el tiempo que hace que no me tomo un pastelillo tan delicioso como éste...

–¿Podría ser una semana? –le preguntó Gillian, riendo–. ¿Es que no has comido en esa isla?

Juliette masticó el pastelillo, que era de crema de queso. Su padre había regresado a casa para el fin de semana y el domingo estaba desayunando con sus mujeres. Habían pasado cuatro días desde que Juliette había regresado de la isla y, desde entonces, no había tenido noticia alguna de Doug.

Eso no significaba que la historia de la Novia a la fuga se hubiera olvidado. Los periodistas seguían acosándola en su casa y la seguían a todas partes. Aquella vez se preguntaban por qué había desaparecido durante unos pocos días. Habían logrado rastrearla hasta el sur de Miami, pero, aparentemente, Merrilee se había ocupado muy bien de todo a partir de ese punto. A pesar de todo, Juliette era consciente de que sólo era cuestión de tiempo que todo saliera a la luz. Sin embargo, al menos entre su familia, a las ocho de la mañana de aquel día, todo seguía saliendo bien.

–La isla era muy diferente. Había muchos tipos de dulces... –dijo Juliette. Y besos, muchos besos, dulces, deliciosos e intensos...

–Y zumo de naranja de Florida, seguro –dijo Annabelle Stanton–. Creo que ya va siendo hora de que nos tomemos unas vacaciones, ¿no te parece, Len?

–Muy pronto, querida –prometió el senador, agarrando la mano de su esposa.

Juliette observó el amor que había entre sus padres y sintió que su corazón estaba a punto de rompérsele. Aquello era precisamente lo que ella más deseaba, lo que quería para Doug y para ella. No importaba que hiciera muy poco tiempo que se conocieran. Presentía que había demasiada fuerza entre ellos como para que la relación prosperara. Sin embargo, no había contado con las mentiras...

–No me mientas, Len –dijo su madre, riendo. Juliette no pudo evitar sentirse algo extraña ante tan extraordinaria coincidencia–. Ya sabes que siempre que planeamos un viaje, te surge algo que te obliga a quedarte en Washington. No creas que no me conozco ya la rutina. Siempre me dices lo que quiero escuchar y me escondes el resto para que no me sienta desilusionada. Al menos, ya va quedando poco para la jubilación –añadió–. Chicas, ¿os parece que si podemos hacer que vuestro padre esté entretenido no echará de menos Washington?

Mientras Gillian y su madre empezaban a recitar actividades que se podrían realizar cuando llegara ese momento, el senador se inclinó sobre su hija.

–Con una semana que pase en casa me estaré subiendo por las paredes –susurró.

–Sobrevivirás –comentó Juliette, riendo–. Hay muchas cosas buenas que se pueden realizar fuera del Senado.

–Ésa es mi niña. Siempre preocupada por hacer bien las cosas. Si no me equivoco, fue así como acabaste comprometida con Stuart... Tal vez vaya siendo hora de que tomes el camino que es menos correcto políticamente.

–Ya te lo he dicho. Intenté hacerlo y me hicieron daño de todos modos.

Juliette había ido directamente desde el aeropuerto a casa de sus padres, porque él se iba a marchar a Washington por la mañana y lo que tenía que decirle no podía esperar.

Sus padres y ella habían hablado largo rato. Juliette había estado llorando y liberándose de sus penas, como solía hacer cuando era pequeña. El senador se había sentido muy desilusionado por lo que Juliette le dijo sobre Stuart, aunque comprendía plenamente que hubiera cancelado la boda. Lo único que lamentó fue que Juliette no hubiera hablado antes con él. Su padre, de todos modos, le había prometido no hacer nada hasta que considerara la situación muy cuidadosamente y hasta que ideara un modo de proteger a todos los que podrían verse dañados por aquella información. Sin embargo, sabía que Doug conocía toda la historia y que el tiempo podría jugar en su contra en aquel sentido.

Juliette se preguntaba qué era lo que había pasado durante el fin de semana, pero deseaba disfrutar simplemente de un desayuno familiar normal y no quería preguntarlo en aquellos momentos. La realidad se manifestaría muy pronto.

–Juliette...

–Lo siento, estaba distraída –dijo la joven. No se había dado cuenta de que su padre había seguido hablando con ella.

–Ha sido ese hombre el que te ha herido.

–Ese hombre tiene nombre, papá –dijo Juliette, levantando la mirada para mirar a su padre. Se sorprendió al ver que estaba sonriendo–. Por cierto, no sé qué es lo que resulta tan gracioso.

–Que te afecta, cariño. Y no es divertido. Es muy serio.

–¡Qué me vas a decir a mí!

Todo lo que estaba relacionado con Doug le afectaba. Sus caricias, sus besos, el modo en que habían yacido en la cama, completamente desnudos, el modo en que sus corazones latían al unísono, como si fueran uno solo... En realidad, los buenos recuerdos eran lo que más le afectaban y lo que le impedía a veces creer que todo hubiera sido una mentira.

–A mí me parece que los dos tenéis un asunto sin terminar –afirmó el senador.

–¿Qué puede haber sin terminar en el hecho de que fue a la isla mintiendo o en los extremos a los que fue capaz de llegar para conseguir su historia?

–Eso es algo que sólo tú puedes saber –concluyó su padre, encogiéndose de hombros–. O si lo que os dijisteis es más importante que lo que no se dijo.

«Te amo», le había dicho Doug. Y ella había permanecido en silencio. «Hemos compartido las cosas más importantes de nuestras vidas, mi infancia y tú pasado reciente». Y ella se había burlado de él.

–¿Qué es lo que has aprendido de vuestra madre y de nuestra relación? ¿Qué es lo más importante que os hemos enseñado, hijas? –les preguntó el senador.

–Que siguiéramos lo que nos dictaba el corazón –dijo Juliette, en nombre de su hermana y en el suyo.

–¿Y lo has hecho? ¿Con ese tipo de la universidad? ¿Con Stuart? ¿Seguiste lo que dictaba el corazón en esos casos o más bien lo que creías que tu madre y yo queríamos para ti?

Los dos sabían perfectamente que aquella pregunta era retórica. Con Stuart sólo había cumplido su deber como hija, pero con Doug... Recordó las palabras que Merrilee le había dicho antes de marcharse. La mujer sólo lamentaba no haber tenido la oportunidad de seguir lo que le dictaba el corazón.

Juliette se echó a temblar. Con Doug, había seguido lo que le decía el corazón. Gracias a él, había podido relajarse y ser ella misma. La había ayudado a superar su fobia a las tormentas... Recordó que a Doug le había abierto las puertas de su corazón.

Y lo había dejado marchar. ¿De verdad quería mirar el pasado, al cabo de los años, y darse cuenta de que había dejado pasar la oportunidad de poder seguir su corazón? Se preguntó, entre temblores cada vez más fuertes, si sería demasiado tarde...

–Quiero echar un vistazo al periódico –dijo su padre. Como buen político, sabía cómo retirarse.

–Yo te lo traeré, papá –dijo ella.

Cuando llegó al lugar en el que estaba el periódico, lo primero que vio fue el titular del artículo de Doug, claro y directo: *Retractación anulada. Por fin se revelan los trapos sucios de un congresista.*

Juliette sintió que el estómago le daba un vuelco al ver la fotografía y el nombre de Doug. En el cuerpo del artículo había otra fotografía, la de Stuart con el congresista Haywood.

A pesar de que la fotografía de Doug estaba en blanco y negro y en ella presentaba un aspecto más conservador de lo que ella había conocido, le recordó la profundidad de los sentimientos que tenía por él. Si antes había creído que lo echaba de menos, al ver aquella fotografía el dolor de su corazón se hizo casi insoportable. Además, el problema sería no sólo enfrentarse a la fotografía, sino al artículo. Evidentemente, había utilizado la información que ella había compartido con él...

Sus padres le habían dicho que siguiera siempre lo que le dictaba el corazón. Y el suyo se negaba a olvidarse de Doug a pesar de la prueba irrefutable que tenía en las manos.

Al mirar por encima del hombro, para buscar el apoyo de su padre, vio que él estaba conversando con su hermana. En realidad, sabía que no necesitaba su consejo. Si realmente amaba a Doug, tenía que creer en él, en las últimas palabras que le había dicho en la isla...

Rápidamente, se volvió y entregó el periódico a su padre.

–¿No quieres leerlo? –le preguntó él.

–No –respondió Juliette–, tengo todas las

respuestas que necesito aquí dentro –añadió, golpeándose el pecho.

Al oír aquellas palabras, su padre se levantó y le dio un abrazo.

–Has tomado esa decisión con tu corazón. Y creo que es la correcta. Cuando leas ese artículo, estoy seguro de que volverás a enamorarte de él.

Juliette le devolvió el abrazo y luego salió corriendo hacia la puerta.

–¿Adónde vas? –le preguntó Gillian.

–A divertirme bajo la lluvia...

Sería un nuevo ejercicio para superar sus temores. Esperaba que Doug estuviera dispuesto a darle otra lección.

No se dio cuenta de que no sabía dónde vivía hasta que no se metió en el coche. Aunque sabía dónde estaban las oficinas del periódico, sabía que había una posibilidad muy pequeña de que todavía siguiera en la redacción a aquellas horas en un domingo. Sin embargo, no lo dudó.

Arrancó el coche y fue al centro de la ciudad. Aparcó el coche a una manzana de las oficinas del periódico y se quedó allí sentada, sin saber qué hacer.

Con el corazón a punto de salírsele del

pecho, tomó su teléfono móvil y llamó a Información. Por supuesto, el número de Doug no aparecía en la guía. Entonces, se le ocurrió su única posibilidad: llamar a Merrilee.

Tal y como había planeado, a Doug le habían devuelto su puesto y, además, su padre había salido del hospital y se recuperaba favorablemente.

Entonces, ¿por qué se sentía Doug tan deprimido? Sacó el periódico de su buzón y, al llegar a casa, lo tiró sobre la encimera de la cocina. Los acontecimientos de los últimos días habían culminado en el artículo más importante de su carrera, gracias, en gran parte, al padre de Juliette.

A sugerencia de Doug, el senador Stanton se había dirigido a Stuart Barnes y le había convencido para que se entregara. Le había hecho comprender que el respeto por uno mismo es mucho más importante que un escaño en el Senado y que podría corregir lo que hubiera hecho con Haywood y sus socios. A cambio, el senador le había prometido apoyarlo incondicionalmente a lo largo del proceso. El joven había ido a la policía y, con la ayuda de un abogado, conseguiría que se le redujera considerablemente la sentencia si colaboraba.

El artículo de Doug era una exclusiva en la que se defendía el primer artículo que había publicado y revelaba los trapicheos de Barnes y Haywood y su relación con la Mafia sin mencionar el nombre de Juliette Stanton.

Por supuesto, la razón por la que había dejado a Stuart plantado en el altar se leía entre líneas, pero Doug no había querido dejarse llevar por el sensacionalismo de la Novia a la fuga. Había sacrificado aquella parte para proteger a la mujer que amaba. ¿Cuándo había sacrificado Doug Houston detalles de una historia antes? Nunca. Sin embargo, se sentía muy bien por lo que había hecho. Le parecía que el hecho de que fuera más sensible se lo debía a Juliette, por lo que, con el resto de los detalles de su artículo, debería haberse dado por satisfecho.

Pero lo único que le quedaba era un profundo sentimiento de soledad y de frustración. Para un hombre que siempre había estado solo, aquello no debería importarle, pero sabía que elegir estar solo y verse obligado a ello eran dos cosas muy diferentes.

Como necesitaba tomar un poco de aire fresco, decidió irse a dar un paseo, a pesar de que estuviera lloviendo. A pesar de que Chicago no tenía nada que ver con Fantasía secreta, los recuerdos lo inundaron una y otra vez.

Recordó la fantasía que había inventado para que lo emparejaran con Juliette. A pesar de basarse en algo cierto, como había sido el hecho de que hubiera utilizado a Erin para sus aspiraciones profesionales, no había podido evitar cometer errores. Había usado a Juliette del mismo modo en que lo había hecho con Erin, sólo que, aquella vez, también él había sufrido. Se había enamorado y había perdido a la mujer que tanto quería. Se lo merecía.

La mayor ironía de todo aquello era que había conseguido realizar su fantasía. Aquella mentira le había hecho ser más humano, aunque reconocía sus errores y sabía que lo que le deparara el futuro ya no dependía de él. Si quería hacerlo, Juliette sabría muy bien dónde encontrarlo...

En aquel momento recordó que no le había dado su dirección. Tras lanzar una maldición, decidió volver corriendo a su casa, más mojado que antes, pero sin haber conseguido ninguna solución.

Sin embargo, a medida que se acercaba a su casa, vio una hermosa mata de cabello rojizo entre las brumas de la gran ciudad. Entonces, no pudo evitar preguntarse si hasta los canallas como él merecían una segunda oportunidad.

De repente, todo le pareció un sueño y aminoró la marcha. No obstante, cuando Juliette extendió la mano y él la tocó, comprendió que todo era real.

–Hola.

–Hola –dijo ella, con la sonrisa que tanto había echado de menos durante aquellos días.

–Veo que estás sentada bajo la lluvia. ¿Es que ya has superado tu miedo a las tormentas?

–Ese miedo se ha visto reemplazado por recuerdos más agradables.

Seguían de la mano, mirándose a los ojos.

–¿Llevas esperando mucho tiempo?

–Toda mi vida –respondió Juliette.

Al oír aquello, Doug abrió la puerta del portal, hizo que ella se levantara y la hizo entrar. Una vez estuvieron a cubierto, él la tomó entre sus brazos. Se besaron de un modo tan apasionado e intenso, que a Doug no le quedó duda alguna de que los sentimientos de Juliette eran tan poderosos como los suyos.

–Te he echado de menos...

–Lo mismo digo –susurró él, agarrándola con fuerza por la cintura–. Sé que tenemos muchas cosas que arreglar.

–Mmm... Muchas cosas... pero nada que no pueda esperar.

–Me alegro de que podamos esperar para hablar –musitó Doug, apretándose contra ella con fuerza–, pero espero que no lo hagamos para otras...

–No soy yo la que está perdiendo el tiempo hablando.

No. Efectivamente, ella ya le había colocado las manos en la pretina del pantalón y había agarrado con fuerza su sexo. Doug comprendió que tenía razón. Ya tendrían tiempo para hablar.

–Te echo una carrera al sofá –dijo él, entre risas, tras abrir la puerta de su apartamento.

–Estaba esperando que dijeras eso...

Juliette fue más rápida y, tras colársele por debajo del brazo, fue quitándose la ropa por el camino. Entonces, se tiró corriendo sobre el sofá. Doug hizo lo mismo y, enseguida, se tumbó encima de ella. A continuación, le subió los brazos sobre la cabeza y entrelazó sus dedos con los de ella.

–No tengo preservativos.

–Para mí no es un problema, ¿y para ti?

Doug oyó el desafío que había en aquellas palabras. En el pasado, se había sentido atrapado, pero con Juliette no.

–No pareces estar muy preocupada al respecto.

–¿Y por qué iba a estarlo? –le preguntó ella mientras separaba las piernas en una invitación que Doug comprendió enseguida–. Una noche, estaba dormida en la isla. Estábamos juntos y podría haber jurado que tú me habías dicho algo muy importante. Luego, volviste a repetirlo, y aunque estaba despierta, no quería escuchar. Si lo decías de corazón, me gustaría que me lo repitieras.

Doug notó el temblor que había en su voz y la ansiedad de volver a sufrir de nuevo si estaba equivocada. Sin embargo, él sabía perfectamente que nunca más volvería a herirla.

Bajó la mano y deslizó los dedos entre su sedosa y cálida humedad. Juliette suspiró, pero no dejó de mirarlo nunca, sino que parecía implorar una respuesta con los ojos.

–Nunca más volverá a haber preguntas ni inseguridades entre nosotros, Juliette. Nunca más. Te amo –susurró, colocándose completamente encima de ella y penetrándola con un solo movimiento.

Al sentir cómo los músculos de Juliette se contraían a su alrededor, sintió que las palabras le salían no solo de la garganta sino del corazón. Ella sintió la excitación muy rápidamente. Con cada movimiento de Doug se creaba una oleada de placer más fuerte que la anterior. Mucho después de que la satisfacción física hubiera acabado, las palabras de Doug permanecían alojadas en su corazón.

Él tomó una manta del brazo del sofá y los cubrió a ambos, mientras ella se acurrucaba contra su cuerpo.

–Tienes que saber que te amo.

–Más o menos me lo había figurado cuando perdiste la última prenda de ropa de camino hacia el sofá –dijo él, riendo–. Lo que no entiendo es cómo puedo tener tanta suerte después de lo que hice. Ese artículo debe de ser mucho mejor de lo que yo me imaginaba.

–No lo he leído –confesó Juliette mientras se colocaba encima de él.

–Entonces, ¿qué te hizo cambiar de opinión sobre mí? –preguntó Doug, muy sorprendido.

–Tú. Tú dijiste que me amabas cuando ya no tenías nada más que ganar. Debería haberme dado cuenta de eso mucho antes.

–Te utilicé.

–Fuiste a Fantasía secreta en busca de una historia, pero no te marchaste en el momento en que la conseguiste. ¿Hay algo más que quieras saber?

–Bueno, me gustaría decirte que mi fantasía era una mentira, pero sólo al principio...

–¿Y después?

–Quería anteponer tus necesidades a las mías y quería ayudarte a curar tus heridas. En vez de eso, repetí errores del pasado y te hice aún más daño.

–¡Oh, Doug! El hecho de que me ames no me ha hecho daño. ¿Quién no ha cometido errores alguna vez? Yo los cometí cuando seguí un plan inexistente, que yo pensé que mis padres tenían para mi vida. Lo único bueno fue que me condujo a ti. ¡Ah! Esa fantasía tuya, eso de anteponer mis necesidades a las tuyas y de hacer que mis sueños se hagan realidad... ¿te he mencionado que me gustaría que siguieras con ella los próximos cincuenta o sesenta años?

–¿Me estás pidiendo que me case contigo? –preguntó él, riendo de felicidad.

–Por supuesto, dado que podrías haberme dejado embarazada –replicó ella, sonriendo.

–Bueno, yo nunca podría rechazar una petición como ésa, especialmente de una mujer que me acepta tal y como soy.

–En eso tienes razón. Por cierto, ¿cómo está tu padre?

–En casa, listo para conocer a la mujer que me ha vuelto del revés y de arriba abajo y que me ha hecho volverme inhumano en los pocos días que he estado sin ella.

–¡Vaya! Parece que alguien me ha echado de menos...

–No tienes ni idea de cuánto, pero, ¿eres consciente de que ni siquiera sabes si aprieto el tubo de pasta de dientes por arriba o por abajo? –bromeó él.

–¿Estás tratando de asustarme?

–No, creo que para eso haría falta mucho más que mis hábitos, gracias a Dios –susurró, besándola dulcemente.

–Tenemos mucho que descubrir el uno sobre el otro –musitó ella, deslizando las manos hacia abajo para explorar el cuerpo que tanto adoraba.

–Y tenemos una vida para aprender –murmuró él mientras recibía con agrado sus caricias.

–Estoy dispuesta.

–Me alegro, pero, ¿no crees que deberías leer ese artículo? En él, no menciono nada sobre ti. Sólo la sabiduría de tu padre.

Su padre... Recordó que le había dicho que, cuando leyera el artículo, volvería a enamorarse de Doug. En aquel momento, había creído que estaba aplaudiendo su valor por ir detrás del hombre que amaba. Acababa de comprender que su padre había tenido mucho que ver en que se solucionaran las cosas...

–¿Juliette?

Vio el temor que había en los ojos de Doug, pero él no tenía nada que demostrarle. Esperaba que comprendiera lo mucho que confiaba en él, ya que lo había hecho antes de leer el artículo.

–Ya sé muy bien que tengo un hombre muy inteligente a mi lado para que el que siempre soy la primera.

El corazón de Doug se llenó de amor y satisfacción. Había encontrado a su media naranja, una mujer que tenía una fe completa en él. Tendría que asegurarse de, en lo sucesivo, no defraudarla nunca.

–Te prometo leer ese artículo.

Inmediatamente, sus actos superaron a sus palabras. Empezó a hacer girar de un modo muy erótico las caderas, a arquear la espalda, atormentándolo con una irresistible invitación que él no pensaba rechazar y que aceptó repitiendo sus movimientos.

–Mmm, creo que tendré que dejar la lectura para más tarde –ronroneó ella.

–Para mucho, mucho más tarde...